Walter Landin

Gefährlicher Treffpunkt

Kommissar Lauer ermittelt

PENDRAGON

Für Milena

Freitag, 22. März 2013

1

„Auf dem Spielplatz. Da vorne. Ein Mädchen. Blutet."

Warum hatte sie Leon vorlaufen lassen? Mit dem gab es doch immer Ärger, dachte Jutta und griff nach Leons Hand. Dieser machte einen Schritt rückwärts und presste seine Hand vor die Brust. Beinahe wäre sie laut geworden. Sie würde sich beherrschen. Und bei Leon sowieso. Sein Vater war Anwalt, hatte sein Büro in der Oststadt. Er musste gut im Geschäft sein. Leons Mutter fuhr im Porsche Cayenne vor und wirkte aufgetakelt. Fand zumindest Jutta.

„Jetzt komm, Leon. Wir sind bald am Spielplatz und dann gibt es Picknick."

Sie packte Leon am Arm. Der machte sich steif und ließ sich zu Boden fallen. Sie ließ den Jungen los und ging weiter. Vor einem halben Jahr war Leon von der Schaukel gestürzt, hatte an der Lippe geblutet und fürchterlich geschrien. Am nächsten Morgen die Mail von Herrn Dr. Erik Schick. Von einem wackelnden Zahn war die Rede. Von Verstößen gegen die Aufsichtspflicht. Von unterlassener Hilfeleistung.

„Sollte Leon einen dauerhaften Schaden davongetragen haben, behalten wir uns rechtliche Schritte vor."

So weit war es nicht gekommen.

„Ich gehe nicht weiter."

Jutta sah, dass Leon Tränen in den Augen standen.

„Corinna, bleib mal stehen, ich glaube, da stimmt wirklich etwas nicht", rief sie ihrer Kollegin zu. „Wo hast du das Mädchen gesehen?", fragte sie den verschüchterten Jungen.

„Hinter der Wippe. Ich hab Angst, Jutta."

„Vor was, Leon?"

„Vor dem Motorradfahrer, der weggerast ist."

Zumindest das hatte Leon nicht erfunden. Auch Jutta hatte das aufheulende Motorrad gehört.

Corinna war mit ihrem voll besetzten Krippenwagen zurückgekommen.

„Es war eine Schnapsidee. Wir hätten heute im Kindergarten bleiben sollen. Bei dem Wetter."

Jutta kannte die pessimistischen Bestandsaufnahmen ihrer Kollegin und sagte nichts. Klar, heute Morgen hatte es geregnet. Ein ekliger Nieselregen. Aber um zehn war die Sonne durchgekommen, das Thermometer hatte sieben Grad angezeigt. Und die Kinder des Kinderladens Seepferdchen am Rheinauer Ring hatten sich auf den Freitagsausflug gefreut. Den Rheinauer Ring entlang, über die Brücke, die sich über die B 36 spannte, das Wasserwerk rechts liegen lassen, die Wildschweine im Saugehege füttern, den Bisons zuschauen und dann weiter zum Spielplatz im Rheinauer Wald am Ortsrand von Friedrichsfeld, Picknick im Pavillon, spielen, schaukeln, rutschen, sich austoben, um Viertel vor zwölf zurück.

Im Krippenwagen fanden acht Kinder Platz. Die anderen drei mussten zu Fuß gehen. Nach zehn Minuten wurde gewechselt. Und nach weiteren zehn Minuten wieder. Leon weigerte sich, im Krippenwagen gefahren zu werden. Er wuselte um den Wagen herum. Rannte vor und zurück. Legte mindestens den doppelten Weg zurück.

„Wenn wir so weitermachen, kommen wir heute nicht an“, sagte Corinna.

„Ich hab Hunger“, rief die kleine Marie.

„Siehst du“, sagte Corinna.

„Leon hat Angst“, sagte Jutta.

Corinna zog den Krippenwagen vorwärts und ließ ihre Kollegin und Leon stehen. Jutta winkte Leon und folgte den anderen. Leon drehte sich zuerst in die andere Richtung, dann rannte er ihr schnell nach und packte ihre Hand. Das hatte er noch nie gemacht.

Vor ihnen tauchte der Pavillon auf. Der stand auf einer Anhöhe. Von hier aus hatte man einen guten Blick auf den Spielplatz. Aus den Augenwinkeln sah Jutta, dass nur ein einziges Auto auf dem Parkplatz parkte. Parken war nicht der richtige Ausdruck. Das Auto war nicht richtig eingeparkt. Stand nicht auch die Fahrertür auf? Aber den Gedanken konnte sie nicht weiterdenken. Sie hörte Corinnas Schrei. Der

Schrei ging ihr durch und durch und sie wusste, dass Leon kein Märchen erzählt hatte.

„Kinder, hierbleiben, alle hierbleiben. Bleibt bitte hier!“

Jutta sah, wie zwei Kinder, Sofia und Luca, den Abhang hinunterrannten. Sah, wie sie vor der Wippe stehen blieben, sah das Mädchen, das regungslos im Sand lag. Sofia beugte sich zu dem Mädchen hinunter. Jutta wollte den beiden Kindern zurufen, sie sollten zu ihr zurückkommen, aber es kam kein Ton über ihre Lippen. Sie sah Corinna, die die beiden Kinder am Arm packte und zum Pavillon zurückzog. Auf halbem Weg blieb Corinna wie angewurzelt stehen, ließ Sofia und Luca los, die zu Jutta rannten. Sie drehte sich um und sah das Rennrad, sah den Mann, der vor dem Pavillon auf dem Bauch lag, sein Kopf mitten in einer Blutlache. Jutta schnappte sich den Krippenwagen, befahl den Größeren, ihr zu folgen, bugsierte den Wagen in den Wald zurück, so weit, dass man keinen Blick mehr auf den Waldspielplatz hatte.

„Ihr bleibt hier. Versprecht es mir.“

Zwei, drei Kinder im Wagen weinten.

„Ich pass auf sie auf“, sagte Leon und er klang vernünftig.

„Gut, Leon. Ich hole Corinna.“

Sie ging zurück zum Spielplatz, zwang sich, nicht zum Pavillon zu sehen, legte den Arm um ihre Kollegin, die immer noch an der gleichen Stelle wie vorhin vor dem Pavillon stand. Sie übte sanften Druck aus und zog Corinna den Abhang hinauf, vorbei am Rennrad vor dem Pavillon, nein, das Vorderrad drehte sich nicht, sie hatte sich vorhin getäuscht, hinein in den Wald, der ihr friedlich vorkam. Der Wald, unser Schutz. Im Wald sind wir sicher. Corinna hielt sich am Krippenwagen fest.

„Die Kleinen haben aufgehört zu weinen", sagte Leon.

„Gut", antwortete Jutta. Sie war jetzt ruhig. Sie zählte die Kinder durch, elf, in Ordnung, alle waren da.

„Ich bin gleich wieder zurück, Corinna."

Als sie zehn Schritte von den Kindern entfernt war, drehte sie sich um. Corinna schaute in ihre Richtung, aber sie hatte das Gefühl, dass sie durch sie hindurchschaute.

Der Radfahrer war tot, daran hatte sie keinen Zweifel. Jutta kniete sich neben das Kind. Die braunen Haare waren blutverklebt. Sie packte die Hand. Die Hand fühlte sich warm an. Sie glaubte den Puls zu ertasten, schwach, weit weg. Sie legte das Mädchen in die stabile Seitenlage, ihre Bewegungen kamen mechanisch, sie dachte nicht nach. Sie griff nach ihrem Handy, wählte den Notruf.

„Es geht um Leben und Tod."

Sie zog ihre Strickjacke aus und legte sie dem Mädchen über die Schulter. Erst jetzt stellte sie sich die Frage, ob es richtig gewesen war, das Mädchen auf die Seite zu drehen. Da war ein Geräusch in der Luft, schon vorhin, als sie oben am Pavillon angekommen waren. Leise. Aber immer da. Jetzt war das Geräusch ein wenig lauter geworden. Sie stand auf, drehte sich um, die Doppelschaukel rechts von ihr, die Wippe links, die Rutsche mit den Einstiegshäuschen, der Blick durch die Bäume Richtung Friedrichsfeld, das Klettergestell in der Mitte des Spielplatzes mit Strickleitern, Kletterseilen und Aussichtsplattform, der Sandkasten, die hintere Parkbucht, die leer war, die Parkbucht an der Straße zwischen Rheinau und Friedrichsfeld. Das Auto in dieser Parkbucht! Es war nicht ordentlich eingeparkt. Es stand mitten auf dem Weg, die Vorderräder waren leicht nach links eingeschlagen, die Beifahrertür stand einen Spalt offen. Und das Geräusch. Das Geräusch! Der Motor lief. Die ganze Zeit über lief der Motor. Sie machte einige Schritte auf das Auto zu, verließ den Spielplatz, drückte das Gebüsch, das sie vom Auto trennte, zur Seite. Und griff sich an den Mund. Keinen Meter vom Auto entfernt lag ein Mann auf dem Rücken. Seine Arme weit ausgebreitet, seine Augen aufgerissen. Mit der linken Hand berührte er fast die Autotür. Deutlich sah sie die zwei Punkte auf seiner Stirn.

„Blühten drei rote Nelken blutrot auf seiner Stirne so blass."

Gerade jetzt mussten ihr die Zeilen der Ballade einfallen, über die sie in der neunten Klasse der Realschule eine Textbeschreibung hatte verfassen müssen. Der

Mann da vor ihr war tot. Daran gab es keinen Zweifel. So wie es für Jutta keinen Zweifel gegeben hatte, dass der Mann am Pavillon tot war. Sie zwang sich, den Blick abzuwenden, ging weiter auf das Auto zu. Die Scheibe der Beifahrertür war gesplittert. Auf dem Rücksitz saß eine Frau. Sie schien zu schlafen. Ihr Kopf lag auf der Kopfstütze des Beifahrersitzes. Die Frau hatte kurze blonde Haare. Sie starrte auf das Kinn der Frau. Sie sah den roten Tropfen, der am Kinn klebte, der länger wurde, sich löste und gleich darauf wieder neu bildete. Jutta rannte los, rannte über den Parkplatz, blieb erst vorne an der Straße stehen. Sie drehte sich um. Sie hörte das Motorengeräusch, das jetzt weit entfernt war, ein friedliches Surren. Sie bekämpfte den Impuls, einfach weiterzulaufen, weiter weg von dem Auto, von dem Parkplatz, von dem Spielplatz. Nie mehr würde sie mit den Kindern auf diesen Spielplatz gehen können. Nie mehr. Sie wunderte sich darüber, was ihr durch den Kopf ging. Die Kinder! Corinna! Ihre Kollegin. Sie schlug einen weiten Bogen, hielt sich links, wollte dem Pavillon nicht zu nahe kommen, näherte sich den Kindern, die sich im Kreis um Corinna versammelt hatten, von der anderen Seite. In der Ferne waren Sirenen zu hören, die näherkamen.

„Gleich kommt die Polizei", beruhigte Corinna gerade die Kinder. „Und ein Krankenwagen auch."

„Gleich ist alles vorbei", hörte Jutta sich sagen, bevor sie sich zu Boden rutschen ließ und Halt am Krippenwagen fand.

2

„Jetzt müssen wir die Köpfe hochkrempeln."

Roman Clement, der Leiter der Kriminalinspektion 11 der Mannheimer Kripo, schaute in die Runde. Den Spruch hatte Lauer schon gehört, er kam nicht darauf, in welchem Zusammenhang. Er schaute in Meißners Richtung, der mit Daumen und Zeigefinger einen Kreis formte. Lauer schüttelte den Kopf.

„Fußball", flüsterte sein Kollege ihm zu.

Noch immer verstand Lauer nicht.

„Podolski", sagte Julian Meißner und Lauer verstand nicht, was sein Kollege meinte.

„Frisch an die Arbeit, Kollegen!"

Der zweite Spruch war Leo Lauer bekannt. Mit diesen Worten schloss Clement die morgendliche Besprechung. Unruhe kam auf. Hüsteln, Stühlerücken, Flüstern. Plötzlich ging die Tür auf. Flog auf, wäre die treffendere Bezeichnung. Polizeipräsident Faulhaber rauschte in den Besprechungssaal, in der linken Hand eine zusammengefaltete Zeitung.

„Unser aller Präsident", wie Frau Werner den Mannheimer Polizeichef zu titulieren pflegte, Annemarie Werner, eine von zwei Tarifbediensteten, die dem Dezernat 11 zur Verfügung standen. Frau Werner selbst weigerte sich, die offizielle Bezeichnung in den Mund zu nehmen.

„Ich habe hier als Schreibkraft angefangen", sagte sie, „und das bleibe ich auch".

Für Lauer war sie die „gute Seele“, Meißner bezeichnete sie als „unser Backoffice“. Die beiden Kommissare waren froh, dass Frau Werner ihren Arbeitsplatz direkt neben ihrem Büro hatte.

Die Unruhe legte sich, alle setzten sich wieder auf ihre Plätze.

„Ich wünsche Ihnen einen guten Morgen, Kolleginnen und Kollegen.“

Die Fortbildung in Mitarbeiterführung, an der Faulhaber im letzten Monat teilgenommen hatte, schien Früchte getragen zu haben, fand Lauer. Früher war der oberste Vorgesetzte des Polizeipräsidiums mit der Tür ins Haus gefallen.

„Helga Hollmann, sagt Ihnen der Name etwas?“

Schweigen.

„Vermisstenfall. 1993?“

Clement hob zögernd den Arm.

„Ihr Mann meldete sie, glaube ich, als vermisst.“

„Und weiter?“, hakte Faulhaber nach.

„Kurze Zeit später, wenn ich mich richtig erinnere, zog der Ehemann die Anzeige zurück. Seine Frau habe ihn verlassen, sie habe sich mit ihrem Geliebten ins Ausland abgesetzt, glaube ich.“

„Und weiter?“

„Nichts weiter. Das ist lange her. Ich war nicht mit dem Fall betraut.“

„Wer von den Anwesenden hatte damit zu tun?“

„Niemand“, antwortete Clement und seine Stimme klang ein wenig ungeduldig. „Der betreffende

Kollege, Anton Schindler, ist seit einer Ewigkeit im Ruhestand.“

Lebt der noch?, fragte sich Leo Lauer. Er hatte lange nichts von dem Kollegen gehört, der ihn zu Beginn seiner Tätigkeit in Mannheim unter seine Fittiche genommen hatte.

„Warum existiert keine Akte?“

„Wahrscheinlich wurde der Vermisstenfall als gelöst eingestuft und da werden die Akten nach fünf Jahren vernichtet. Könnten Sie uns über die Hintergründe Ihrer Anfrage informieren, Herr Polizeipräsident?“

Faulhaber setzte sich erst jetzt auf den freien Stuhl neben Clement und schaute lange in die Runde.

„Roland Hanke“, sagte er und machte gleich wieder eine Pause. Es wurde unruhig im Zimmer.

„Ich weiß, der Redakteur des Rhein-Neckar-Anzeigers genießt nicht den besten Ruf, schon gar nicht in unseren Kreisen.“

Zu welchen Kreisen gehören wir?, fragte sich Lauer.

„Aber, und das wissen wir alle, er kann uns schönen Ärger bereiten.“

In diesem Punkt musste Lauer dem Polizeipräsidenten zustimmen. Als sich Susanne Dobler im Januar 2009 in der Hand eines Doppelmörders befunden hatte, hatte der Kulturredakteur seinen großen Auftritt und seine Schwäche für Kriminalfälle entdeckt. Hatte der Täter doch ausdrücklich Hanke als Vertreter der Presse verlangt. Dass die Polizei 2010 einen lange zurückliegenden Doppelmord in Sandhofen wieder aufgegriffen hatte, war letztendlich Hankes Verdienst gewesen. Das musste Lauer zugeben. Und der Mörder wurde am Ende sogar gefasst. Lauer konnte den Journalisten nicht ausstehen. Wahrscheinlich beruhte die Abneigung auf Gegenseitigkeit.

„Wer hat heute den Artikel von Hanke im Rhein-Neckar-Anzeiger gelesen?“, fragte Faulhaber in die Runde. Als keine Reaktion kam, faltete er die Zeitung umständlich auseinander.

„Na, ja. Der Beitrag war nicht besonders platziert.“

Er blickte lange um sich. Lauer hatte den Eindruck, als ob der Polizeipräsident jeden Mitarbeiter der Kripo einzeln musterte.

„Hören Sie sich das an“, sagte Faulhaber und begann vorzulesen. Lauer fand, dass Faulhaber übertrieben betonte, aber es passte zu ihm.

„Spurlos verschwunden, die Überschrift. Der Untertitel: Rannte Helga Hollmann aus ihrem Leben weg?“

Faulhaber legte eine Pause ein. Im Besprechungsraum war es jetzt mucksmäuschenstill.

„Es ist eine winzige Anzeige, die aus Versehen nicht in der Anzeigenabteilung landet, sondern auf dem Schreibtisch eines Redakteurs dieser Zeitung.“

Und dieser Redakteur, dachte Lauer, ist Roland Hanke.

„Eine amtliche Bekanntmachung des Amtsgerichts Mannheim", las Faulhaber weiter vor. „‚Helga Hollmann, seit 1993 vermisst, wird aufgefordert, sich bis zum 30. April 2013 im 2. Stock, Zimmer 214 zu melden. Personen, die über den Aufenthaltsort Auskunft geben können, sind ebenfalls erwünscht. Erscheint niemand, wird Helga Hollmann für tot erklärt.'"

Faulhaber unterbrach seinen Vortrag und fuhr sich durch die Haare.

„Ich erspare Ihnen die langatmigen Ausführungen des Journalisten und fasse zusammen: Anscheinend hatten die Angehörigen einen Antrag auf Todeserklärung gestellt. Das Amtsgericht muss ein Aufgebot in der Zeitung veröffentlichen und eine Frist setzen. Gibt es kein Lebenszeichen, wird die Person für tot erklärt. Da der Redakteur sich nicht an den Namen der vermissten Frau erinnern konnte, wurde er neugierig und suchte im Archiv seiner Zeitung. Ohne Erfolg. Der Ehemann zeigte keine Kooperationsbereitschaft. Die Polizei teilte mit, dass ein Vermisstenfall Helga Hollmann nicht bekannt sei. Eine Akte existiere nicht."

Faulhaber schaute in die Runde.

„Von wem stammt diese Auskunft?"

Gernhardt hob den Arm.

„Ich habe nach bestem Wissen und Gewissen …"

Faulhaber winkte ab und sprach weiter.

„Der Bruder der Vermissten konnte weiterhelfen.

Am 2. April 1993, einem Freitag, meldete der Ehemann seine Frau Helga bei der Polizei als vermisst. Zwei Tage später, am Sonntag, zog er die Anzeige zurück und informierte die Familie, dass Helga angerufen habe, es gehe ihr gut, sie habe sich mit ihrem Liebhaber, einem Geschäftsmann, ins Ausland abgesetzt. Das konnte sich der Bruder nicht vorstellen. Er ist überzeugt, dass seine Schwester kein Doppelleben führte. Den Schluss des Artikels möchte ich Ihnen nicht vorenthalten: ‚Verschwinden Leute mir nichts, dir nichts aus ihrem Leben? Warum versuchte die Polizei nicht, Kontakt mit Helga Hollmann aufzunehmen? Warum wurde die Aussage des Ehemanns ungeprüft für bare Münze genommen? Was passierte wirklich mit der Frau? Wurde sie Opfer eines Verbrechens? Ist sie schon lange tot? Viele Fragen! Die Leser dieser Zeitung sind gespannt auf die Antworten der Mannheimer Polizei.'"

Murmeln im Raum. Faulhaber hob den Arm.

„Hanke hat mich vor einer halben Stunde angerufen. Er hat uns eine Frist gesetzt", sagte Faulhaber.

„Frist!", murmelte Lauer vor sich hin.

„Bis kommenden Dienstag will er eine Stellungnahme von uns."

„Ich sage Ultimatum", sagte Lauer.

„Bitte?"

„Nichts, ich habe laut gedacht."

„Ich möchte keinen Ärger mit der Presse. Die

Mannheimer Polizei soll in keinem schlechten Licht dastehen“, sagte Faulhaber und blickte wieder lange in die Runde. Dann drehte er sich Clement zu.

„Sorgen Sie dafür, dass der Journalist alle Informationen bekommt, die er wünscht.“

Ohne Clements Reaktion abzuwarten, erhob sich Faulhaber und verließ das Zimmer.

„Sie haben die Worte unseres Polizeipräsidenten gehört“, sagte Clement, nachdem die Tür ins Schloss gefallen war. Das Telefon vor ihm klingelte.

„Kollegin Dobler, Kollege Gernhardt, Sie kümmern sich um den alten Vermisstenfall. Kommen Sie gleich nach der Besprechung zu mir ins Büro, ich werde Ihnen die Adresse unseres früheren Kollegen Schindler geben. Und nehmen Sie mit diesem Redakteur Kontakt auf.“

Clement nahm den Hörer ab.

„Ja, natürlich, sofort. Mehrere, sagen Sie? Und wo? Spielplatz im Rheinauer Wald? Zwischen Rheinau und Friedrichsfeld. Wir kommen!“

Clement, der sich während des Telefonats Notizen gemacht hatte, legte den Hörer auf, ließ den Kopf eine Spur zu lange gesenkt, sodass der Eindruck von Theatralik entstand. Leo Lauer empfand es so. Endlich hob der Leiter des Dezernats 11 den Kopf und man spürte die Last, die auf seinen Schultern lag.

„Mehrere Tote auf einem Spielplatz im Rheinauer

Wald. Lauer, Meyers, Meißner, Ihr Fall. Hier finden Sie alle nötigen Informationen."

Er gab den Zettel der Oberkommissarin Irene Meyers.

3

Der Waldspielplatz war weiträumig abgesperrt. Die Straße, die nach Rheinau in die eine Richtung und nach Friedrichsfeld in die andere führte, war komplett gesperrt. Der Fahrer eines Audi-Cabriolets hatte an der Absperrung mit der linken Hand gestikuliert und mit der rechten seine Hupe traktiert. Eine Streifenbeamtin stand stoisch an der Absperrung und ließ sich vom Wüten des Cabriofahrers nicht beeindrucken. Lauer kannte die Polizeiobermeisterin.

„Alles klar, Kollegin?", fragte er. Die Frau nickte und die Andeutung eines Lächelns erschien auf ihrem Gesicht. Julian Meißner zog seinen Dienstausweis und hielt ihn dem noch hupenden Autofahrer vor die Nase.

„Sie behindern eine polizeiliche Ermittlung", sagte Meißner in einem Ton, für den Lauer ihn beneidete. „Wenden Sie bitte Ihr Auto!"

„Isch hab en Termin in Friedrichsfeld", brachte der Autofahrer heraus und stellte das Hupen ein. „Jetzt mache Se schun Platz. Des behinnert doch känner."

„Ausgeschlossen. Wichtige Ermittlungsarbeit. Fahren Sie einfach über den Pfingstberg und Seckenheim, so kommen Sie auch ans Ziel."

„Des issen Umweg."

„Vielen Dank für Ihr Verständnis", sagte Meißner und ließ den Cabriofahrer stehen. Der wendete, legte den ersten Gang ein, ließ den Motor aufheulen und entfernte sich mit quietschenden Reifen, nicht ohne ein letztes Mal seine Hupe zu betätigen.

„Wo nimmst du die Ruhe her, Julian?", fragte Ingrid Meyers.

Die Spurensicherung war bei der Arbeit. Die Kommissare konnten Dr. Julia Langner begrüßen, die Ärztin vom Rechtsmedizinischen Institut der Universität Heidelberg, die fast gleichzeitig mit ihnen die Absperrung passiert hatte.

„Wie geht es Adelmann?", fragte Lauer die Ärztin.

„Noch krankgeschrieben", kam die Antwort. „Nächsten Montag fängt die Reha an."

Lauer wusste, dass der Rechtsmediziner Friedrich Adelmann, dem er sich freundschaftlich verbunden fühlte, Ende Februar ein neues Kniegelenk bekommen hatte. Adelmann, einige Jahre älter als Lauer, war in seiner Sturm-und-Drang-Zeit ein talentierter Handballspieler gewesen, Kreisläufer, und hatte es bis zur Zweiten Bundesliga gebracht.

„Richten Sie ihm die besten Genesungswünsche aus."

„Mach ich."

Meyers und Lauer standen abseits vom Pavillon auf einer Erhebung. Meyers hatte den Platz ausgesucht.

„Von dort haben wir einen guten Überblick."

Meißner kniete neben dem Auto und fotografierte den toten Mann.

„Einen Dreifachmord gibt es nicht jeden Tag in Mannheim", sagte Lauer.

„Was ist hier passiert?", fragte seine Kollegin. Aber es klang mehr wie eine Feststellung. „Ein Schlachtfeld, wir schauen auf ein Schlachtfeld."

„Ich denke …"

„Sag nichts, Leo", unterbrach ihn Irene Meyers. „Keine voreiligen Schlüsse ziehen. Lassen wir den Ort auf uns wirken."

Schweigend standen sie nebeneinander. Das, was Lauer vor sich sah, kam ihm unwirklich vor. Lauer kannte den Parkplatz. Zwei, drei Mal im Jahr parkte er hier, meist zum Ende des Sommers, marschierte in südlicher Richtung los, bis er nach einiger Zeit auf das Gelände traf, das früher US-Soldaten als Truppenübungsgelände gedient hatte. Eine Sandlandschaft, die sich kleine Kiefern, Birken, Heidekraut und verschiedene Distelarten zurückeroberten. Und letztes Jahr hatte er Sommerflieder entdeckt. Daneben verfallene Schuppen, marode Gefechtsstände. Ab und zu ein ausgegrabener Zaunpfahl mit einem Betongeschwulst. Eine bizarre Landschaft, die Lauer im August und im September, wenn das Heidekraut blühte, magisch anzog.

„Ein Schlachtfeld im Frühling“, beendete Lauer die Stille.

„Ein Schlachtfeld in einem zu kalten Frühling“, sagte Meyers.

Überall waren Kriminaltechniker in weißen Schutzanzügen zugange. Oben am Pavillon bei der Leiche des Radfahrers, am Fuß des Pavillons beim Rennrad, rund um die Wippe, vor dem Auto, einem silbergrauen Honda Civic, am Kofferraum des Wagens. Mindestens sechzehn Kollegen. Da Lauer beim Zählen durcheinander kam, konnten es auch mehr sein. Einer dieser Kriminaltechniker kam auf sie zu.

„Hallo, Irene, hallo, Leo“, sagte Theo Lentz.

„Wie viele Tage noch?“, fragte Lauer, der wusste, dass Lentz zum ersten April in den Ruhestand ging.

„Zehn, mit den Wochenenden. Dann ist Schluss. Ich hätte mir einen ruhigeren Abgang gewünscht.“

Lauer konnte nicht widersprechen.

„Erste Erkenntnisse?“, fragte Meyers.

„Die Leute im Honda waren das Ziel, würde ich vermuten. Der Radfahrer könnte den oder die Täter gestört haben. Aber es ist noch zu früh, das sind alles Spekulationen, was ich von mir gebe.“

„Der Wagen hat eine Mannheimer Nummer“, sagte Lauer.

„Richtig!“

„Identität der Opfer bekannt?“, fragte Meyers.

Theo Lentz wiegte den Kopf hin und her.

„Sowohl als auch. Der Radfahrer hatte keine Papiere bei sich. Bei den Toten am und im Auto handelt es sich um Gaetano Russo und seine Frau Nuria."

„Der Russo?"

„Du kennst den Mann, Leo?", sagte Meyers.

„Pizzabäcker auf der Rheinau. Relaisstraße."

Lauer sprach den Straßennamen so aus, wie ihn richtige Mannheimer aussprechen.

„Betrieb dort einen Pizzaservice. Geheimtipp. Eine der besten Pizzen in Mannheim."

„Genau", sagte Theo Lentz. „Und kommt aus Sizilien, aus Palma di Montechiaro."

Lauer pfiff durch die Zähne.

„Das Palma di Montechiaro! Sollten wir da ein Motiv für diese Tat finden?"

„Langsam, Leo Lauer", sagte Meyers, „keine Schnellschüsse."

„Die zehnjährige Tochter der Familie ist ins Klinikum gebracht worden. Sie wurde schwer verletzt. Sie war kurze Zeit bei Bewusstsein, aber nicht ansprechbar, sagte der Notarzt."

Lentz deutete auf die Wippe mitten auf dem Spielplatz.

„Dort hat sie gelegen. Die Einzige, die vom Auto weiter entfernt war. Vermutlich saß das Mädchen auf dem Beifahrersitz. Warum sie das Auto verlassen hat und die Tür nicht zuwarf, können wir nur vermuten."

„Und, was vermutest du?", fragte Lauer.

„Dass sie sich unbändig auf die Spielgeräte freute, ist unwahrscheinlich. Eher, dass sie fliehen wollte“, sagte Lentz.

„Die Tatwaffe?“

„Wir haben Patronenhülsen gefunden. Kleineres Kaliber. Nichts Gebräuchliches.“

„Das könnte ein Pluspunkt für uns sein“, sagte Meyers.

„Ja, ja, Kollegin, je ausgefallener die Waffe, desto kleiner der Heuhaufen.“

Meyers schämte sich für das Lachen, das Lauers Kommentar begleitete. Einer der Kriminaltechniker am Pavillon winkte Lentz zu.

„Ich muss los“, sagte Lentz. „Bin ich froh, wenn dieser Monat vorbei ist.“

Er war fast am Pavillon angekommen, als er sich umdrehte.

„Eines müsst ihr mir versprechen, diesen Typen schnappt ihr. Und das feiern wir in meinem Schrebergarten!“

Nur noch zehn Tage! Lauer beneidete den Kollegen. Die restlichen Jahre seiner Dienstzeit kamen ihm vor wie ein Berg. Er stand am Fuß dieses Berges und es kam ihm unmöglich vor, einen Schritt vor den anderen zu setzen. Seit vor zweieinhalb Jahren seine Beziehung zu Hanne in die Brüche gegangen war, hatte sich eine Wehmut seiner bemächtigt. Diesen Zustand versuchte er mit sarkastischen Sprüchen zu überspielen, die niemand lustig fand.

„Du hast eine negative Aura “, sagte Meißner jeden zweiten Tag.

Wenn Lauer abends seinen Kater kraulen konnte, ging es ihm besser.

„Zur falschen Zeit am falschen Ort, da könnte was dran sein“, sagte Meyers.

„Wie, was meinst du?“, schreckte Lauer aus seinen Gedanken hoch.

„Dass der Täter es auf die Leute im Honda abgesehen hatte, wie Theo spekuliert hat.“

Lauer war dabei, sich eine Entgegnung zurechtzulegen, von wegen voreiliger Schlüsse und so. Er kam nicht dazu. Meißner war zu ihnen getreten.

„Saubere Arbeit“, sagte er. „Da waren Profis am Werk.“

„Keine voreiligen Schlüsse, Julian“, ermahnte Irene Meyers erneut.

„Erstens wissen wir nicht, ob es mehrere Täter waren. Zweitens gibt es keine harten Fakten, dass Profis am Werk waren.“

„Das Ganze muss sich in wenigen Augenblicken abgespielt haben“, sagte Meißner. „Alle Spuren, die ich am Tatort sehe, sagen mir, dass der oder die Täter geplant und ruhig vorgegangen sind. Ich sehe keine Anzeichen von Hektik. Und mit Profi meine ich, dass wir es mit jemandem zu tun haben, der töten wollte und sich damit auskennt.“

Julia Langner kam auf sie zu, streifte sich die Handschuhe ab und steckte sie in ihren Kittel.

„Und, gibt es schon erste Erkenntnisse?", fragte Lauer.

„Das gleiche Muster, bei dem Mann am Auto und der Frau im Auto. Beide sind höchstwahrscheinlich durch Kopfschüsse gestorben, pro Person zwei. Abgegeben aus kurzer Distanz, nicht angesetzt. Beide dürften sofort tot gewesen sein. Näheres nach der Obduktion. Bei dem Radfahrer sieht es anders aus. Er wurde fünfmal getroffen, ein Steckschuss im rechten Oberschenkel, dann ein Bauchschuss. Und ein glatter Durchschuss des linken Oberarms. Diese drei Schüsse wurden voraussichtlich aus einer größeren Entfernung abgegeben. Der Mann muss nach vorne umgekippt sein. Als er gefunden wurde, lag er mit dem Gesicht im Sand. Ein Schuss in den Rücken, rechte Schulter. Letztlich letal war vermutlich ein angesetzter Genickschuss. Bei erster Begutachtung konnte ich kein Ausschussloch entdecken. Also ein Steckschuss. Deutlich sichtbare Schmauchspuren. Die Stanzmarke ist mit bloßen Augen zu erkennen. Sieht alles aus wie eine Hinrichtung."

„Können Sie etwas über die Reihenfolge der Schüsse sagen?", fragte Meyers. „Wer wurde zuerst getroffen? Wie könnte der Ablauf ausgesehen haben?"

„Ausgeschlossen", sagte die Ärztin. „Im Augenblick ist das unmöglich. Und ich glaube, auch nach eingehender Untersuchung im Institut dürfte es ausgeschlossen sein, den Ablauf des Geschehens anhand der Schussverletzungen zu rekonstruieren."

„Den nächsten Dreifachmörder bitten wir höflich, seine Opfer zu nummerieren, damit wir es einfacher haben, den Tatablauf zu rekonstruieren", sagte Lauer und niemand lachte.

„Was ist mit dem vierten Opfer?", fragte Meißner.

„Das Mädchen? Ich habe mit dem Notarzt telefoniert. Ebenfalls Kopfschuss, nicht von vorne in die Stirn. Das Mädchen wurde seitlich hinter dem Ohr getroffen. Nur ein Treffer. Sie wird im Moment notoperiert. Es sieht kritisch aus, es besteht aber Hoffnung."

„Sie könnte für uns eine wichtige …", fing Lauer an, brach dann mitten im Satz ab, als er sah, wie Julia Langner den Arm ausstreckte und in Richtung des Autos deutete.

„Haben Sie das gesehen?", stieß sie hervor.

Lauer hatte nichts gesehen, er war so fasziniert von der Szene, die sich plötzlich vor ihm abspielte, dass er sich fragte, ob er seinen Augen trauen konnte. Dr. Julia Langner ließ die Kommissare stehen, rannte los, rannte den Hügel hinunter, stieß den Kriminaltechniker, der die Beifahrertür des Honda untersuchte, zur Seite, riss die Tür zur Rückbank auf, wo Nuria Russo immer noch mit der Stirn gegen die Kopfstütze der Beifahrertür lehnte, fiel auf die Knie, verschwand mit Kopf und Oberkörper im Fußraum vor der Rückbank.

4

„Was für eine Idylle!“, sagte Susanne Dobler. „Ich fasse es nicht.“

„Mitten in Mannheim!“, sagte Christian Gernhardt und so etwas wie Stolz schwang in seiner Stimme mit.

Sie hatten vorne in der Schwalbenstraße einen Parkplatz gefunden, waren an dem Kinderspielplatz vorbeigekommen, durch den Torbogen geschritten und in einer anderen Welt gelandet. Zwar parkten Autos vor den kleinen Doppelhäusern, aber der Lärm und die Hektik waren wie weggeblasen. Dobler zählte zu beiden Seiten der Reiherstraße je vier Doppelhäuser, die an der Stirnseite mit größeren Häusern verbunden waren und so eine geschlossene Einheit bildeten. Sie fanden die Doppelhaushälfte sofort, in der Anton Schindler wohnte. Rechts vor den Eingangsstufen stand der Restmüllbehälter, dahinter ein Tannenbäumchen im Topf. Das Fenster neben der Eingangstür war vergittert. Durch das Gitter lugten Tulpen, rote und gelbe, die in einem Blumenkasten auf der Fensterbank standen. Mitten auf der Tür hing ein vergessener Kranz mit getrockneten Sommerblumen. Links am Geländer zwei Blumenkästen, die noch nicht bestückt waren. Susanne Dobler ging die fünf Stufen zur Haustür hoch und drückte auf die Klingel. Die Fensterläden im Erdgeschoss und im ersten Obergeschoss waren geschlossen.

„Sieht nicht so aus, als ob jemand zu Hause wäre“, sagte Christian Gernhardt.

Bevor Dobler etwas erwidern konnte, ging die Tür auf und eine winzige Frau stand vor ihnen.

„Sie wünschen?“, sagte die Frau. Sie ging gebückt und sah die beiden Kriminalbeamten nicht an. Vielleicht wirkt sie deshalb so klein, dachte Dobler.

„Wir sind von der Kriminalpolizei und möchten mit Ihrem Mann sprechen“, sagte sie und hielt der Frau ihren Dienstausweis hin.

„Aha, Kollegen“, sagte die gebückte Frau, ohne sich um den Ausweis zu kümmern. Ein Lächeln erschien auf ihrem Gesicht. „Um die Zeit sitzt er im Stempelpark und liest seine Zeitung. Vorne an der Schwalbenstraße …“

„Danke, ich kenne den Weg“, unterbrach Gernhardt die Frau.

Die beiden Kommissare bedankten sich und machten sich auf den Weg. Als sie an ihrem Wagen ankamen, ging Gernhardt einfach weiter.

„Nein“, sagte Dobler, „nicht zu Fuß, bitte.“

„Sind keine zehn Minuten.“

Auf einer Bank in der Nähe der Unionskirche saß ein Mann und rauchte eine Zigarre. Gernhardt wollte auf den Mann zugehen, doch Dobler hielt ihn an der Jacke fest.

„Das ist nicht Anton Schindler.“

„Wie kommst du da drauf?“

„Die gebückte Frau und der Mann passen nicht zusammen."

Gernhardt blies hörbar die Luft aus.

„Außerdem hat seine Frau gesagt, er liest seine Zeitung. Der Mann hat keine Zeitung bei sich."

Sie gingen den Weg weiter. Ein Junge und ein Mädchen kamen ihnen auf Fahrrädern entgegen.

„Wieso kennst du dich hier so gut aus?", fragte Susanne Dobler.

„Meine Eltern haben einige Jahre in Käfertal gewohnt, in der Enzianstraße, ganz in der Nähe. Und als Grundschüler bin ich jeden Tag durch den Stempelpark gekommen."

Auf einer Bank vor dem Kulturhaus saß ein Mann, der größenmäßig perfekt zu der Frau aus der Reiherstraße passte. Und der Mann blätterte in einer Zeitung.

„Nehmen Sie doch Platz", sagte der Mann, als sie näherkamen. „Ich habe Sie erwartet."

Dobler war so überrascht, dass sie sich wortlos hinsetzte. Gernhardt blieb stehen.

„Wieso haben Sie uns erwartet? Und wer, glauben Sie, sind wir?", fragte er.

Anton Schindler, der Hauptkommissar im Ruhestand, legte den Rhein-Neckar-Anzeiger vor sich auf die Knie und klopfte mit der linken Faust auf einen Artikel.

„Deshalb", sagte er.

Dobler konnte die Überschrift entziffern. Die Frau,

um die es ging, sah sie auf dem Foto zum ersten Mal. Eine Frau um die vierzig, die ein wenig verunsichert in die Kamera blickte, die Lippen zu einem Lächeln verzogen. Die Frisur, fand Dobler, war nicht auf dem neusten Stand. Das Foto musste 20 Jahre alt sein.

„Ich hatte gehofft, Clement würde vorbeischauen. Oder Lauer schicken. Nicht so junges Gemüse. Wie geht es Lauer? Ist er immer noch so pedantisch?"

Dobler schaute Gernhardt an. Lauer? Pedantisch? Meinte Anton Schindler den Hauptkommissar, den sie kannte und der eines garantiert nicht war: pedantisch?

„Ist er noch immer so ein Korinthenkacker? Durch und durch Bürokrat?"

Dobler ging nicht auf die Frage ein.

„Wie lange sind Sie im Ruhestand?", fragte sie, um ein Gespräch in Gang zu bringen.

„Seit Anfang 95."

Anton Schindler faltete die Zeitung zusammen. Dobler schaute sich den alten Kommissar genauer an. Er war klein und schlank. Kein Gramm Fett zu viel. Sein Gesicht war leicht gebräunt. Er machte einen durchtrainierten Eindruck. Auf keinen Fall sah er so alt aus, wie er war. Wenn er 1995 in den Ruhestand gegangen war, musste er auf die Achtzig zugehen.

„Sie haben recht", sagte Dobler, „wir sind wegen Helga Hollmann hier. Erzählen Sie uns bitte alles, woran Sie sich erinnern."

„Da gibt es wenig zu erzählen. Die Sache war klar. Eine Ehefrau verlässt ihren Mann, weil sie sich einen Geliebten zugelegt hat. Das passiert jeden Tag."

„Aber nicht, dass die Ehefrau dann spurlos verschwindet und keinerlei Lebenszeichen von sich gibt", sagte Gernhardt.

„Das kommt nicht jeden Tag vor, richtig. Ausgeschlossen ist es nicht. Was der Ehemann uns erzählte, hatte Hand und Fuß. Der Mann machte einen durch und durch glaubhaften Eindruck. Er ist extra ins Polizeipräsidium gekommen, um die Vermisstenanzeige aufzugeben. Zufällig habe ich die Anzeige aufgenommen. Der Mann war am Ende. Der hat mir kein Theater vorgespielt. Der hat gelitten wie ein Hund, dass seine Frau weg war."

„Was hat er denn erzählt?", fragte Susanne Dobler.

„Dass seine Frau seit zwei Tagen verschwunden ist, dass sie nur ihre Handtasche mitgenommen hat. Dass das Cabrio seiner Frau ebenfalls weg ist. Dass er verzweifelt ist. Dass er ohne seine Frau nicht leben kann."

„Was war denn mit dem Cabrio?", fragte Gernhardt.

„Das haben wir am nächsten Tag gefunden. Auf dem Parkplatz eines Elektromarktes in der Hans-Thoma-Straße, Promarkt, glaube ich, gibt es schon lange nicht mehr. Das Auto war ordnungsgemäß abgeschlossen. Die Kriminaltechnik hat das Auto untersucht. Keinerlei Auffälligkeiten."

„Und weiter?", fragte Dobler.

„Einige Tage nach der Vermisstenanzeige kam Hollmann wieder ins Präsidium. Gab an, gerade mit seiner Frau telefoniert zu haben. Sie habe sich verliebt, folge ihrem Freund, einem reichen Geschäftsmann, ins Ausland."

„Wohin?", fragte Gernhardt.

„Das wusste Hollmann nicht. Später war, glaube ich, von Australien die Rede. Seiner Frau gehe es gut, sagte er. Sie habe sich bedankt für die wunderbaren Jahre der gemeinsamen Ehe. Und sie habe sich entschuldigt, dass sie ihn verlassen hat."

Gernhardt hörte auf, sich Notizen zu machen.

„Sie haben ihm geglaubt?"

„Das war alles plausibel. Es gab keinen Grund an seinen Worten zu zweifeln."

„Haben sie jemals direkt mit Helga Hollmann sprechen können?"

Schindler schüttelte den Kopf.

„Ging nicht. Wir haben es uns nicht einfach gemacht. Wir haben das Auto der Frau untersucht. Wir haben uns im Familien- und Bekanntenkreis umgehört. Von allen haben wir das Gleiche gehört. Eine intakte Ehe, liebevoller Umgang miteinander. Keinerlei Anlass zu Streitigkeiten. Die zwei lebten harmonisch zusammen."

„Warum haben Sie die Akte so schnell geschlossen?", fragte Susanne Dobler.

Schindlers Gesichtsfarbe änderte sich von hellbraun zu rot.

„Ich habe nach bestem Wissen und Gewissen entschieden. Herr Dr. Hollmann, ja, der Mann ist Arzt, Zahnarzt, durch und durch integer."

Das Durch-und-Durch hörte Dobler nicht zum ersten Mal in diesem Gespräch.

„Ein Ehrenmann. Der hätte seiner Frau nie etwas antun können. Dafür liebte er sie viel zu sehr."

Anton Schindler wurde lauter.

„Außerdem waren wir zu diesem Zeitpunkt unterbesetzt. Und Anfang der 90er, der ganze Ärger mit der Mafia. Sie können sich ja nicht vorstellen, was zu der Zeit in Mannheim los war."

Schindler steckte die Zeitung in seine Manteltasche, stand auf und entfernte sich von der Bank. Als er zehn Meter weg war, drehte er sich noch einmal um.

„Was wissen Sie schon?", rief er Dobler und Gernhardt zu.

„Was für ein Abgang!", sagte Dobler.

Gernhardt zog sein Handy aus der Tasche.

„Ich versuche, Hanke beim Rhein-Neckar-Anzeiger zu erreichen."

„Tu das".

„An seinem Arbeitsplatz bei der Zeitung ist er nicht", sagte er zwei Minuten später. „Hankes Kollegin sagte mir, um diese Zeit sei er meist im *Café Journal* am Marktplatz anzutreffen. Seine Handy-Nummer kannte sie angeblich nicht. Wir sollten doch einfach dort vorbeischauen. Da würden wir ihn mit großer Wahrscheinlichkeit treffen."

Susanne Dobler stand auf.

„Dann los ins *Café Journal*."

5

„Hey, was soll das?"

Der Kriminaltechniker hatte sich aufgerappelt und klopfte sich den Staub aus seinem blütenweißen Schutzanzug.

Lauer wusste nicht, wie viel Zeit vergangen war, seit die Ärztin in dem Auto verschwunden war. Es kam ihm endlos vor, dabei konnten es nur einige Sekunden gewesen sein. Endlich kam sie aus dem Honda gekrochen und hielt ein kleines Kind in den Armen. Jetzt sahen Meyers, Lauer und Meißner, wie sie dem Kind mit der Hand über die Haare strich, und das Kind drückte seinen Kopf gegen ihre Wange. Ein friedliches Bild, fand Lauer, das so gar nicht zu dem passte, was vor Kurzem auf dem Waldspielplatz passiert war.

„Emely Russo, drei Jahre alt, Tochter von Gaetano und Nuria Russo, die Mutter hatte den Kinderreisepass in ihrer Handtasche", sagte Julian Meißner.

„Unglaublich", sagte Meyers und alle, die um sie herum standen, nickten. „Das Mädchen muss fast zwei Stunden unbemerkt im Auto verbracht haben. Warum hat es sich nicht gemeldet?"

„Es konnte anscheinend nicht zwischen gut und böse unterscheiden. Außerdem steht die Kleine sicher unter Schock", sagte Dr. Langner, die das Mädchen einer Kollegin der Kriminaltechnik übergeben hatte. Die Großmutter von Emely, die mit ihrem Sohn und ihrer Schwiegertochter in einem Häuschen in der Zwischenstraße auf der Rheinau wohnte, war benachrichtigt worden.

„Wie haben Sie das Kind entdeckt?", fragte Meißner.

„Eine Bewegung aus den Augenwinkeln wahrgenommen. Der linke Arm der toten Frau hat ganz leicht gewackelt."

„Hat das Mädchen etwas zu Ihnen gesagt?", fragte Lauer die Ärztin.

„Zuerst hat sie mich nur angeschaut. Dann hat sie nach ihrer Mama gerufen."

Eine Streifenpolizistin näherte sich der Gruppe um die Ärztin und winkte Lauer zu. Der trat zu der Streifenpolizistin hin.

„Was gibt es?", fragte er.

„Frau Bode fragt, wie lange es noch dauert."

„Frau Bode?"

„Ja, Jutta Bode, das ist eine der Erzieherinnen, die zusammen mit ihren Kindergartenkindern zuerst am Tatort waren."

„Ich kümmere mich darum", versprach Lauer.

Jutta Bode saß in der geöffneten Hecktür des Notarztwagens, hatte eine Decke umgelegt und nippte an einem Kaffeebecher. Lauer hätte auch einen vertragen können, er hatte aber keine Lust zu fragen. Die Erzieherin erzählte Lauer, wie Leon von dem blutenden Mädchen berichtet hatte, wie sie die Leichen und das schwer verletzte Mädchen aufgefunden hatte, wie sie ihre Kollegin, noch bevor die Polizei am Tatort erschienen war, zum Kindergarten zurückgeschickt hatte, weil es für die Kinder das Beste gewesen sei. Lauer stimmte der Frau zu, die einen gefassten Eindruck machte. Er hörte vieles, was er schon wusste. Eine Neuigkeit ließ ihn aufhorchen und er holte seinen Notizblock heraus und fing an zu schreiben.

„Ich kenne den toten Radfahrer."

„Wie, was heißt das? Sie wissen, wer das ist?", fragte Lauer.

„Nein, wir sind ihm begegnet, als wir vorne am Wildgehege waren. Da war er noch ganz lebendig. Und kurze Zeit später …"

„Wie weit entfernt ist das?"

„Wenn wir mit den Kindern unterwegs sind, dauert das eine halbe Stunde. Ein sportlicher Radfahrer schafft das in fünf Minuten."

Jutta Bode schlug die Hände vor dem Gesicht zusammen und schluchzte. Als sie nach einigen Sekunden Lauer anschaute, liefen ihr Tränen über die Backen.

„Es hätte uns treffen können, die Kinder."

„Wie meinen Sie das?"

„Wären wir früher am Spielplatz gewesen, hätten wir die Mörder gestört und nicht der Fahrradfahrer, der arme Mann!"

Sie wischte sich über die Augen.

„Ich musste das Mädchen allein lassen. Das verstehen Sie doch, oder?"

„Sicher verstehe ich das."

„Ich musste an unsere Kinder denken. Ich habe doch die Verantwortung. Es ist mir nicht leicht gefallen, das Mädchen einfach so liegen zu lassen. Das müssen Sie mir glauben! Die Täter hätten ja noch in der Nähe sein können."

„Die Täter?"

„Oder der Täter, einer, mehrere, woher soll ich das wissen?"

„Sie sind sich sicher, das Geräusch eines Motorrads gehört zu haben?", ließ Lauer nicht locker.

„Ganz sicher", sagte Jutta Bode. „Wir waren höchstens 100 Meter vom Parkplatz entfernt."

„Und Sie haben nichts gesehen?"

„Von der Stelle, an der wir uns befanden, sind der Parkplatz und der Spielplatz nicht einsehbar. Ich habe deutlich gehört, dass ein Motorrad aufheulte, als ob der Fahrer zu viel Gas gibt und das Hinterrad durchdreht."

„Versuchen Sie sich genau zu erinnern."

„Es gab nichts zu sehen." Jutta Bode schüttelte den Kopf. „Eines unserer Kinder, Leon, der hat mir gesagt, dass ein Motorradfahrer weggefahren ist. Der Junge muss den Mann gesehen haben."

„Und wie hat er ihn beschrieben?"

„Das habe ich ihn in diesem Moment nicht gefragt. Meine Kollegin und ich hatten anderes zu tun. Stellen Sie sich die Situation vor. Sie sind mit einer Kollegin und elf kleinen Kindern unterwegs und Sie kommen in einen solchen Schlamassel."

Unvorstellbar, sagte sich Lauer in Gedanken. Als das Gespräch zu Ende war und Lauer Jutta Bode mehrmals versichert hatte, dass sie gehen könne, waren zwei Seiten seines Notizblockes eng beschrieben. Jutta Bodes Name mit Telefonnummer war zu lesen, die Adresse des Kinderladens Seepferdchen, der Name und die Handynummer von Corinna Schaller, der Kollegin von Jutta Bode, Leon Schick und hinter seinem Namen ein dickes Ausrufezeichen und den Namen von Dr. Erik Schick, Rechtsanwalt, hinter dem Namen das Wort „unangenehm", dick unterstrichen.

Leo Lauer ging zurück auf die Anhöhe neben dem Pavillon, von der aus man den ganzen Spielplatz und die Parkplätze davor im Blick hatte. Julian Meißner stand allein da.

„Dr. Langner ist zurück nach Heidelberg", sagte er

zu Lauer. „Der Dreifachmord hat absolute Priorität. Das hat sie versprochen."

„Wo ist Meyers?", fragte Lauer.

„Die steht da vorne bei der Großmutter des kleinen Mädchens."

Er deutete in Richtung Straße und Lauer sah die Kollegin, die vor einer Frau stand, die das kleine Mädchen in einen Arm hielt und mit dem anderen weit ausholende Bewegungen machte. Lauer zuckte mehrmals zusammen, weil er fürchtete, Irene Meyers könnte von dem Arm getroffen werden. Die schien das gar nicht zu bemerken. Seelenruhig, ohne aufzublicken, schrieb sie etwas in ihr Notizbuch.

„Ich habe Hunger", sagte Meißner. "Aber wir haben nicht viel Zeit."

Für den Bruchteil einer Sekunde durchzuckte Lauer der Gedanke an eine Pizza.

6

„Informantenschutz. Haben Sie davon gehört?"

Susanne Dobler rührte ihren Kaffee nicht an. Das lag nicht an Roland Hankes bühnenreifem Auftritt. Die feuchte Schnauze auf ihrem Oberschenkel verhinderte, dass sie den Cappuccino genießen konnte.

„Bitte verstehen Sie uns nicht falsch", hörte sie ihren Kollegen sagen. „Das ist keine Befragung, wir bitten Sie um Ihre Hilfe. Wir sind auf Sie angewiesen."

Dobler fand das Gesäusel ihres Kollegen Christian Gernhardt unerträglich.

„Ich berufe mich ja nicht auf mein Recht, Ihnen die Aussage zu verweigern. Ich helfe Ihnen. Ich möchte Ihnen nur deutlich machen, dass ich anders könnte."

Sag deinem Köter, er soll sich unter den Tisch verkriechen und mich nicht weiter belästigen, dachte Susanne Dobler und schob die Tasse ein Stück von sich weg.

„Amélie, lass das Fräulein doch in Ruhe!"

Dobler war für den Hinweis dankbar. Der Hund jedoch, von Hankes Worten eher bestärkt, seufzte auf und drückte seine Schnauze noch fester auf Doblers Oberschenkel.

„Schmeckt der Cappuccino nicht?", fragte Christian Gernhardt, der nichts bestellt hatte, und griff nach der Tasse. Der Hund drehte sich von der Kommissarin weg, was für ein Glück, dachte die, und legte seine Schnauze auf Gernhardts Oberschenkel. Der lächelte, nahm einen Schluck, verdrehte die Augen, und kraulte den Bart des Hundes.

„Schmeckt doch gut. Komm her, mein Mädchen", sagte er und der Hund seufzte wieder auf.

Dobler hatte den Kulturredakteur des Rhein-Neckar-Anzeigers sofort erkannt. Er saß vorne im *Café Journal* an dem Tisch vor der Tortenbar. Ein ungemütlicher Platz, wie sie fand, wie auf dem Präsentierteller. Aber ein strategisch gut gewählter Platz, wie sich im Verlauf des Gesprächs herausstellte, denn jeder, der das Café betrat, stolperte an Hanke vorbei. Und der war anscheinend hier bekannt. Den Hund hatte Dobler anfangs nicht bemerkt. Erst als sie zu Boden geschaut und das Tier neben ihrem linken Schuh gesehen hatte, war sie zusammengezuckt. Als die Bedienung den Cappuccino brachte, stand der schwarze Hund neben ihr und legte die Schnauze auf das Tischtuch.

„Nein, mein Mädchen", sagte Hanke. „Sie müssen entschuldigen, Amélie ist verrückt nach Sahne. Schnäuzchen runter!"

Aufgeschlagene Milch, dachte Dobler. Sie hatte es nicht für möglich gehalten, aber der Hund nahm seine Schnauze vom Tischtuch. Jedoch verkroch sich der Hund nicht unter dem Tisch. Nein, er drehte sich um, seine Schnauze verschwand in einer Schüssel mit Wasser, die rechts vor der Kuchentheke stand. Dann legte er seine feuchte Schnauze auf Doblers Oberschenkel.

„Amélie, das geht doch nicht. Du belästigst doch das Fräulein!", sagte Hanke.

Sie wusste nicht, ob sie sich über die Belästigung des Hundes oder über Hankes „Fräulein" mehr aufregen sollte.

„Reinrassig?", fragte Gernhardt.

„Riesenschnauzer. Sensibel, mit viel Dickkopf."

„Wir sollten jetzt langsam über Helga Hollmann

reden", setzte Susanne Dobler der Fachsimpelei ein Ende.

„Purer Zufall!", sagte Hanke und zog die Us in die Länge. „Die Bekanntmachung des Amtsgerichts ist nicht in der Anzeigenabteilung, sondern bei mir auf dem Schreibtisch gelandet. Ich hab mir das angesehen und gedacht, du kennst diesen Fall nicht. Es ist doch üblich, dass die Polizei die Öffentlichkeit einschaltet, wenn sie eine vermisste Person sucht. Und dann hab ich in unserem Archiv nichts gefunden über diesen Fall. So hat das alles angefangen."

Hanke redete und redete und sagte bis jetzt nichts, was am Morgen nicht schon in seinem Artikel im Rhein-Neckar-Anzeiger gestanden hatte.

„Helga Hollmann, das habe ich in mühsamen Recherchen herausgefunden, war keine Frau, die so einfach verschwindet. Da stimmte etwas nicht, sagte ich mir. Den Ehemann, Werner Hollmann, den sollten Sie sich mal vorknöpfen. Wenig kooperativ!"

Gernhardt hatte sein Notizbuch aus der Tasche gezogen und schrieb fleißig mit.

„Der Bruder kann Ihnen interessante Informationen geben."

„Der Name?"

„Behm, Rudi Behm."

Hankes Handy klingelte. Er schaute auf das Display und drückte den Anruf weg, wie all die anderen Male vorher auch schon.

„Was für Informationen kann er uns denn geben?“, fragte Dobler.

Hanke ignorierte die Frage.

„Interessant sind auch die Freundin von Helga Hollmann und eine Arbeitskollegin.“

„Die Namen?“, fragte Gernhardt.

„Hab ich im Moment nicht im Kopf. Wenn ich heute Nachmittag in der Redaktion bin, rufe ich Sie an. Geben Sie mir doch bitte Ihre Nummer.“

Gernhardt reichte Hanke eine Visitenkarte.

„Privatnummer, Dienstnummer, Handy, Mailadresse, alles drauf.“

„Entschuldigen Sie bitte“, sagte Hanke und stand auf. Es war nicht das erste Mal, dass ihr Gespräch unterbrochen wurde. Hanke nahm eine Frau in einem wallenden geblümten Kleid in den Arm, drückte sie an sich, Küsschen rechts, Küsschen links, Küsschen rechts.

Schreckliche Rituale, dachte Dobler.

„Anouschka, schön, dich hier zu sehen. Ich bin gleich fertig mit den beiden Polizisten. Dann habe ich Zeit für dich.“

Hanke setzte sich und schaute auf die Uhr.

„Wir sollten langsam zum Ende kommen.“

Dobler schaute Gernhardt ins Gesicht. Der zuckte mit den Schultern.

„Einen Tipp habe ich noch für Sie, exklusiv und kostenlos.“

Als sie den Redakteur vor sich sitzen und in die

Runde blicken sah, wusste sie, warum Lauer ihn nicht leiden konnte. Gernhardt klappte sein Notizbuch zu und wollte es gerade in die Jacke stecken.

„Das brauchen Sie noch“, sagte Hanke und Gernhardt schlug das Notizbuch auf, legte es vor sich auf den Tisch und suchte nach seinem Kuli.

„Das, was ich Ihnen jetzt erzähle, stand noch nicht in der Zeitung. Ich hoffe, Sie wissen das zu würdigen. Normalerweise sollte die Polizei uns ja mit Informationen versorgen!“

Der Blick in die Runde.

„Unbekannte Frauenleiche. Von einem Spaziergänger Ende November 1993 gefunden, fast acht Monate nach dem Verschwinden von Helga Hollmann. Mitten im Wald. In der Nähe von Höningen. Bestattet auf dem Friedhof dort. Habe die Ehre.“

Hanke erhob sich, verbeugte sich, rief nach seiner Amélie und drehte sich noch einmal zu den beiden Polizisten um.

„Fahndungsaufruf im Fernsehen. Februar 1994, wenn ich mich richtig entsinne. Noch ein heißer Tipp von mir, vollkommen kostenlos!“

Hanke verbeugte sich ein zweites Mal, stolzierte in den hinteren Teil des Cafés und ließ sich auf die grüne Lederbank rechts neben den Toiletten fallen. Anouschka und zwei weitere Frauen, die Hanke vorhin mit Küsschen begrüßt hatte, hatten dort Platz gefunden.

„Was soll das jetzt gewesen sein?“, fragte Dobler.

„Der Auftritt eines überheblichen, von sich eingenommenen Kotzbrockens“, sagte Gernhardt und breitete die Arme aus.

7

Sie hatten sich in den Quadraten eine Curry-Wurst auf die Hand besorgt. Meyers die vegetarische Variante. Im Präsidium in L 6 bekam Leo Lauer einen Hustenanfall, lief rot an, Julian Meißner schlug ihm auf den Rücken. Erst nachdem er zwei Gläser Leitungswasser getrunken hatte, wurde es besser.

„Geschieht dir recht!“, sagte Irene Meyers. „Warum musst du dir auch die extrascharfe Soße bestellen.“

„Die Großmutter machte einen gefassten Eindruck“, sagte Meißner, „oder täusche ich mich da?“

„Sie hat sich beherrscht“, sagte Meyers. „Möglicherweise konnte sie nicht anders. Sie hat Verantwortung für ihre kleine Enkelin. Da kann sie sich keine Schwäche erlauben.“

„Hat sie eine Erklärung, für das, was passiert ist?“

„Sie ist ratlos. Ihr Sohn sei ein lieber Junge gewesen. Bei allen beliebt. Immer freundlich. Gute Ehe. Gute Familie. Viel Zusammenhalt. Keine Feinde. Sie versteht nicht, was da passiert ist.“

„Zusammenhalt? Hast du mal die Mafia erwähnt?“, sagte Lauer.

„Ist das dein Ernst, Leo? Die Frau hat Sohn und Schwiegertochter verloren, eine Enkelin liegt verletzt im Krankenhaus. Da werde ich doch nicht mit der Mafia kommen!“

„Hast du gefragt, was die Familie im Wald wollte?“, sagte Meißner.

„Heute fangen die Osterferien an. Allessia, ihr zehnjähriges Enkelkind, besucht die Rheinauschule. Sie hatte nach der dritten Stunde aus, Fortbildung des Kollegiums. Der Vater hatte versprochen, zu Ferienbeginn mit der Familie einen Ausflug in den Wald zu machen. Allessia liebt den Spielplatz. Die Mutter hatte ein Picknick vorbereitet.“

„Und die Pizzabäckerei?“, fragte Lauer.

„Kein Problem, die haben einen Angestellten, ein entfernter Verwandter. Der Laden geht gut. Ihr Sohn könne die Arbeit nicht alleine bewältigen. Und sie, die Großmutter, habe ihre Schwiegertochter im Verkauf vertreten. Das komme öfter vor, dass sie einspringe, wenn Nuria was vorhabe.“

„Motive?“

Meyers zuckte mit den Schultern.

„Nichts!“

Es entstand eine Pause, in der die drei Kommissare vor sich hinstarrten.

„Was für eine Rolle spielte denn die Mafia hier vor über 20 Jahren?“, unterbrach Meißner das Schweigen.

„La rotta della morte tra Mannheim e la Sicilia!"

Lauer sprach die italienischen Worte so theatralisch aus, dass Meyers lachen musste.

„Die Straße des Todes ...", setzte er an.

„Wir haben verstanden, Leo", fiel sie ihm ins Wort.

„Waffenhandel, Mord, Prostitution, Drogenhandel, Mannheim gehörte damals zu den Brennpunkten der sizilianischen Mafia in Deutschland."

„Das war vor meiner Zeit", sagte Meißner, „aber du hast mich neugierig gemacht."

„Da muss ich ein wenig ausholen", sagte Lauer. „Der Jungbusch. Wir hatten damals viel Arbeit mit dem Viertel. Es ist interessant, etwas über seine Geschichte zu wissen. So heruntergekommen war es früher nicht. Im Gegenteil. Zur Zeit der Industrialisierung ist der Jungbusch entstanden. Am Hafen gelegen war er Anziehungspunkt für Leute mit Geld: Kapitäne, Reeder, Kaufleute, die uns die schönen Gründerzeithäuser hinterließen. Der Krieg hat kaum etwas zerstört. In den 60er-Jahren wurden die Häuser mehr oder weniger sich selbst überlassen, der Jungbusch verkam. Nun siedelte man Gastarbeiter hier an, erst Italiener, später Türken."

„Gastarbeiter?"

Lauer hörte nicht auf Meißner.

„Durch einschlägige Etablissements wurde der Jungbusch gleichzeitig zum Rotlichtbezirk mit fragwürdigem Ruf. Eine explosive Melange, Amüsierviertel, Arme-Leute-Viertel, Ausländerviertel, kurz: sozialer Brennpunkt. "

Lauer sah aus den Augenwinkeln, wie Meyers mit den Fingern auf die Tischplatte trommelte.

„Dann der Imagewandel heute", sagte Lauer. „Popakademie, Musikpark, Künstler haben sich angesiedelt. Heute gilt der Jungbusch als aufstrebendes Multikulti-Viertel."

„Du solltest dir ernsthaft überlegen, ob du dich nicht als OB-Kandidat aufstellen lässt", sagte Meyers. „Deine Wahlkampfrede hast du eben gehalten."

„Ich wollte eigentlich nur einige Informationen zur Mafia …", sagte Meißner.

„Immer mit der Ruhe, Julian. Jetzt kommt die Mafia ins Spiel", redete Lauer betont monoton weiter. „Gastarbeiter aus Italien im Jungbusch. Und darunter viele Sizilianer. Schnell machte der Begriff vom Mafianest die Runde. Vorurteile spielten da eine Rolle, klar. Aber ein Körnchen Wahrheit … Allein aus Palma di Montechiaro, daher stammen die Russos, sind nach und nach einige Hundert Menschen in die Jungbusch-Mietshäuser eingezogen. Eine Kopie ihres Heimatstädtchens, eine geschlossene Familiengesellschaft. Und im Gepäck Mafiatraditionen. Verdammt schwer, diese Strukturen zu durchschauen."

„Kann ich mir gut vorstellen", sagte Meyers.

„Der Jungbusch diente den Mafiosi nicht nur als Rückzugsgebiet, sondern als Operationsbasis. Undurchsichtige Händler belieferten italienische Lokale mit billigen Lebensmitteln, alles schwarz. Dadurch wurden die Wirte erpressbar, mussten in Sizilien gesuchten Killern als Küchenhilfen Unterschlupf bieten. Gebrauchtwarenläden, Lederhandlungen, italienische Reisebüros als Umschlagplätze für Drogen. Es gab so viele Straftaten, dass ich gar nicht weiß, wo ich anfangen soll. Zum Beispiel 1989, wenn ich mich richtig erinnere, wurde eine Bande Sizilianer ausgehoben, die in großem Stil Schutzgeld erpresst und auch vor Mord nicht zurückgeschreckt hatte. Oder in Lampertheim, da wurde ein Wirt direkt vor seinem Lokal auf offener Straße hingerichtet. Seine Frau wurde ebenfalls erschossen, als sie fliehen wollte."

„Und das in Lampertheim", sagte Meißner.

Lauer ignorierte den Einwurf.

„Zwei Jahre später wurde der Mörder in Kalabrien gefasst. Als der frühere Chef der Polizei von Montechiaro in seiner Heimat ermordet wurde, führte die Spur wohin? Nach Mannheim! Eine Gruppe von Sonderermittlern aus Palermo stöberte im Jungbusch einen Gastwirt auf, der bereit war, als Kronzeuge auszusagen. Bei der Auslieferung des Kronzeugen mussten ein Hubschrauber und ein italienisches Militärflugzeug geordert werden, weil die Fluggesellschaften sich weigerten, den gefährlichen Fluggast zu befördern."

„Kaum zu glauben", sagte Meyers und schüttelte den Kopf.

„Alitalia hatte Bombendrohungen erhalten. In Mannheim erreichte das Morden im Jahr 1993 seinen Höhepunkt. Im Januar wurde im Jungbusch ein Mafia-Mitglied erschossen. Mit mehreren Schüssen direkt ins Gesicht. Ganz in der Nähe, wo heute die Popakademie ihren Sitz hat. Anfang Februar wurde ein Wirt aus der Neckarstadt entführt, im Käfertaler Wald gefoltert und mit Schüssen ins Gesicht getötet. Im Juni konnte ein international gesuchter Waffenhändler verhaftet werden. Und im Oktober ging uns ein dicker Fisch in einem Nachtklub in den S-Quadraten ins Netz, Domenico Irgendwas, der Nachname fällt mir nicht mehr ein, ein Auftragskiller aus Sizilien. Paolo Borsellino, den Namen schon einmal gehört?"

„Der Mafia-Jäger aus Palermo?", fragte Meißner.

„Genau der. Staatsanwalt aus Palermo, im Sommer 1992 vor dem Haus seiner Mutter in die Luft gesprengt. Wenige Wochen vor seiner Ermordung war er in Mannheim gewesen. ‚Palermo liegt im Jungbusch.' Dieser Satz stammt von ihm. Bei Fahrten durch den Jungbusch zeigte er uns die Fassaden-Pizzerien, wie er sie nannte. Drogen- und Waffenlager, Geldwaschzentralen. Restaurants, bei denen alle Tische peinlich sauber eingedeckt waren, in denen aber kein Gast saß. ‚Und wenn du die Steuererklärungen der ehrenwerten Gastwirte unter die Lupe nimmst', so Borsellino, ‚dann tauchen fantastische Mengen von Tomaten, Mehl, Schinken, Salami und Oliven auf. ‚Little Italy', das war für uns der Albtraum. Seither, so scheint es, hat sich die Mafia aus Mannheim zurückgezogen. Es ist nichts Nennenswertes mehr passiert."

„Es sei denn", sagte Meyers, „die Mafia hat bei dem Mord auf dem Waldparkplatz ihre Finger im Spiel. Als Neuauflage der Straße des Todes."

Während Lauer seinen Mafia-Monolog gehalten hatte, hatte Meißner seinen Computer eingeschaltet.

„Wann war das, der Mord in der Nähe der Popakademie?", fragte er jetzt.

„Anfang 93, Januar, wenn ich mich recht entsinne."

Meißners Finger flogen über die Tastatur.

„Wobei wir, wenn wir ehrlich sind, keinen einzigen Hinweis haben, dass die Mafia jetzt ihre Finger im Spiel hat", sagte Meyers.

„Wir haben sonst nichts in der Hand", entgegnete Lauer.

„Sivori", sagte Meißner mehr zu sich selbst, „Giampiero Sivori, so hieß das Opfer."

Meyers streckte die Arme nach oben, dehnte und reckte sich, stöhnte auf.

„Was bin ich verspannt!", sagte sie und schaute auf die Uhr. „Was, schon so spät? Um acht kommt meine Tochter zu Besuch und ich habe noch nichts vorbereitet. Und einkaufen muss ich auch noch."

Sie stand auf und griff nach ihrer Jacke, die sie über den Stuhl gehängt hatte.

„Das ist ein Ding!"

Meißners Tonfall hatte sich geändert.

„Was glaubt ihr, was ich gerade herausgefunden habe?"

Meyers und Lauer schauten ihn an.

„Nuria Russo, unser Mordopfer, ist eine geborene Sivori. Giampiero Sivori war ihr Bruder!"

„Das ist ein Ding, in der Tat!", sagte Lauer.

„Ja, das erhärtet den Mafia-Verdacht", sagte Meyers.

„Und die Frau von Sivori, die Witwe, die wohnt noch in Mannheim, zwar nicht mehr im Jungbusch, jetzt auf dem Waldhof."

„Mit der sollten wir auf jeden Fall reden", sagte Meyers. „Leo, holst du mich ab? Morgen früh um zehn, okay?"

Lauer nickte.

„Ich muss jetzt los."

Und damit war Irene Meyers aus dem Büro ihrer Kollegen Lauer und Meißner verschwunden.

„Gehen wir noch eine Kleinigkeit essen?", fragte Lauer.

„Ein anderes Mal gerne, Leo. Heute geht es nicht. Ich bin zu spät dran."

Meißner fuhr den Computer herunter.

„Heute Abend geht es noch ab in die Rhön. Familientreffen. Offiziell heißt es Schwesterntreffen. Du weißt ja, Elvira, die sind zu Hause sechs Mädchen. Schafhotel, Spaziergang auf die Wasserkuppe, Apfelweinsherry, das ganze Wochenende volles Programm. Tut mir leid, Leo."

8

Das Lämpchen an seinem Anrufbeantworter blinkte. Auf dem Display leuchtete die Zahl „3“. Jetzt nicht. Später. Erst nach einem Glas Rotwein oder zwei. Lauer hatte im Moment keine Lust zu erfahren, wer ihm auf den AB gesprochen hatte. Seine Mutter, die sich beschwerte, dass er nicht anrief? Oder seine Schwester, die sich über die Mutter und ihren, wie sie es ausdrückte, Lover aufregte? Er musste sich eingestehen, dass sein Besuch beim Italiener in Neckarau seiner Stimmung nicht dienlich gewesen war.

Es war auf die Sieben zugegangen, als er endlich das Polizeipräsidium verlassen hatte. Meißner war mit Frau und Kindern unterwegs zum Familientreffen in der Rhön. Meyers traf sich mit ihrer Tochter, die vor einem Vierteljahr zu ihrem deutlich älteren Freund gezogen war. Und Lauer hatte keine Lust auf seine Wohnung, zumal der Kühlschrank leer war. Was tun? Lauer konnte später nicht sagen, warum ihm gerade heute das *Napoli* eingefallen war. Hing es mit den Ereignissen auf dem Waldparkplatz zusammen? War das Wort „Mafia“ im Lauf des Tages zu oft gefallen? Lauer wusste es nicht. Es war einige Zeit her, dass er im *Napoli* zu Gast gewesen war. Zwei Jahre, wenn nicht noch mehr. Es hatte Zeiten gegeben, da war er mindestens einmal im Monat in der Friedrichstraße aufgekreuzt. Die Wohnzimmeratmosphäre, die altmodische, gemütliche Einrichtung, der witzige Kellner, das richtig gute, immer frisch zubereitete Essen. Und wenn er Lust drauf hatte, konnte er sich hier auch Pizza bestellen. Nicht wie bei manchem Edelitaliener in der Stadt, bei dem das Arme-Leute-Essen von der Speisekarte verbannt worden war. Der Chef begrüßte ihn nicht wie üblich mit Handschlag. Der Kellner, den Lauer nicht kannte, entschuldigte sich für den kleinen Tisch direkt neben den Toiletten.

„Es ist angebracht, bei uns stets zu reservieren."

Lauer bestellte als Vorspeise Spaghetti aglio, olio e peperoncino, einen kleinen gemischten Salat und als Hauptgericht die Pizza Al Capone mit frischen Tomatenscheiben, Mozzarella und Parmaschinken.

Das passt doch an so einem Tag, dachte Lauer und erschrak über seine Pietätlosigkeit. Das Essen schmeckte, nur der Pinot grigio war eine Spur zu warm. Als er den Kellner darauf hinwies, bekam er zur Antwort: „Unsere Getränke sind optimal gekühlt."

Lauer war so verblüfft, dass er keinen Ton darauf sagte. Eines war klar, mit diesem Kellner würde er nicht warm werden. Als eine Frau auf dem Weg zur Toilette an seinen Tisch stieß und sein Weinglas umkippte, war Lauers Stimmung endgültig im Keller. Der Kellner stellte das Dessert vor Lauer auf den Tisch und räumte das umgekippte Weinglas wortlos weg, ohne zu fragen, ob er Ersatz bringen solle. Lauer hatte die Pannacotta besser in Erinnerung. Er nahm nur einige Bissen und schob dann den Teller zur Tischmitte. Er winkte dem Kellner und verlangte die Rechnung. Der Chef kam nicht an Lauers Tisch und fragte, wie üblich, ob er zum Abschluss einen Grappa servieren dürfe. Lauer hatte stets genickt. Er musste eine Ewigkeit warten, bis der Kellner endlich erschien und neben dem Dessert ein Tellerchen platzierte, auf dem sich die Rechnung befand. Die erschien Lauer zu hoch. Er gab dennoch ein großzügiges Trinkgeld. Der Kellner zählte mit weit ausholenden Armbewegungen das Rückgeld auf den Tisch.

Das passt zu seinem Gehabe, dachte Lauer. Lag es an der Stimmung, mit der er ins *Napoli* gekommen war? Oder waren Service und Qualität schlechter geworden? Lauer wusste es nicht. Als er auf der Straße stand, wurde ihm bewusst, dass er den Chef kein einziges Mal heute Abend zu Gesicht bekommen hatte. Hatte das *Napoli* etwa den Besitzer gewechselt?

War der Weißwein im Napoli zu warm gewesen, so war der Rotwein in seinem Glas entschieden zu kühl. Er hatte im Keller nicht nach einem Sankt Laurent oder Spätburgunder aus Dirmstein gegriffen. Er hatte sich für einen Spanier entschieden. Der *Dos Puntos*, einen Cuvée aus Tempranillo, Merlot und Cabernet Sauvignon, biologischer Anbau.

„Vino de la tierra de Castilla“

Lauer hatte die Aufschrift auf dem Etikett im Keller mehrmals laut aufgesagt, ja regelrecht deklamiert, das „s“ gezischt und das „i“ lang gezogen. Der *Dos Puntos* – Hannes Lieblingswein. Hanne! Er hatte sie im Januar 2009 über das Internetportal www.mannheim-flirtet.de kennengelernt. 2011 hatten sie sogar eine gemeinsame Wohnung gesucht. Warum war die Beziehung in die Brüche gegangen? Lag es daran, dass ihre Vorstellungen von einem gemeinsamen Leben einfach zu unterschiedlich waren? Waren das nicht Floskeln, die ihm da durch den Kopf gingen?

„Manchmal, Leo, glaube ich“, hatte sein Sohn Fabian nach dem Ende mit Hanne zu ihm gesagt, „dass du unfähig bist, eine dauerhafte Beziehung einzugehen.“

Stimmte das?

„*There must be something wrong with me.*“

Lauer schenkte sich Wein nach und drehte den Verstärker lauter.

„*You can't teach an old dog new tricks.*“

Hanne hatte bei der Musik von Seasick Steve stets protestiert. Zu rau. Zu viel Blues. Hanne! Melancholie kam auf, kein Schmerz. Lauer nippte am Rotwein. Als das zweite Glas fast leer war, stimmte langsam die Temperatur.

„Du musst vorsichtig sein mit deinem Alkoholkonsum“, hatte Fabian bei ihrem letzten Treffen gesagt. „Das Alleinsein tut dir nicht gut.“

Lauer hatte zu einer Erwiderung angesetzt, dann aber nur abgewunken und seine Empörung in sich hineingefressen. Wenn er jetzt darüber nachdachte, musste er Fabian recht geben.

Wir werden geboren, dachte Lauer, in einer bestimmten Zeit, an einem bestimmten Ort und unter bestimmten Umständen. Und wir haben keinen Einfluss darauf. Wir können uns unsere Eltern nicht aussuchen. Es kommt darauf an, dass wir etwas machen aus unserem Leben. Was hatte er aus seinem Leben gemacht? Was war aus ihm geworden? War er mit seinem Leben zufrieden? Er hatte sich eingerichtet. Lauer gehörte nicht zu den Menschen, die groß nachdenken über ihr Leben. Er lebte vor sich hin. Tag für Tag. Dachte, es gehe immer so weiter. Monat für Monat. So, wie es war. Es bleibe alles gleich. Jahr für Jahr. Sein Leben ein gleichmäßiger Strom. Eine Monotonie, die ihn nervte, an der er sich aber auch festhielt. Ein Mann, der seine besten Jahre hinter sich hatte. Ein Mann, der in seiner Arbeit aufging, sich in seiner Freizeit in seinen eigenen vier Wänden verkroch und Abend für Abend eine Flasche Wein leerte. Das Leben geht so verdammt schnell vorbei. Wenn es bei einer Flasche blieb!

„Du wirst langsam soziophob!"

Noch so eine Aussage seines Sohnes, die Lauer auf die Palme gebracht hatte. Aber traf es nicht zu, was Fabian gesagt hatte? Er hing meist zu Hause herum. Richtig. Und wenn er unter Leute ging wie heute, schien er das Ganze nicht zu einem guten Ende bringen zu können. Was war mit ihm los? Die Meldungen auf dem AB. Das wollte er jetzt hinter sich bringen.

„Hier ist deine Mutter. Leo, ich brauche deinen Rat. Nicht am Telefon. Ruf an, damit wir einen Termin ausmachen können."

Seine Mutter war mit von der Partie. Lauer hatte es gewusst. Nur der Tonfall und der Inhalt des Gesagten unterschieden sich von dem, was meist bei Anrufen seiner Mutter gespeichert wurde. Es war kurz nach zehn. Zu spät, um zurückzurufen. Seine Mutter musste bis morgen früh warten.

„Bin am Mittwoch geschäftlich im Taunus. Ich kann doch bei dir übernachten. Komme gegen 19 Uhr in Mannheim an. Brauchst mich nicht abzuholen. Ich nehme mir ein Taxi. Nimm dir am Dienstagabend Zeit. Ich muss mit dir reden. Es ist wichtig. Gruß. Fabian."

Das hörte sich bedrohlich an. Was konnte Fabian von ihm wollen? Lauer war verunsichert. Jetzt fehlt nur noch meine Schwester, dachte er und drückte zum dritten Mal auf den Wiedergabeknopf am Anrufbeantworter.

„Hier Martina."

Klar. Wer anders als seine Schwester!

„Mutter ist durch den Wind. Ich glaube, ihr Lover hat ihr einen Heiratsantrag gemacht. Bevor du auf Durchzug schaltest, es geht nicht um mich. Ich habe mich damit abgefunden, dass Mutter ihr Ding durchzieht. Es geht um Mutter. Ich habe das Gefühl, dass ihr der Antrag nicht recht ist. Wir sollten uns kurzschließen. Ruf bitte zurück, auch wenn es später wird."

Ganz bestimmt würde er jetzt nicht zurückrufen. Und morgen früh würde er es sich dreimal überlegen, ob er die Nummer seiner Schwester eintippen sollte.

Lauer ging ins Wohnzimmer zurück und schaltete den Fernseher ein. Den Schluss der *Tagesthemen* bekam er noch mit. Und so erfuhr er, dass der morgige Tag zwar eisig kalt, aber dafür sonnig werden würde. Er schaute auf sein Glas, es war leer. Er hob die Flasche an, hielt sie gegen das Licht. Nicht mehr als eine Pfütze. Er nippte am Glas, ließ den Wein über die Zunge laufen, wälzte ihn im Mund hin und her, zog ihn durch die Zähne und schluckte endlich. Hanne hatte einen guten Geschmack. Und der *Dos Puntos* hatte jetzt genau die richtige Temperatur. Schade nur, dass die Flasche leer war. Vielleicht sollte er Fabians Warnung ernst nehmen.

Samstag, 23. März 2013

9

Sie schlug die Augen auf. Dieser stechende Schmerz. Was zum Teufel …? Sie kniff die Augen zusammen und drückte beide Handflächen an die Schläfen. Der Schmerz ließ ein wenig nach. Der Druck auf ihrer Brust. Sie hob den Kopf, das Pochen in den Schläfen wurde heftiger. Sie öffnete die Augen ein wenig und sah durch den kleinen Schlitz einen Arm auf ihrer Brust. Ein behaarter Arm. Ein Männerarm. Auf ihrer Brust. Sie war mit einem Schlag hellwach. Vergessen die Kopfschmerzen. Sie schlug die Decke zurück, schubste den Arm weg und sprang aus dem Bett.

„Was soll das?"

Die Stimme kam von weit her. Wie gedämpft. Sie kannte die Stimme. Aus den Augenwinkeln sah sie etwas durch die Luft fliegen. Sie wusste nicht, was es war. Sie wollte ausweichen. Es ging nicht mehr. Das Kopfkissen klatschte ihr mitten ins Gesicht und fiel auf den Boden.

„Komm zurück ins Bett!"

Die Stimme war jetzt näher, deutlicher. Jetzt erkannte sie die Stimme. Was hatte der in ihrem Bett verloren? War es ihr Bett? Sie schaute sich um. Es war ohne Zweifel ihr Schlafzimmer. Sie kniete sich hin und griff nach dem Kissen. Überlegte, was sie sagen sollte.

„Tolle Aussichten", kam es vom Bett.

Sie versuchte hochzukommen, es ging nicht, das Pochen in den Schläfen, das Schwindelgefühl.

„Was hast du in meinem Bett verloren?"

Sie hatte es geschafft, auf die Beine zu kommen, kreuzte instinktiv die Arme vor ihrer Brust, musterte sich vorsichtig von oben herab. Warum machte sie sich hier zum Gespött? Sie war mit Pullover und Jeans bekleidet.

„Du hast mich eingeladen, Susanne", sagte Gernhardt, „vergessen?"

Susanne Dobler nickte, es wirkte nicht überzeugend.

„Schon, aber …"

Sie versuchte, nachzudenken.

Das Gespräch mit Rudi Behm. Der Bruder von Helga Hollmann war überzeugt, dass etwas nicht stimmte mit seiner Schwester. Danach hatte Gernhardt den Vorschlag gemacht, eine Kleinigkeit essen zu gehen. *Café Lemberg* in der Seckenheimer Straße. Gernhardts Vorschlag.

„Perfekt", hatte Dobler geantwortet, ihre Wohnung war nur zwei Querstraßen entfernt. Und sie hatte schon lange vorgehabt, sich das *Lemberg* aus der Nähe anzuschauen. Bisher hatte sie das Treiben an den Tischen auf dem Gehweg nur von der anderen Straßenseite aus registriert.

Es war kurz nach sechs, als sie das *Lemberg* betraten. Es war noch leer und sie konnten sich einen Tisch aussuchen. Um halb neun würde es brechend voll sein. Dobler entschied sich für den runden Tisch auf der kleinen Empore vorne am Fenster gegenüber der Theke. Sie war hungrig und bestellte sich einen großen Salatteller, bitte ohne Zwiebeln, und einen Flammkuchen mit Rinderstreifen. Es schmeckte ihr. Gernhardt bestellte sich das, was ihr Vater sich bestellt hätte, ein Wiener Schnitzel. Als Wein empfahl Christian Gernhardt eine trockene Merlot-Spätlese aus Großkarlbach. Dobler hatte Lust auf Weißwein.

„Eher säurehaltig?“, fragte er.

„Keinen Riesling“, sagte sie.

„Entweder den Weißburgunder oder den Chardonnay, beide vom Großkarlbacher Burgweg.“

Sie wunderte sich über das Weinwissen ihres Kollegen. Im Verlauf des Abends sollte sie sich noch das eine oder andere Mal wundern. Sie entschied sich für den Chardonnay, wechselte nach dem zweiten Glas zum Weißburgunder und blieb dann beim Merlot hängen.

„Hätte nicht gedacht, dass mir Rotwein schmecken würde“, sagte sie und merkte, dass es ihr schwerfiel, deutlich zu artikulieren. Ihren Kollegen Christian Gernhardt, den sie bisher in den Jahren ihrer Zusammenarbeit als überheblich und von sich eingenommen kennengelernt hatte, erlebte sie an diesem Abend von einer anderen Seite. Gernhardt als aufmerksamer, geistreicher Gesprächspartner, ausgestattet mit einer Portion Selbstironie, die ihr gefiel. Politisch war er interessiert. Dass Frauen weniger verdienten als Männer, darüber regte er sich auf. An Fußball hatte er kein Interesse. Schade, fand Susanne Dobler, die gerne gewusst hätte, wie die deutsche Fußballnationalmannschaft gegen Kasachstan gespielt hatte.

Im Verlauf des Abends erfuhr sie, dass er Krimis liebte. Dass er eine Schwäche für Jazz hatte. Dass er gerne Konzerte besuchte.

„Klassik mag ich auch, vor allem Bach", sagte Gernhardt. Dobler bekam eine Gänsehaut. Jetzt noch eine Vorliebe für klassische Musik, sie konnte es nicht glauben. Und noch dazu Bach! Ihr Lieblingskomponist!

Wie kann man sich nur so in einem Menschen täuschen?, fragte sie sich, als der Abend weiter fortgeschritten war, und nippte am Merlot. Da arbeitete sie jahrelang mit Gernhardt zusammen und wusste nichts von ihm. Eine Schande. Zum Glück gab es ja den heutigen Abend.

„Kommst du noch auf einen Absacker zu mir?", fragte sie, als sie kurz vor Mitternacht vor dem *Lemberg* standen.

„Warum nicht", sagte Gernhardt.

„Da geht es lang. Auf in die Bachstraße", sagte sie und griff nach Gernhardts Arm, da sie merkte, wie sie schwankte.

„Bachstraße", wiederholte Gernhardt.

Wie sie die Treppe in den dritten Stock hochgekommen war, wie sie die Tür aufgeschlossen hatte, was in der Wohnung passiert war, vor allem, wie sie mit Gernhardt zusammen im Bett gelandet war, daran hatte sie keine Erinnerung.

Später beim Frühstück, Gernhardt hatte beim Bäcker um die Ecke Brötchen besorgt, verdrängte Dobler ihren Filmriss. Sie hatte grünen Tee aufgebrüht, Gernhardt brauchte, um morgens in die Gänge zu kommen, einen Kaffee. Erst als er sich mit dem Espressokännchen, das sie aus der hintersten Ecke ihres Schranks gezogen hatte, einen Kaffee, schwarz wie der Teufel, gebraut hatte, wurde er gesprächiger. Dobler vermied jede Anspielung auf den gestrigen Abend und das, was danach passiert sein musste. Helga Hollmann, ihr Verschwinden, die Begegnung mit dem pensionierten Kommissar, Roland Hankes Auftritt im *Café Journal*, das waren die Gesprächsthemen. Und der Besuch bei Helga Hollmanns Bruder auf dem Lindenhof. Waldparkdamm. Oben im sechsten Stock. Freier Blick auf den Rhein. Rudi und Elvira Behm, der Name auf dem Klingelschild. Ein kleiner, untersetzter Mann, etwa in Lauers Alter, öffnete. Eine Elvira bekamen sie während des Gesprächs nicht zu Gesicht. Erst später sollten sie erfahren, dass Behms Ehefrau vor einigen Jahren an Krebs gestorben war.

„Meine Schwester war keine Frau, die einfach so verschwindet. Das passte nicht zu ihr. Ich war mir von Anfang an sicher, dass da etwas nicht stimmte. Helga war gerade 20, als sie Werner, ihre Jugendliebe, heiratete. Das war, lassen Sie mich nachdenken, geboren ist Helga 1963, das war 1983. Werner war zehn Jahre älter, hatte sein Studium als Zahnarzt gerade beendet. In den ersten Jahren arbeitete er als Angestellter, dann machte er eine eigene Praxis auf. Helga nahm eine Stelle als Anwaltsgehilfin in einer Anwaltskanzlei in der Nähe vom Nationaltheater an. Den beiden ging es finanziell gut. Sie leisteten sich ein Häuschen in Ilvesheim, um 1990 muss das gewesen sein. In dem Haus wohnt Werner immer noch mit seiner inzwischen dritten Ehefrau. Meine Schwester und ihr Mann waren gesellig, feierten gern im Freundeskreis. Eine normale Ehe, die, so hatte es zumindest den Anschein, gut funktionierte. Vielleicht sogar zu perfekt. Einzig, dass sie keine Kinder bekam, bedrückte meine Schwester. Alles lief prächtig. Bis zu diesem 2. April 1993, als Werner Helga bei der Polizei als vermisst meldete. Zwei Tage später stand er vor unserer Tür, mit Tränen in den Augen, aufgelöst. Helga habe gerade angerufen aus Australien. Sie habe jemanden kennengelernt, sie wohne bei einer Freundin. Es gehe ihr gut. Ich weiß noch, wie leid mir Werner da tat. Ich nahm ihn in die Arme, drückte ihn an mich. Die Polizei glaubte ihm, der Fall kam schnell zu den Akten. Als Werner weg war an diesem Abend und ich einen klaren Gedanken denken konnte, kamen mir sofort Zweifel. Ich wurde misstrauisch, wollte, dass Werner einen Kontakt zu Helga herstellte. Ich habe zu Werner gesagt: ‚Mein Gott, das kann doch nicht dein Ernst sein. Warum soll die das nicht wollen? Selbst wenn sie es nicht will, gib uns doch einfach die Nummer der Freundin, wir rufen dort an, sie braucht es ja nicht zu erfahren. Und wir wissen endlich mehr, was mit Helga passiert ist.' Das hat Werner abgeblockt. Total abgeblockt. Mit der Nummer rückte er nicht heraus. Ab diesem Moment habe ich ihm nicht mehr geglaubt. Immer wieder haben wir bei der Polizei nachgefragt, haben Ermittlungen gefordert. Ohne Erfolg. Dort hieß es jedes Mal, sie sei eine erwachsene Frau, sie habe sich ja gemeldet, es sei ihr eigener Wunsch fernzubleiben. Die Polizei sah keine Möglichkeiten, tätig zu werden. Die haben geglaubt, was Werner ihnen gesagt hat. Ein Jahr später hat Werner ein neues Leben begonnen. Er ließ sich scheiden.

Werner hat noch zwei Mal geheiratet, das erste Mal ist er wieder geschieden worden. In all den Jahren haben wir nicht die Hoffnung aufgegeben, von Helga ein Lebenszeichen zu erhalten. Wenn sie noch lebt, haben wir uns gesagt, muss sie uns doch irgendwo aus der Ferne beobachten. Sie wusste, dass unser Vater krank ist. Ob in Australien oder sonst wo, sie hätte mitbekommen, wann unser Vater gestorben ist. Sie wäre zur Beerdigung gekommen. Und dann stand Helga nicht am Grab. Das war schlimm. Ich habe mich immer wieder umgeschaut. Sie war nicht da. Seitdem zweifle ich, ob sie noch lebt. Denn zur Beerdigung des Vaters wäre sie gekommen. Meine Mutter klammert sich an die Hoffnung, dass Helga noch lebt. Das tut ihr nicht gut. Ich habe sie überredet, einen Antrag auf Todeserklärung zu stellen. Vielleicht kommt sie zur Ruhe, wenn sie schwarz auf weiß lesen kann, dass Helga tot ist."

„Was denkst du über Rudi Behm?", fragte Susanne Dobler.

„Hört sich überzeugend an. Was ich nicht verstehe, ist das Verhalten der Polizei. Die können doch nicht so blauäugig sein und dem Ehemann alles ungeprüft abnehmen."

„Das verstehe ich auch nicht."

Gernhardt schenkte sich Kaffee aus der Espressokanne nach und ließ einen weiteren Löffel voll mit Zucker in seine Tasse rieseln.

„Und wie geht es weiter?", fragte sie.

„Auch wenn der Redakteur nicht sympathisch rüberkommt, ich kann ihn verstehen, wir müssen ermitteln, unbedingt. Den Ehemann, den Ex, sollten wir uns als Erstes vorknöpfen. Freunde, Arbeitskollegen, da könnten wir hilfreiche Informationen erhalten."

„Und mit uns beiden, wie soll es da weitergehen?"

Gernhardt grinste über das ganze Gesicht.

„Etwas kann nur weitergehen, wenn es angefangen hat."

„Könntest du so mit mir reden, dass ich es verstehe?“

Sie hörte sich ungehalten an.

„Ganz einfach, Susanne. Du warst todmüde, bist auf dein Bett gefallen und warst, ruck zuck, weg. Ich habe dich zugedeckt und habe mich neben dich gelegt. Und heute Morgen sind wir so aufgewacht. Nebeneinander.“

„Wirklich?“

„Wirklich. Versprochen!“

10

Meyers war wenig gesprächig. Lauer fand sofort einen Parkplatz vor dem Wohnblock in der Offenbacher Straße auf dem Waldhof, wo Robertina Sivori wohnte.

Lauer hatte noch am gestrigen späten Nachmittag von L 6 aus angerufen. Die Witwe war nicht begeistert. Da sie über die Geschehnisse des Vormittags informiert war, war sie einverstanden gewesen mit einem Treffen.

„Gut, morgen um halb elf“, hatte Lauer das Gespräch beendet.

Der Wohnblock war in einem tipptoppen Zustand. Das Gebäude musste erst kürzlich renoviert worden sein. Weiße Fassade, der Teil des Treppenhauses dezent rot abgesetzt. Lauer wusste, dass die Häuser Anfang der Neunziger von der Gartenstadt-Genossenschaft erbaut worden waren.

„Wenn der Sommer doch endlich kommen würde", sagte Lauer, genervt von diesem Frühling, der keiner war. Er schlug den Jackenkragen hoch. Vor dem Haus zog es erbärmlich.

„So einfach kommt der Sommer nicht, wenn kein Sommer ist", sagte Meyers.

Lauer fand den Klingelknopf sofort. Robertina Sivori las er auf dem Schild. Die Witwe Sivori wohnte im dritten Stock. Im Treppenhaus herrschte peinliche Sauberkeit. Der Handlauf aus Messing war perfekt poliert. Lauer konnte keinen Fingerabdruck entdecken. Wie war das möglich? Gab es ein Verbot für Bewohner und Besucher, den Handlauf zu berühren? Lauer steckte beide Hände in seine Hosentaschen, damit er nicht in Versuchung kam, nach dem Geländer zu greifen. Signora Sivori erwartete sie an der Tür. Sie trug ein Sweatshirt und Jeans und war ungeschminkt. Lauer tat sich schwer, das Alter von Menschen zu schätzen, Robertina Sivori konnte unmöglich älter als 45 sein.

„Kommen Sie herein", sagte sie, nachdem sie ihnen die Hand gedrückt hatte.

„Ich habe Nuria nicht oft gesehen in den letzten Jahren, aber das hat mich sehr mitgenommen. Darf ich Ihnen einen Espresso anbieten?"

Lauer schüttelte den Kopf.

„Danke, den kann ich gut gebrauchen“, sagte Meyers.

„Für mich doch einen, bitte!“, schob Lauer nach und kam sich blöd vor. Robertina Sivori verschwand in der Küche, Lauer hörte das Geräusch der Kaffeemühle, dann ratterte die Espressomaschine zum ersten Mal. Lauer schaute sich um. In der Wohnung war es so sauber wie im Treppenhaus. Die Wände waren weiß gestrichen, eine Sitzgarnitur, bestehend aus Doppel- und Dreiersofa und einem Sessel, alles schlicht, alles in Leder, alles weiß. Lauer hörte ein Klopfen, wahrscheinlich schlug die Witwe den Sud aus dem Siebträger, wieder Kaffeemühle und Maschine. Eine Schrankwand, ebenfalls in Weiß, mit einem integrierten Flachbildschirm, weit über einen Meter, die Bildschirmdiagonale, schätzte Lauer. Zum zweiten Mal das Klopfen. Keine Bilder an den Wänden, kein Nippes, keine Erinnerungsstücke, die sonst so die Wohnungen verstopfen. Dann war Robertina Sivori schon wieder im Wohnzimmer und stellte ein Tablett mit drei Espressotässchen aus Glas und einem Zuckerstreuer vor sie hin.

„Bedienen Sie sich!“

Der Espresso sah verdammt gut aus. Die Crema perfekt. Lauer wollte nach dem Zucker greifen, ließ es bleiben, als er sah, dass Meyers direkt am Espresso nippte.

„Himmlisch“, sagte sie.

„Meine Kollegin hat recht“, fügte Lauer hinzu.

„Besser könnte ein Espresso nicht sein. Typisch italienisch."

„Sie sind doch nicht gekommen, um meinen Kaffee zu loben?"

„Nein", sagte Meyers. „Sie wissen von dem Mord im Rheinauer Wald."

Robertina Sivori nickte.

„Malena, Nurias Schwiegermutter, hat mich angerufen. Schrecklich. Ich glaube nicht, dass ich Ihnen weiterhelfen kann. Ich hatte, wie gesagt, wenig Kontakt mit der Familie meiner Schwägerin."

„Warum?", fragte Leo Lauer.

„Das ist ein Stück meiner sizilianischen Vergangenheit. Und damit habe ich gebrochen. Das ist vorbei. Aus. Schluss."

„Wissen Sie, ob Gaetano Russo etwas mit der Mafia zu tun hatte?", fragte Lauer.

„Ich kann Ihnen nichts sagen, weil ich es nicht weiß. Ich kann es mir nicht vorstellen. Gaetano war ein guter Mann. Aber wer weiß? Von meinem Mann dachte ich auch, er sei ein guter Mann."

„Erzählen Sie uns von Ihrem Mann", sagte Irene Meyers.

„Erst Monate nach seinem Tod habe ich von den Hintergründen erfahren. Mein Mann hatte Kontakt ins Rotlichtmilieu. Schutzgelderpressung, vermute ich. Die Kugeln trafen ihn mitten ins Gesicht. Zwei Männer, die sich seine Freunde nannten und die mit ihm unterwegs waren, sind einfach weggegangen, haben ihn mitten auf der Straße verbluten lassen. Niemand kam ihm zu Hilfe. Die Kugeln kamen aus einem Revolver mit dem Kaliber 22, ein Damenrevolver, erklärte mir der Polizist, der dabei war, als ich Akteneinsicht bekam. Meine Liebe zu Giampiero zerbrach, als mir der Verdacht kam, dass eine Prostituierte ihn ermordet haben könnte. Für einen sizilianischen Mann ist es kein ehrenvoller Tod, durch die Hand einer Frau, noch dazu einer Nutte, zu sterben."

„Die Umstände seines Todes wurden nie geklärt. Wir wissen nicht, ob eine Prostituierte für den Tod Ihres Mannes verantwortlich ist", warf Lauer ein. „Der Täter oder die Täterin wurde nie gefunden, die Akte geschlossen."

„Er war nicht mehr mein Mann. Ich zog meine Trauerkleider aus. Als Witwe musst du leiden, trauern, schweigen. Ich wollte das nicht mehr. Ich wollte meine sizilianische Vergangenheit hinter mir lassen. Ich wollte die Sitten der sizilianischen Gemeinschaft hinter mir lassen. Ich wollte Palma di Montechiaro hinter mir lassen, wo die Männer der Cosa Nostra den Lebenslauf der Menschen bestimmen, von der Weinbaugenossenschaft über die Baubetriebe bis hin zur Ausstellung der Sterbeurkunde. Alles in der Hand dieser ehrenwerten Gesellschaft. Nein, ich wollte nichts mehr von Palma wissen, nichts mehr von meiner zweiten Heimat, dem Jungbusch. Deshalb bin ich hierher gezogen in die Anonymität dieses Wohnblocks. Und ich versichere es Ihnen, ich habe meinen Schritt keine einzige Sekunde bereut."

Die Witwe, die keine mehr sein wollte, trank ihren Espresso aus.

„Noch einen?", fragte sie. Lauer und Meyers schüttelten den Kopf.

„Entschuldigen Sie bitte, ich brauche einen Grappa. Wollen Sie auch einen?"

Wieder schüttelte Meyers den Kopf und Lauer schloss sich an. Robertina Sivori holte aus dem Wohnzimmerschrank eine Flasche ohne Etikett und ein langstieliges Glas. Sie schenkte sich ein und trank das Glas mit einem Schluck aus.

„Sie wundern sich sicher, wie jemand in diesen Sumpf aus Verbrechen, Lüge und Heuchelei hineingerät. Ich habe lange die Anzeichen verdrängt. Wenn Giampiero in zwielichtigen Kneipen verkehrte. Wenn er erst früh morgens nach Hause kam. Wenn er viel Geld hatte, obwohl er arbeitslos war. Natürlich habe ich geahnt, dass dies nicht mit rechten Dingen zugehen kann, aber ich habe jeden Zweifel aus meinem Leben verbannt. Es war ja alles so schwer vorstellbar. Einer, der bei der Mafia ist, wohnt doch nicht in einer armseligen Wohnung, die auf einen dunklen Hinterhof hinausgeht mit Wäscheleinen und Satellitenschüsseln. Einer, der bei der Mafia ist, der trägt doch Anzüge aus feinem Tuch. Einer, der bei der Mafia ist, der fährt einen dicken Wagen, einen Mercedes. Nicht wie mein Mann, der einen Cinquecento fuhr. So kommt doch kein Mafioso daher. Habe ich gedacht. Und doch war er tief verstrickt. Und doch wurden zwei Cousins meines Mannes wegen Mordes in Italien vor Gericht gestellt und verurteilt, ein dritter wurde in Sizilien auf offener Straße erschossen. Was waren das für Freunde, die mit meinem Mann in der Todesnacht unterwegs waren? Die ihn seinem Schicksal überlassen haben? Einer von ihnen schlief den ganzen Winter über bei uns auf der Couch. Eines Abends, als mein Mann nicht da war, machte er so Andeutungen. Schwierigkeiten mit der Justiz. Ich habe nicht nachgefragt. Wenn dein Mann einen Freund in die Familie mitbringt, hast du als sizilianische Frau keine Fragen zu stellen. Das gehört sich nicht. Unvorstellbar, ihn abzuweisen. Erst viel später habe ich erfahren, dass dieser Freund ein in Italien gesuchter Mörder gewesen ist! Wochen nach Giampieros Tod hat einer der beiden angeblichen Freunde bei mir angerufen. ‚Den, der Giampiero das angetan hat, den bring ich dir in Stücken', sagte er. ‚Wenn ihr richtige Männer seid, dann geht zur Polizei', habe ich gesagt, ‚und sagt dort alles, was ihr wisst.' Ich habe nie wieder etwas von ihnen gehört."

Meyers bemerkte, wie sich die Frau eine Träne abwischte.

„Ich weiß nicht", sagte Robertina Sivori, „warum mir das so nahegeht. Es ist schon so lange vorbei."

Meyers sah Gaetano Russo vor seinem Auto in der Blutlache liegen. Sie sah Nuria auf dem Rücksitz, die

Stirn an die Kopfstütze des Beifahrersitzes gelehnt. Sie stellte sich Allessia vor, das Mädchen, das zu den Schaukeln unterwegs gewesen war, sie aber nicht erreicht hatte. Sie sah die kleine Emely in den Armen von Dr. Julia Langner. Und sie verstand, warum Robertina die Tränen kamen.

„Eine letzte Bitte, Signora Sivori, wenn Sie etwas wissen über Signore Russo und die Mafia, ob es da irgendwelche Verbindungen gibt, Schutzgeld, was weiß ich, das müssen Sie uns sagen. Auch wenn es Ihnen schwerfällt. Auch wenn ich Sie mit meiner Fragerei quäle. Meine Kollegin und ich, wir möchten dieses schreckliche Verbrechen aufklären, das müssen Sie uns glauben."

Meyers war überrascht, wie einfühlsam und in gewisser Weise charmant, Lauer da zu Werke ging.

„Ich würde Ihnen alle Hilfe geben, Herr Kommissar, das schwöre ich Ihnen. Aber ich kann Ihnen nicht helfen, weil ich nichts weiß. Ich kann Ihnen nur meine Gefühle offenlegen. Und die sagen mir, dass Gaetano nichts mit der Mafia zu tun hatte."

Sie stockte.

„Bei Giampiero hätte ich mir auch niemals vorstellen können, dass er für die Mafia arbeitet."

Sonntag, 24. März 2013

11

Später konnte Lauer nicht sagen, warum er hier im Jungbusch in der Werftstraße gelandet war. Er war durch die Nachrichten um sechs Uhr geweckt worden. Wie fast jedes Wochenende hatte er vergessen, den Radiowecker auszuschalten. Die meisten Nachrichten hatte er gleich vergessen. Dass die Frankfurter Umweltdezernentin es sich bei ihrem Besuch im Grüneburgpark so schlimm nicht vorgestellt hatte, blieb ihm in Erinnerung. Frankfurt. Feiernde Abiturienten. Berge von Müll. Hunderte von betrunkenen Jugendlichen, darunter viele Minderjährige. Zehn Einlieferungen ins Krankenhaus wegen Alkoholvergiftung. Was für ein Wahnsinn, dachte Lauer. Schließlich waren doch nur die schriftlichen Prüfungen vorbei.

Er wälzte sich noch eine Zeit lang hin und her, dann stand er auf, um seinen Kater zu füttern. Der hatte das Fußende des Bettes verlassen, sich auf Lauers Brust gelegt und versuchte, ihm die Nase zu lecken. Lauer stand auf und schaltete die Espressomaschine ein. Das tat er sonst nie. Morgens immer zuerst einen Tee, am liebsten einen Kräutertee, sein Ritual. Aber der Espresso bei Robertina Sivori hatte ihm so gut geschmeckt. Er wusste, dass er von seinem eigenen Erzeugnis enttäuscht sein würde. Er besaß eine uralte, durchaus brauchbare Siebträgermaschine. Seinen Kaffee mahlte er frisch. Das Problem dürften die Bohnen sein. Die lagerte er zwar im Kühlschrank, aber dort vegetierten sie schon einige Wochen vor sich hin, abgesehen davon, dass sie vom Discounter stammten. Vor einiger Zeit war ihm der Griff des Siebträgers abgebrochen. Lauer hatte eine Mail an den Hersteller, Sitz in Düsseldorf, geschrieben und die Antwort bekommen, ein Ersatzsiebträger könne leider nicht geliefert werden, weil das Zentrallager sich in Spanien befinde.

„Leben wir noch im Mittelalter?“, hatte Lauer zurückgeschrieben und den Siebträger mit einem Stück Rohr seiner verschrotteten Hollywoodschaukel repariert, mehr als eine Notlösung, wie sich herausstellte. Lauer schaute auf das Thermometer vor dem Küchenfenster. Null Grad. Bedeckter Himmel, kein Schneeregen wie gestern in der Früh. Für den Nachmittag waren Niederschläge vorhergesagt. Der Espresso schmeckte nicht schlecht, Lauer war überrascht. Er nahm sich lange Zeit, um zu frühstücken: Ei, verschiedene Wurst- und Käsesorten, Marmelade, Honig und zum Schluss Grafschafter Goldsaft. Hanne hatte, wenn der Zuckerrübensirup auf dem Tisch gestanden hatte, das Gesicht verzogen. Gestern, nach dem Besuch bei der Witwe Sivori, hatte er im Supermarkt vorne in der Relaisstraße groß eingekauft und war erschrocken gewesen, als er an der Kasse die

Rechnung präsentiert bekommen hatte. Zum Glück hatte er seine EC-Karte dabeigehabt.

Nach dem Frühstück ging er in den Keller, kramte sein Rennrad heraus, er hatte es in der hintersten Ecke für den Winter eingemottet, trug es nach oben, legte eine alte Decke in den Flur und machte sich daran, das Rad auf Vordermann zu bringen. Seine Mutter musste er noch zurückrufen, sonst würde sie ihm mit Vorwürfen kommen. Spätestens nach der Radtour, nahm er sich vor. Bremsen und Schaltung nachstellen, ölen und einfetten, den Luftdruck prüfen und aufpumpen. Nach zwei Stunden stand das Rad glänzend vor ihm. Fabian hatte er gestern Abend eine SMS geschickt, mit Dienstag alles klar. Und dass er sich auf seinen Sohn freue. Er zog seine dicke Daunenjacke über, suchte Wollmütze und Handschuhe aus dem Schränkchen im Flur heraus. Um Viertel vor elf war er fertig. Der Startschuss zur diesjährigen Freiluftsaison konnte fallen. Lauer war stolz. Es kam selten vor, dass er so früh mit dem Radfahren begann, zumal es heute ja nicht gerade einladend war. Letztes Jahr hatte er sein Rennrad gar nicht aus dem Keller geholt. Als er seine Wohnung verließ, klingelte das Telefon. Er ging zurück und schaute auf das Display. Seine Schwester. Er ließ das Telefon klingeln, ging nach draußen und schwang sich auf sein Rad. Er hatte keinen Plan, wohin er wollte. Er fuhr einfach los.

„Wo ist euer Lächeln geblieben?“

Lauer las die Graffiti aus den Augenwinkeln, als er an der leer stehenden Fabrik vorbeikam. Und dann war er hier in der Werftstraße gelandet. Ecke Hafenstraße. Direkt vor dem Spielplatz. Mitten im Jungbusch. Die ersten Kilometer bis zur SAP-Arena waren ihm schwergefallen. Spätestens ab dem Maimarktgelände lief es dann wie geschmiert. Den Spielplatz im Jungbusch kannte er von früher. Der Kiosk auf der gegenüberliegenden Straßenseite war verschwunden. Hier hatte er früher immer seinen Espresso getrunken. Den besten, an den er sich erinnern konnte. Als er den von Robertina Sivori noch nicht kannte. Früher. Als junger Kommissar bei seinen Einsätzen. Früher. Zu Beginn der Neunziger. Als es hoch hergegangen war im Jungbusch. Als sich niemand groß aufregte, wenn ein Italiener auf der Straße erschossen worden war. Nur ein Itaker, ein Mafioso, ein Sizilianer. Gut, wenn die sich selbst abknallten. Braucht sich doch die deutsche Polizei die Hände nicht schmutzig zu machen. Solche Stimmen hatten Lauer und seine Kollegen Tag für Tag gehört. Sogar innerhalb der Polizei.

Kiosk Papale. In der Auslage der Corriere della Sera, La Stampa, Tuttosport, Gazetta dello Sport und andere italienische Zeitungen. Das Innere des Kiosks vollgestopft mit Süßigkeiten und Getränken. Die Stehtische meist belagert von italienischen Landsleuten, die ihren Espresso schlürften und über Gott und die Welt palaverten. Den Dorfklatsch gab es gratis dazu. Giacomo Papale, das „Giornale di Sicilia in Mannheim", so nannten sie ihn im Jungbusch, weil er über alles Bescheid wusste. Nur bei dem Thema Mafia fiel bei ihm die Klappe.

„Ich höre nichts, ich sehe nichts. Das interessiert mich alles nicht", sagte er. „Ich will nicht der Verräter sein und morgen eine Kugel im Kopf haben."

Natürlich kannte er die Mitglieder der ehrenwerten Gesellschaft, die von der Polizei abgeführt wurden. Natürlich wusste er, wer im *Palmgarten*, im *Bella Sicilia*, in der *Torso Bar* in der Jungbuschstraße, in der *Bianco Bar* in der Böckstraße ein- und ausging. Aber wenn die Rede auf seine Landsleute aus Palma di Montechiaro kam, schwieg er eisern.

„Die Omerta", sagte er, „das Gesetz der Schweigepflicht, das funktioniert auch im Jungbusch."

Papale, immer fröhlich, immer ein Augenzwinkern. Mit weit ausgebreiteten Armen hatte er Lauer stets empfangen.

„Commissario! Es ist mir eine Ehre! Espresso?"

Und Lauer als junger Kommissar war geschmeichelt. Und der Espresso richtig gut. Keine 50 Meter von Papales Kiosk war Giampiero Sivori in jener kalten Januarnacht aufgefunden worden.

Zwei Doppelschaukeln, eine gewundene Rutsche und ein Spielgerät, dessen Funktion sich Lauer nicht auf den ersten Blick erschloss. In der Mitte ein Mast, oben ein Kreuz, an dem Ketten hingen, an den Ketten eine Art Hängebrücke, alles rund, ein Karussell, dachte Lauer und schaute sich um. Er entdeckte kein einziges Kind. Auf den Bänken neben den Schaukeln saßen Rentner, einige hatten sich auf ihren Rollatoren niedergelassen, einige standen, fast alle hatten eine Zigarette im Mund. Lauer lehnte sein Rad an die Schaukel und stellte sich zu den Männern. Einige nickten ihm zu, andere schauten ihn an, einige reagierten gar nicht.

„Noch ganz schön kühl", sagte Lauer.

„März", kam eine Antwort.

„Schade, dass es den Kiosk nicht mehr gibt", sagte Lauer.

Zustimmendes Gemurmel.

„De Papale is net geizisch gewesst middem Grappa", sagte einer der Männer und hielt Lauer seine Zigarettenschachtel hin. Lauer lehnte ab.

„Gibt es lange nicht mehr, den Kiosk."

„Eine Ewigkeit nicht mehr."

„Schade."

„Wirklich schade."

„Der is net geizisch gewesst middem Grappa."

„Und es gab nirgendwo einen besseren Espresso."

Lauer hörte sich die Äußerungen der Männer fasziniert an. Er hätte noch ewig zuhören können, aber es ging auf eins zu und er wollte sich noch ein wenig bewegen.

„Was ist aus Papale geworden?“, fragte er.

„Isser net schun abgenippelt? Dann isser bei soinere geliebte Madonna.“

Es sollte witzig klingen, doch niemand lachte über den Alten, der Lauer die Zigarettenschachtel hingehalten hatte.

„Nein, nein, Giacomo ist noch quicklebendig“, sagte einer, der auf einem Rollator saß und einen Flachmann aus der Jackentasche zog, einen Schluck nahm und die Flasche seinem Nebenmann reichte.

„Wissen Sie, wo der lebt?“

„Junger Mann, sehen wir so aus, als ob wir das wüssten?“

„Ich weiß, wo der Papale Station bezogen hat.“

Alle schauten auf den kleinen Mann, der sich an den Griffen seines Rollators festhielt.

„Und?“, fragten einige gleichzeitig.

„Pflegeheim, ist dement, der gute Papale.“

„Und wo?“

„Genau kann ich Ihnen das nicht sagen, junger Mann. Zwischen Feudenheim und Wallstadt, direkt an dieser Tankstelle.“

Lauer bedankte sich und griff nach seinem Rad.

Am alten OEG-Bahnhof auf den Radweg wechseln, das Gewerkschaftshaus rechts liegen lassen, vorbei am Fernmeldeturm, bei der Feudenheimer Schleuse den Neckar überqueren, dann durch die Feudenheimer Au. Lauer wollte es sich nicht vorstellen, dass dieses

Biotop für die Bundesgartenschau verschandelt werden sollte. Falls es eine Volksabstimmung zur BuGa 2023 geben würde, seine Neinstimme war sicher. Bei der Unterführung in die Andreas-Hofer-Straße, dann die Theodor-Storm-Straße immer geradeaus. Und schon stand Lauer vor dem Theodor-Fliedner-Haus, in dem Giacomo Papale seinen Lebensabend verbringen sollte.

„Mache Se sich kää Hoffnung, de Papale werd Se net erkenne", sagte die Pflegerin, bei der Lauer die kräftigen Oberarme bewunderte. Die kann zupacken, dachte er.

„Manchmol erkennt er net emol soi Nichte. Und die besucht n jeden zwätte Dag. Die Änzisch, die wu nochem guckt."

Lauer war angetan von dem Pflegeheim. Viele Fenster. Helle Flure. Trotzdem zog er den Kopf ein.

„Die Trepp hoch", sagte die Pflegerin, „rechts geradaus dorch. Der hockt um die Zeit immer in de Sitzeck hinne im Flur. Is net ze verfehle."

Das stimmte. Nur ein Mann saß am Ende des Flurs in einem Rollstuhl. De Papale, so ist hier der Umgangston, dachte Lauer. Hoffentlich bleibt mir das erspart. Er musste zweimal hinschauen, um den Mann im Rollstuhl am Ende des Flurs als Giacomo Papale zu identifizieren. Papale war eine imposante Erscheinung gewesen, ein großer Mann mit tiefschwarzen, gewellten Haaren, eine Löwenmähne.

Die Haare erinnerten noch an die Mähne, waren aber weiß. Und wie er so zusammengesunken in seinem Rollstuhl saß, konnte man seine einstige Größe nur mit viel Fantasie erahnen. Auf Lauers Gruß reagierte Papale nicht. Er saß bewegungslos da und schien aus dem Fenster zu schauen. Dann ging ein Ruck durch den Mann, er löste die Verriegelung, drehte den Rollstuhl vom Fenster weg und breitete die Arme aus.

„Commissario! Was für eine Überraschung!"

Nach der Einstimmung durch die Pflegerin hatte Lauer mit allem gerechnet, nur damit nicht.

„Wie geht es, Papale?"

Im ersten Moment kam ihm die Anrede respektlos vor, doch so hatte er Giacomo Papale immer angeredet. Ich unterscheide mich nicht von der Pflegerin, dachte Lauer.

„Wie soll es gehen? Fragen Sie nicht."

Der Mann, der da vor ihm im Rollstuhl saß, kam Lauer nicht dement vor.

„Wie die Zeit vergeht!"

Ja, Papale hatte recht.

„Wir werden alle nicht jünger!"

„Es hat sich so viel geändert hier."

„Ja, ja. So geht das Leben vorbei."

„Früher, früher, da war auch nicht alles gut."

„Und, was macht die Arbeit?"

Es brauchte einige Zeit, bis Lauer merkte, dass Papale nur Plattitüden von sich gab, inhaltslose Satzhülsen, austauschbare Partikel, die man in jedes Gespräch einbauen konnte, die in vielen Situationen stimmten und die geschickt kaschierten, dass Papale dem Gespräch nicht folgen konnte. Nach einigen Minuten fiel sein Kopf langsam nach vorne. Er reagierte nicht mehr, als Lauer ihn ansprach. Dann kam wieder Leben in den alten Mann im Rollstuhl.

„Und Sie, wer sind Sie jetzt?“, sagte er.

„Der Kommissar, der Ihren Espresso so geliebt hat.“

„Commissario! Commissario! Natürlich. Der Espresso. In diesem Laden ist er eine Katastrophe.“

„Und, was gibt es Neues von der Mafia?“

Welcher Teufel ritt Lauer, eine solche Frage zu stellen?

„Das interessiert mich nicht“, sagte Papale. „Ich höre nichts, ich sehe nichts. Ich weiß von nichts.“

Eine Antwort, die er oft von Giacomo Papale gehört hatte. Die letzten Worte, die der ehemalige Kioskbetreiber mit Lauer wechselte. Nach fünf Minuten Schweigen stand Lauer auf und ging.

Warum bin ich auf die Idee gekommen, den alten Mann sehen zu wollen? Was habe ich mir davon erhofft?

Und, verflixt, ich habe noch nicht meine Mutter zurückgerufen.

Er schwang sich auf sein Rad und freute sich auf die Rückfahrt.

Montag, 25. März 2013

12

„Der Apfelweinsherry", waren Meißners erste Worte, als er das Büro im dritten Stock betrat. „Hätte nicht gedacht, dass man davon so einen Kater bekommen kann."

„Bestimmt haben Sie zu viel davon geschluckt", sagte Frau Werner. „Von Ihnen hätte ich nicht gedacht, dass Sie über die Stränge schlagen könnten."

Frau Werner hielt Meißner eine Tasse frisch gekochten Kaffee hin.

„Trinken Sie, dann wird Ihnen gleich besser!"

„Und sonst?", fragte Lauer.

„Ganz in Ordnung das Wochenende. Schönes Hotel mitten in der Rhön, gutes Essen", antwortete Julian Meißner. „Aber anstrengend. Familie. Bei der Hinfahrt am Freitagabend bin ich in einer Ortseinfahrt geblitzt worden. Hessen. Schrecklich. Hinter jedem Ortsschild ist ein Blitzer versteckt. Am Sonntagmorgen ging es mir vom Sherry so was von schlecht. Elvira musste fahren. Da bestand keine Gefahr, dass wir geblitzt werden."

Die Montagmorgen-Besprechung im Polizeipräsidium begann nicht wie üblich um Punkt 8:30 Uhr. So fiel nicht auf, dass Gernhardt und Dobler fünf

Minuten zu spät kamen. Meyers, die kurz vorher ein Fenster geöffnet hatte, setzte sich wieder zwischen Lauer und Meißner.

„Hast du gesehen", flüsterte Lauer seiner Kollegin zu, „Susanne zu spät, und dann noch mit diesem Gernhardt. Und wie die sich angelächelt haben."

„Ich habe noch mehr gesehen vorhin am Fenster", antwortete Irene Meyers. „Wie die zwei Händchen haltend über die Straße gegangen sind."

In diesem Moment ging die Tür auf und Roman Clement, Chef der Kripo, betrat das Zimmer.

„Guten Morgen zusammen."

Die Montagmorgen-Besprechung war eröffnet.

„Ich bitte, meine Verspätung zu entschuldigen. Unaufschiebbarer Termin beim Polizeipräsidenten."

„Mafia, Mafia! Ich höre immer nur Mafia."

Clement wedelte mit der Hand vor seinem Gesicht herum.

„Soll ich der Presse etwa erzählen, die Mafia steckt hinter den Morden? Die Mafia ist schuld. Die Mafia ist an allem schuld."

Clement ließ seinen Blick über die Runde schweifen, wobei er keinen der Kripobeamten direkt anschaute.

„Und wenn die Fragen stellen? Wenn die Beweise wollen? Indizien? Soll ich denen dann sagen, wir haben nichts in der Hand, wir glauben nur, wir vermuten, wir denken uns, es könnte doch sein."

Clement warf den Kopf in den Nacken und starrte an die Decke.

„Ich brauche Fakten!“

„Faxen“, sagte Lauer zu Meißner gewandt. Der drückte ihm seinen Ellenbogen in die Seite.

„Wie bitte?“, fragte Clement und blickte wieder in die Runde, dieses Mal musterte er jeden Einzelnen genau.

„Ich möchte über jeden Schritt des Pizzabäckers in der letzten Woche informiert sein. Und über jeden Schritt seiner Frau. Über jeden Sozialkontakt, über jedes Telefongespräch, über jede einzelne Minute. Das Geschäft muss auf den Kopf gestellt werden, die Privatwohnung, Steuererklärungen, Einnahmen, Ausgaben, Gewinne, alles muss durchleuchtet werden. Die Familie, gab es Streitigkeiten, der Bekanntenkreis, hatte, wie hieß er, Russo, hatte Russo Feinde, offene Rechnungen? Alles, ich will alles wissen.“

Theo Lentz hob den Arm. Ohne dass Clement ihm das Wort erteilte, stand Lentz auf, das machte er immer, wenn er etwas zu sagen hatte, was nicht oft vorkam.

„Ich hätte da einige wichtige Informationen, Fakten, wie Sie es ausdrücken.“

„Wir hören“, sagte Clement.

„Erstens konnten wir DNA-Material am Tatort sicherstellen, es wird noch ein wenig dauern, bis wir vom LKA die Auswertungen bekommen. Zweitens, die wichtigere Neuigkeit: Wir konnten die Tatwaffe ermitteln. Die drei Toten und das schwer verletzte Mädchen wurden alle aus ein und derselben Waffe getroffen. Wir fanden am Tatort insgesamt 25 Patronenhülsen, noch sind nicht alle untersucht, sodass wir nicht sagen können, ob wir es nur mit einem Täter zu tun haben. Alle bisher untersuchten Hülsen sind 7,65 Millimeter. Bei der Pistole handelt es sich um eine Luger P08, die wurde in der Schweizer Armee bis 1945 verwendet."

„Dann wurden die Leute mit so was wie einer Antiquität erschossen", sagte Gernhardt.

Susanne Doblers Blick sagte alles.

„Wir sind dabei, ein ballistisches Gutachten zu erstellen. Wir werten die Spuren vom Tatort aus, Müll, Zigarettenkippen, alles, was wir gefunden haben. Da der Park- und Spielplatz gut besucht wird, ist es schwierig, tatrelevante Spuren von unwichtigen zu trennen."

Lentz setzte sich.

„Immerhin etwas", sagte Clement. „Vielleicht haben wir es mit einem Profikiller zu tun."

„Oder mit mehreren", sagte Lentz.

Meyers hob den Arm.

„Kollegin Meyers?"

„Ich kann Theo nur unterstützen. Wir stehen nicht mit leeren Händen da. Wir haben kein Motiv, wir haben keine Verdächtigen, richtig. Wir haben noch keine Ahnung, wie sich alles zugetragen hat. Aber wir haben Anhaltspunkte. Kontakte zur Mafia, diese Spur müssen wir sorgfältig überprüfen. Familie und Bekanntenkreis müssen wir unter die Lupe nehmen, richtig. Die Nachbarn müssen befragt werden. Und zwar die Nachbarn rund um die Zwischenstraße, wo die Familie wohnte, und die Nachbarn der Pizzabäckerei in der Relaisstraße. Den getöteten Radfahrer und sein Umfeld müssen wir unter die Lupe nehmen, auch wenn einiges darauf hindeutet, dass er nur zufällig Opfer wurde. Die Tatwaffe bietet uns einen Anhaltspunkt. Allessia, das verletzte Mädchen im Krankenhaus, das außer Lebensgefahr ist, kann uns hoffentlich Hinweise geben. Emely, Allessias kleine Schwester, sie hat zu Füßen der Mutter das Blutbad überlebt. Die Reifenspuren des Motorrads am Tatort. Die Aussage der Erzieherin, dass ein Junge aus der Gruppe einen Motorradfahrer gesehen hat. Die DNA-Spuren. Es stimmt nicht, dass wir nur im Nebel stochern und Vermutungen anstellen."

Niemand sagte etwas. Am liebsten hätte Lauer seiner Kollegin für den konstruktiven Beitrag gedankt. Nach all dem Lamentieren ihres Chefs.

„Gut. Kommen wir zu dem dritten Toten", ging Clement auf Meyers' Ausführungen nicht weiter ein. „Hat der einen Namen?"

Julian Meißner hob den Arm.

„Thomas Vogeler, 32 Jahre alt, wohnte auf dem Lindenhof im Haus seiner Eltern, nicht verheiratet, von Beruf Gymnasiallehrer, Fächer Mathematik und Chemie, arbeitet am Bach-Gymnasium in Neckarau. Keinerlei Vorstrafen, nicht mal ein Pünktchen in Flensburg. Die Eltern, beide Studienräte im Ruhestand, leben seit einigen Jahren im Ausland, auf Mallorca. Sie sind informiert und kommen, so schnell sie können."

„Bleiben Sie da dran, Meißner. Auch wenn es so aussieht, als sei Vogeler zufällig Mordopfer geworden, sozusagen ein Kollateralschaden, müssen wir bei ihm das Umfeld durchleuchten."

Hat Clement Meyers gerade nicht zugehört?, fragte sich Lauer. Warum wiederholt er ihre Worte?

„Und das verletzte Mädchen?"

„Wurde am Wochenende zwei Mal operiert", sagte Gernhardt. „Ist aber außer Lebensgefahr, versichern die Ärzte. Liegt im künstlichen Koma. Ungewiss, wann sie aufwacht, noch ungewisser, wann wir sie vernehmen können."

„Wir verteilen die Aufgaben", sagte Clement. „Wenn Sie mit unseren Einsatzkräften nicht auskommen, kann ich für Unterstützung sorgen. Es ist der Wunsch des Polizeipräsidenten, dass wir alle unsere Kraft in die Aufklärung des Verbrechens im Rheinauer Wald stecken. Und dann Aufruf an die Presse, Rundfunk, Fernsehen, Internet, Zeugen sollen sich melden. Das Übliche."

„Das Übliche", murmelte Leo Lauer vor sich hin.

„Kommen wir zu dem Vermisstenfall, wenn er denn einer ist", sagte Clement, nachdem die Aufgaben im Dreifachmord verteilt waren. „Die Morde im Rheinauer Wald haben zwar Priorität, aber wir dürfen den Fall der verschwundenen Helga Hollmann nicht schleifen lassen. Die Presse, Sie wissen."

„Hankes Ultimatum", sagte Lauer zu Meißner gebeugt.

„Wenn sich die Spekulationen dieses Schreiberlings als haltlos erweisen würden, das wäre mir am liebsten."

„Sie scheinen alles andere als haltlos zu sein", sagte Susanne Dobler. „Und Roland Hanke, dieser Schreiberling, wie Sie ihn nennen, hat sich im Gespräch mit mir und Gernhardt kooperativ gezeigt."

Lauer war überrascht über die Schärfe in Doblers Tonfall.

„Rudi Behm, der Bruder der Vermissten, ist überzeugt, dass seiner Schwester etwas zugestoßen ist."

„Fakten, Kollegin", sagte Clement.

„Einige Monate nach dem Verschwinden der Frau wurde in der Pfalz eine unbekannte Frauenleiche gefunden."

„Ich weiß, ich weiß", sagte Clement und es klang genervt. „Ich habe am Wochenende mit unserem alten Kollegen Anton Schindler gesprochen. Er lässt alle, die ihn noch kennen, grüßen. Er hat mir noch einmal die Fakten vergegenwärtigt. Jetzt erinnere ich mich wieder gut an die Sache. Der Ehemann der

Frau hat schlüssig erklärt, dass es sich bei der gefundenen Frau nicht um seine Gattin handeln konnte."

„Das genau ist der Schwachpunkt. Die Polizei hat bei ihren Ermittlungen blauäugig dem Ehemann geglaubt."

„Gernhardt, Sachlichkeit."

„Die Polizei hätte ein Verbrechen in Erwägung ziehen müssen, als eine Möglichkeit zumindest. Und der Ehemann hätte sicher zum engeren Kreis der Verdächtigen gezählt."

„Der Ehemann, von dem Sie sprechen, ist ein angesehenes Mitglied unserer Gesellschaft. Ein Zahnarzt mit einer gut gehenden Praxis in Ilvesheim. Ein Förderer des Sports. Ein Mitglied des Lions Club."

„Und gegen so eine angesehene Person darf nicht ermittelt werden?", fragte Lauer. „Auch wenn es Verdachtsmomente gibt?"

„Lauer, drehen Sie mir nicht das Wort im Mund herum. Ich verlange nur Ermittlungen mit Fingerspitzengefühl."

„Klarheit kann nur eine Exhumierung der unbekannten Frauenleiche bringen, die in Höningen auf dem Friedhof liegt."

„Höningen, das liegt doch im Pfälzer Wald. Was glauben Sie, Kollegin Dobler, wird mir die Staatsanwaltschaft in Ludwigshafen sagen, wenn ich mit meinem Anliegen komme?"

„Hanke will Antworten bis morgen. Was sollen wir ihm sagen?"

Durch Clement ging ein Ruck. Sein Gesicht verkrampfte sich und entspannte sich gleich wieder. Anscheinend hatte er eine Entscheidung getroffen.

„Sagen Sie Hanke, dass wir die Ermittlungen aufnehmen. Halten Sie ihn bei der Stange. Versorgen Sie ihn mit Informationen, so weit Sie das verantworten können. Ich verlasse mich auf Sie. Aber ich kann Sie nicht ganz für diese Ermittlungen freistellen. Gernhardt, Sie kümmern sich um die unbekannte Frauenleiche. Bringen Sie mir stichhaltige Argumente für eine Exhumierung. Dann werde ich zur Staatsanwaltschaft gehen. Dobler, Sie unterstützen die Kollegen bei der Befragung der Nachbarn. Das war's für heute. An die Arbeit, Leute!"

13

Lauer war überrascht, Robertina Sivori hinter der Theke in der Pizzabäckerei der Russos in Rheinau stehen zu sehen. Sie trug eine weiße Schürze über ihrem schlichten schwarzen Kleid. Warum war Lauer nicht schon am Samstag aufgefallen, was für eine attraktive Frau sie war?

„Sie hier?", fragte Lauer.

„Malena hat mich gebeten, ihr zu helfen. Trotz allem sind wir eine Familie. Und in einer Familie hilft man sich. Sie wollen zu Malena?"

„Genau", sagte Irene Meyers.

„Kommen Sie."

Robertina Sivori führte die beiden Kommissare durch einen engen Gang in ein kleines Zimmer, in dem Malena Russo vor einem Schreibtisch saß und ein Ablagekörbchen durchblätterte. Rechnungen, sah Lauer aus den Augenwinkeln. Oder Bestellungen. Lieferscheine. Geschäftskorrespondenz.

„Unser tief empfundenes Beileid, Frau Russo", sagte Lauer. Die Mutter des Pizzabäckers legte einen Finger auf den Mund und deutete in die Ecke. In einem Kinderbettchen lag ein Mädchen und schlief.

„Kommen Sie", flüsterte Malena Russo und brachte die beiden Kommissare durch den Hintereingang in den Hof. „Hier können wir reden."

„Frau Russo, wir tun alles, um das Verbrechen aufzuklären", sagte Meyers.

„Ich weiß."

„Wie geht es Allessia?"

„Im Krankenhaus. Immer noch. Sie wird leben."

„Nachher werden Leute von uns kommen", sagte Lauer, „Kollegen von der Kriminaltechnik, die werden das Geschäft und Ihr Haus in der Zwischenstraße untersuchen."

„Ich weiß."

„Sie wissen das?"

„Ja, Rechtsanwalt angerufen, Staatsanwalt hat informiert."

„Wir suchen nach Spuren, die uns zum Mörder führen."

„Hier keine Spuren."

„Vielleicht finden wir etwas, was uns zum Motiv für die Morde führt", sagte Lauer.

„Motiv?"

„Der Grund. Wir wissen nicht, warum Ihr Sohn und Ihre Schwiegertochter erschossen wurden."

„Es gibt kein Grund. Gute Ehe. Gute Schwiegertochter. Guter Sohn. Alle Gaetano geliebt. Guter Junge. Keine Feinde. Kein Streit. Alles gut."

„Frau Russo, wir müssen das fragen."

Meyers spürte, wie schwer es Lauer fiel, seine Frage auszusprechen.

„Wir wollen den Mörder finden, das müssen Sie wissen. Gab es … Hatte Ihr Sohn Kontakte zur Mafia?"

„Gaetano? Mein Sohn? Mafia?"

Malena Russo lachte auf.

„Gaetano, keine Mafia! Nie! Gaetano guter Junge!"

Sie griff sich mit der Hand an den Mund, riss ihre Augen auf, ihr Lachen erstarb.

„Giampiero, Sie denken … Giampiero, Bruder von Nuria, ja, Mafia. Schlechter Mann. Gaetano, keine Mafia. Ich schwöre bei der heiligen Madonna."

„In Ihrer Familie, gab es da Streit?"

„Kein Streit. Gute Familie. Italienische Familie."

Malena Russo strich sich die Haare aus der Stirn.

„Muss arbeiten. Viele Rechnungen. Nicht bezahlt.

Muss arbeiten. Entschuldigung. Arbeiten. Hilft gegen Schmerz."

Und schon war die Frau, die vor wenigen Tagen ihren Sohn und ihre Schwiegertochter verloren hatte, im Haus verschwunden. Zurück bei der kleinen Emely, die friedlich in ihrem Bettchen schlief, während ihre Schwester im künstlichen Koma lag. Lauer wollte der Großmutter hinterher, Meyers zog ihn am Ärmel.

„Durch die Hofeinfahrt kommen wir zum Auto zurück."

Als sie am Schaufenster des Pizzageschäftes vorbeikamen, öffnete sich die Ladentür und Robertina Sivori stand vor ihnen.

„Malena hat Ihnen nichts von Calogero erzählt."

„Calogero?"

„Gaetanos jüngerer Bruder."

„Und was sollte uns Frau Russo von ihrem Sohn erzählen?"

„Zwischen Calogero und Gaetano gab es Streit um die Erbschaft. Vor einem Jahr ist Malenas Mann gestorben."

„Robertina, kommst du bitte!"

Malena Russos Stimme duldete keinen Widerspruch.

„Ich komme! Darf ich Ihnen ein Stück Pizza anbieten?"

Lauer hatte Hunger. Jetzt ein Stück Pizza. Traumhaft.

„Nein danke", sagte Meyers, „wir müssen weiter."

„Was ist ein Schwur bei der heiligen Madonna wert?“, fragte Meyers.

Die beiden Kollegen saßen im Dienstwagen und Lauer trauerte immer noch der Pizza nach.

„Da fragst du den Richtigen“, sagte Lauer. „Eins habe ich gelernt, der Zusammenhalt in einer italienischen Familie, der ist enorm.“

„Ich weiß nicht, Leo. Robertina hat nicht gerade viel Familiensinn gezeigt.“

Hinter ihnen hupte es. Lauer überlegte, ob er aussteigen und dem Typen mal so richtig die Meinung geigen sollte. Da sah er im Rückspiegel, dass Theo Lentz ihm hinter dem Lenkrad des Transporters der Kriminaltechnik zuwinkte. Lauer winkte zurück, legte den ersten Gang ein und setzte den Blinker. Die Kollegen sind flott, dachte er.

„Auf jeden Fall“, sagte Meyers, „haben wir ein handfestes Motiv.“

„Richtig. Geldstreitigkeiten sind immer ein starkes Motiv.“

Lauer fuhr los.

„Auf in die Oststadt. Frau Werner hat uns angekündigt. Wir sollen uns auf was gefasst machen. Der Vater des Jungen, der den Motorradfahrer gesehen haben will, ist Rechtsanwalt. Ein harter Brocken. Wenn Frau Werner das sagt!“

14

Es war wie immer schwierig, um die Augustaanlage herum einen Parkplatz zu finden. Nach endlosem Herumkurven stellte Lauer den Dienstwagen, einen schwarzen Golf, in der Spinozastraße ab. Hier in der Nähe war Susanne Dobler im Januar 2009 gefangen gehalten worden, von einem Mann, der zwei Männer ermordet hatte, einen Banker und einen Obdachlosen.

Die Jugendstilvilla auf der linken Seite der Leibnizstraße war frisch renoviert, über der Eingangstür prangte ein Wappen, dessen Inhalt Lauer nicht verstand. An dem polierten Messingschild klebten einige Schneeflocken.

„Anwaltskanzlei Dr. Erik Schick – Fachanwalt für Steuerrecht."

Meyers drückte auf die untere Klingel, die mit „Kanzlei" beschriftet war. Auf dem Schild darüber stand „Privat". Anscheinend hatte Schick Praxis und Wohnung in einem Haus. Minus zwei Grad war es am Morgen gewesen, als Lauer aus seinem Küchenfenster auf das Thermometer geschaut hatte.

„Ist das ein eisiger Wind", sagte Meyers.

„Und das im Frühling!", fügte Lauer hinzu.

Eine Sekretärin, Lauer nahm an, dass es eine war, nahm sie in Empfang und führte sie in ein Wartezimmer, das mit exklusiven Schwingsesseln möbliert war, im Hintergrund Regale mit juristischer Fachliteratur. Schönfelders Deutsche Gesetze, das BGB in verschiedenen Ausführungen, einige antiquarische waren darunter. Diverse Jahrgänge von „DStR – Deutsches Steuerrecht" und von „NWB – Steuer- und Wirtschaftsrecht". Keine Lektüre, die Lauer vom Hocker riss. Als Meyers bei der Empfangsdame nach zehn Minuten intervenierte, bekam sie zur Antwort: „Herr Dr. Schick führt ein wichtiges Telefonat. Wenn er fertig ist, werden Sie zu ihm vorgelassen."

„Zu ihm vorgelassen", äffte Meyers die Angestellte nach, als sie wieder im Wartezimmer neben Lauer saß. „Leo, wir werden gleich ins Allerheiligste vorgelassen."

In dem Moment öffnete sich die Tür des Wartezimmers.

„Ich darf bitten. Herr Dr. Schick erwartet Sie."

„Herr Schick?"

„Dr. Schick, bitte!"

„Lauer, Kriminalhauptkommissar, hier mein Ausweis, meine Kollegin Irene Meyers, Oberkommissarin. Herr Dr. Schick, wir möchten mit Ihrem Sohn Leon sprechen."

„So einfach geht das nicht."

„Wir sind angemeldet, Herr Dr. Schick. Wir ermitteln in einem Mordfall."

„Demgegenüber steht das Wohl des Kindes. Und dafür bin ich verantwortlich."

„Wir werden das Wohl des Kindes berücksichtigen."

„Ich erwarte, dass Sie meinen Sohn angemessen belehren."

„Angemessen?"

„Sodass er es versteht."

„Selbstverständlich, angemessen!"

„Ich bestehe darauf, bei der Befragung anwesend zu sein."

„Selbstverständlich. Das ist Ihr gutes Recht. Auch Ihre Frau, wenn Sie es wünschen."

„Die ist unpässlich. Höchstens fünf Minuten gebe ich Ihnen."

„Das wird ausreichen."

„Ist eine Befragung meines Sohnes erforderlich?"

„Unbedingt, Herr Dr. Schick."

„Was wollen Sie von meinem Sohn wissen?"

„Ihr Sohn war als Zeuge an einem Tatort. Er kann uns unter Umständen wichtige Informationen geben."

„Reicht nicht die Aussage dieser Betreuerin?"

„Frau Bode hat uns gesagt, dass Ihr Sohn einen Motorradfahrer gesehen hat. Näheres zu erfahren, ist wichtig für uns, Herr Dr. Schick."

„Ich verlange, dass Sie Leon nicht überfordern."

„Das haben wir nicht vor."

„Und ich entscheide, wann Schluss ist!"

„Selbstverständlich, Herr Dr. Schick."

„Ich hole Leon. Warten Sie bitte."

Als Schick das Büro verlassen hatte, deutete Lauer mit dem Finger auf seine Kollegin.

„Du meinst, ICH soll den kleinen Leon befragen?"

„Genau."

Es dauerte nochmals fünf Minuten, bis Schick mit seinem Sohn zurückkam. Lauer kam es viel länger vor. Leon stand halb hinter seinem Vater und blickte zu Boden.

„Hallo, Leon", sagte Meyers. „Ich bin Irene Meyers von der Kriminalpolizei Mannheim. Du kannst uns helfen."

„Es geht um das Mädchen, das geblutet hat", sagte Leon, trat hinter seinem Vater hervor, ging zum Schreibtisch und setzte sich auf den Ledersessel und deutete mit der Hand auf den Stuhl vor dem Schreibtisch. Dabei schaute er Meyers in die Augen. Der verängstigte Junge, der sich hinter seinem Vater versteckt hatte, war verschwunden. Vor Meyers saß ein aufgeweckter, selbstbewusster Junge von vier oder fünf Jahren.

„Alles, was du uns sagst, Leon, ist freiwillig."

„Weiß ich doch alles. Ich weiß, dass ich die Wahrheit sagen muss."

„Sie können mit der Befragung anfangen", sagte Schick und Lauer fand den Tonfall generös und angeberisch.

„Das Mädchen, erzähle mir von ihr."

„Sie hat geblutet im Gesicht, sie hat neben der Schaukel gestanden."

„Sie lag nicht auf dem Boden?"

„Sie hören doch, was der Junge sagt!"

„Papa, ich bin dran."

Der kleine Leon kam Lauer vernünftiger und erwachsener vor als sein Vater.

„Sie hat sich an der Schaukel festgehalten. Als sie mich gesehen hat, hat sie losgelassen, hat die Hände nach mir ausgestreckt, ist zwei Schritte gelaufen, dann ist sie hingefallen."

„Was hat das Mädchen dann gemacht?"

„Nichts. Das Mädchen ist liegen geblieben."

„Hat es sich noch bewegt?"

„Nein."

„Frau Bode hat gesagt, du hast einen Motorradfahrer gesehen."

„Hab ich."

„Wie hat der ausgesehen?"

„Der hat ein Dreckmotorrad gehabt."

„Ein was?"

„Ein Motorrad, mit dem man im Schlamm fahren kann."

„Leon meint, der Mann habe eine Geländemaschine gefahren, mir fällt der Fachbegriff nicht ein."

„Eine Enduro?", half Lauer.

Leon zuckte mit den Schultern.

„Weißt du, welche Farbe das Motorrad hatte?"

„Gelb."

„Bist du dir da sicher?"

„Ganz sicher."

„Gut, Leon. Und die Marke?“

„Ich darf doch bitten, Sie reden mit einem Vierjährigen.“

„Papa! Eine Honda oder eine Suzuki.“

„Woher weißt du das?“

„Von meinem Kartenspiel.“

„Und den Fahrer, kannst du den beschreiben?“

Leon nickte eifrig.

„Schwarz.“

„Wie meinst du das?“

„Na, schwarze Stiefel, schwarze Hose, schwarze Jacke, aus Leder, glaube ich, schwarzer Helm.“

„Sehr gut, Leon. Kannst du die Kleidung genauer beschreiben?“

Leon schüttelte den Kopf.

„Ging viel zu schnell.“

„Hast du das Gesicht gesehen?“

„Konnte ich nicht sehen. Vor dem Gesicht hatte er so eine dunkle Abdeckung aus Plastik.“

„Mein Sohn meint offensichtlich ein dunkel getöntes Visier“, griff der Rechtsanwalt in die Befragung ein.

„Kannst du die Größe des Mannes beschreiben?“

„Kann ich. Er war so groß wie Papa. Und als er abgebraust ist, hat er zu viel Gas gegeben. Das Hinterrad ist weggeschleudert. Der konnte nicht so gut fahren.“

„Wie meinst du das?“

„Das sah so wacklig aus. Und den Fuß hat er ein paar Mal auf den Boden gestellt.“

„Das reicht jetzt. Sie überfordern den Jungen."

„Das war's schon, Herr Dr. Schick", sagte Irene Meyers, stand auf, ging um den Schreibtisch herum und schüttelte Leon die Hand. „Du hast uns geholfen."

„Wirklich?"

„Sehr geholfen!"

Auch Lauer ging zu Leon und gab ihm die Hand.

„Wenn Sie den Mann gefangen haben, der auf das Mädchen geschossen hat, das müssen Sie mir sagen."

„Machen wir, versprochen!", sagte Irene Meyers und folgte ihrem Kollegen, der die Hand schon auf die Türklinke gelegt hatte, dann innehielt und sich zu Schick umdrehte.

„Herr Dr. Schick, wir danken Ihnen für Ihre Kooperation", sagte er. „Sie haben einen wunderbaren Jungen. Sie können stolz auf ihn sein!"

„Herr Dr. Schick vorne! Herr Dr. Schick hinten. Alle Achtung, Leo Lauer!", sagte Meyers, als sie das Gebäude in der Leibnizstraße verließen. „Hat das mit dem Alter zu tun? Oder woher kommt das, dass du gerade so gelassen geblieben bist?"

Lauer wusste keine Antwort auf die Frage seiner Kollegin. Er war überrascht, dass er den Auftritt des Rechtsanwalts so ruhig hingenommen hatte. Es hatte in der Vergangenheit Zeiten gegeben, da wäre seine Reaktion anders ausgefallen.

15

Der Anruf bei den Kollegen in Ludwigshafen war für Gernhardt nicht befriedigend gewesen.

„Klar, die Unterlagen können wir raussuchen, aber das kann zwei, drei Tage dauern. Wir sind hier chronisch unterbesetzt."

So lange wollte Gernhardt nicht warten. Also hatte er im Internet gesucht, Helga Hollmann gegoogelt, keine Treffer gefunden. Er erinnerte sich an Hankes Hinweis, Fahndungsaufruf im Fernsehen.

„Aktenzeichen xy ungelöst". Die brachten doch immer ungelöste Kriminalfälle. In der Mediathek waren die alten Folgen nicht archiviert, aber auf YouTube fand Gernhardt die von Hanke erwähnte Sendung. Erschwerend war hinzugekommen, dass der Journalist als Sendetermin den Februar 1994 genannt hatte. In diesem Monat war jedoch keine Zimmermann-Sendung ausgestrahlt worden. Also schaute sich Gernhardt zuerst die Januar-Sendung an, ohne Erfolg. In der März-Ausgabe fand er endlich den gesuchten Beitrag.

„Es geht um eine unbekannte Tote, die der Kripo Ludwigshafen seit mehr als drei Monaten Kopfzerbrechen bereitet. Die Tote war 20 bis 40 Jahre alt, ungefähr 1,60 Meter groß und schlank. Sie hatte vermutlich blonde, mittellange Haare und außergewöhnlich schlechte Zähne. Bekleidet war die

Tote mit einer dunkelgrünen Seidenbluse und einer auffälligen Après-Skihose, die kriminalistisch besonders interessant ist. Sie wurde von einer italienischen Firma in nur wenigen Exemplaren angefertigt. Das Material: orangefarbene Mikrofaser, in die afrikanische Motive eingewebt sind. Die Tote trug im linken Ohr diesen Ohrstecker, eine Zuchtperle, in Weißgold gefasst, darüber ein kleiner Brillant, und im rechten Ohr diesen zweiten circa sieben Zentimeter langen Ohrhänger, silberfarben, mit schwarzem Stein. Gefunden wurde die Leiche von einem Spaziergänger Ende November 1993 in einem Waldgebiet östlich von Höningen, wenige Kilometer von der A 6 entfernt. Hinweise in diesem Fall bitte an die Kripo Ludwigshafen, jede andere Polizeidienststelle oder eines unserer Aufnahmestudios."

Gernhardt griff zum Telefonhörer. Rudi Behm, Helga Hollmanns Bruder, nahm nach dem ersten Klingeln ab. Nein, von einer unbekannten Frauenleiche vom November 1993 wisse er nichts. Nein, von der Sendung habe er keine Ahnung. Wirklich nicht, die Sendung habe er nicht gesehen. Niemand habe ihn daraufhin angesprochen, weder die Polizei noch Bekannte. Gernhardts zweites Telefongespräch verlief weniger reibungslos.

„Das ist eine Unverschämtheit. Wollen Sie mir unterstellen, schlampig ermittelt zu haben?", polterte

Schindler, der schon so lange pensionierte Kommissar, los und beruhigte sich erst, als Gernhardt ihm mehrmals versichert hatte, keineswegs die Ermittlungsmethoden des früheren Hauptkommissars infrage stellen zu wollen.

„Herr Schindler, ohne Sie komme ich nicht weiter. Sie sind meine letzte Rettung", sagte Gernhardt und lief rot an, so schämte er sich für seine Worte.

„Natürlich haben wir die Spur mit der unbekannten Toten berücksichtigt. Der Ehemann versicherte uns, dass seine Frau tadellose Zähne besessen habe. Mensch, Gebhardt, der Mann war Zahnarzt. Der lässt doch die Zähne seiner eigenen Frau nicht verkommen."

Gernhardt verzichtete auf einen Kommentar zu seiner Namensänderung.

„Und dann sagte der Ehemann, dass das nicht die Hose seiner Frau sei. Seine Frau verabscheue die Farbe, irgendein Rotton, wenn ich mich richtig erinnere. Außerdem trage seine Frau Kleidergröße 38. Die Tote hatte eine Hose an, die größer war, 42, glaube ich. Sicher bin ich mir nicht, Gebhardt."

Wahnsinn, dachte Gernhardt, was der sich alles merken kann, immerhin sind fast 20 Jahre vergangen! Nur meinen Namen, den kann er sich nicht merken!"

„Und weiter?", fragte Gernhardt.

„Was weiter? Soll das schon wieder …"

„Sie haben uns sehr geholfen, Herr Schindler. Ich bewundere Ihr Erinnerungsvermögen! Vielen Dank!"

Gernhardt machte, dass er auflegte.

Der dritte Anruf war kurz.

„Praxis Dr. Hollmann. Herr Dr. Hollmann ist gerade bei einer Behandlung. Rufen Sie bitte später noch einmal an."

15 Minuten später hatte Gernhardt wieder kein Glück.

„Praxis Dr. Hollmann. Herr Dr. Hollmann ist gerade in einer dringenden Besprechung. Versuchen Sie es bitte später."

Es ging auf halb eins zu, als er es wieder versuchte. Eine Männerstimme, offenbar Hollmann, teilte mit, dass das Praxisteam seine wohlverdiente Mittagspause genieße.

„Ab 14:30 Uhr sind wir wieder mit frischem Elan für Sie da."

Gernhardt nahm sich vor, um 14:30 mit frischem Elan in Ilvesheim vor der Tür der Zahnarztpraxis zu stehen.

Es dauerte einige Zeit, bis Gernhardt mit der gewünschten Person sprechen konnte. Erst wurde er vom Empfang falsch verbunden, dann klingelte es endlos durch und Gernhardt wollte schon auflegen, bis sich ein dünnes Stimmchen meldete.

„Ernestine Scharff, Sie wünschen?"

Gernhardt stellte sich vor, erklärte sein Anliegen und fragte die Mutter von Helga Hollmann, wann er mit ihr sprechen könne.

„Am besten sofort“, sagte die Frau, „wo Sie mich sowieso beim Mittagsschlaf gestört haben.“

Gernhardt spulte in dem Video so lange vor und zurück, bis er eine gute Einstellung der Hose gefunden hatte, drückte auf die Druck-Taste, fügte das Bildschirmfoto ins Grafikprogramm ein, schnitt den passenden Ausschnitt aus und druckte das Bild aus.

Wenn er sich beeilte, würde er sich nach dem Besuch bei Frau Scharff noch irgendwo schnell etwas zu essen holen können. Gut, dass das Heim, in dem Frau Scharff lebte, auf dem Weg nach Ilvesheim lag.

„Ich schau nur schnell im Insassenverzeichnis nach.“

Als Gernhardt sah, wie umständlich der junge Mann in der Liste der Heimbewohner blätterte, war ihm klar, warum er vorhin erst falsch verbunden worden war.

„Einen Moment, gleich habe ich es. Waren Sie das, der vorhin angerufen hat?“

Gernhardt nickte. Der war bestimmt Zivi, halt, die gab es ja nicht mehr, wie nannte sich das jetzt? Freiwilliges soziales Jahr? Der Mann an der Information schaute ihn immer noch an.

„Insassenverzeichnis“, sagte Gernhardt laut und benutzte absichtlich den Begriff, den er gerade gehört hatte. Dabei machte er mit seinen Fingern eine Bewegung, die umblättern bedeuten sollte. Reichlich verunglückt, dachte er. Doch er wurde verstanden.

„Hier haben wir sie ja, Frau Scharff, Ernestine, kein alltäglicher Vorname.“

Fünf Minuten später stand eine stämmige Pflegerin vor Gernhardt und stemmte beide Hände in die Hüften.

„Geschdern de Papale, heit die Scharff. Die Bolizei hot jo e großes Interesse an unsere Insasse.“

Insassen, wieder dieser Begriff, dachte Gernhardt und musste dabei ratlos ausgesehen haben.

„Wisse Se net, dass geschdern en Kollesch vun Ihne dogewesst is? Radler-Outfit. Des Trikot hot schun gspannt iwwerm Bauch.“

Radfahrer, Trikot, Bauch. Lauer hatte dieses Jahr die Fahrradsaison früh eingeläutet.

„Kumme Se mit, isch bring Se zu de Fraa Scharff uffs Zimmer. Die alt Dame is wacklisch uff de Bää, awwer do owwe topfit.“

„Ich zünde jeden Abend eine Kerze für Helga an“, sagte die Dame, die in einem Ohrensessel saß, der für die kleine Person viel zu groß war. Sie trug ein schwarzes Kleid und schwarze Filzhausschuhe, die mit Fell gefüttert waren. „Ich weiß, dass ihr etwas passiert ist. Helga wäre nie ohne ein Wort gegangen. Und die Beerdigung ihres über alles geliebten Papas hätte sie nie und nimmer versäumt. Ich bete jeden Abend, dass sie eines Tages plötzlich hier in der Zimmertür steht. Ich weiß, dass es nicht passieren wird. Helga ist tot. Eine Mutter spürt das. Trotzdem gibt man die Hoffnung nicht auf."

„Wer könnte ihr denn etwas angetan haben?", fragte Gernhardt.

Frau Scharff schwieg. Zu Beginn des Gesprächs hatte sie sich als ein körperliches Wrack bezeichnet, im Kopf, sie tippte mit dem Finger auf ihre Stirn, sei sie wie ein junges Mädchen.

„Ihr Mann?", bohrte Gernhardt nach.

„Ich weiß es nicht", antwortete sie. „Werner hat gut gesorgt für Helga. Und Helga war nicht unglücklich. Nur ihr größter Wunsch, der ging nicht in Erfüllung."

„Ihr größter Wunsch?"

„Sie wünschte sich nichts sehnlicher als ein Kind."

Gernhardt zog den Ausdruck der Hose, die man bei der unbekannten Frau in der Nähe von Höningen gefunden hatte, aus seiner Jackentasche.

„Haben Sie diese Hose schon einmal gesehen?"

Frau Scharff nickte sofort.

„So eine hatte Helga. Ich weiß noch, wie ich mit ihr geschimpft habe. Das Stück war viel zu teuer."

„Ihr Schwiegersohn hat behauptet, die Hose gehöre nicht Ihrer Tochter. Sie sei zu groß."

Frau Scharff lachte.

„Von Kleidergrößen haben Männer doch keine Ahnung. Alles, was jenseits der Körbchengröße liegt, ist für sie uninteressant."

Gernhardt versuchte, ernst zu bleiben.

„Helga hat sich die Hosen größer gekauft. Sie war damals im sechsten Monat schwanger. Deshalb.“

„Sie sagten doch …“

„Sie hat das Kind verloren.“

„Wissen Sie noch, wann das war?“

Man sah Frau Scharff an, dass sie nachdachte.

„Wann ist Helga verschwunden?“

„Ende März 1993.“

„Dann muss das Anfang Januar gewesen sein.“

Zahnarztpraxis im Erdgeschoss, Privatwohnung im ersten und zweiten Stock, praktisch, dachte Gernhardt, als er vor Hollmanns Haus in der Frühlingsstraße in Ilvesheim stand und den Jackenkragen hochschlug. Dem Haus würde ein neuer Anstrich gut tun. Das Gelb sah an einigen Stellen schäbig aus. Die Frau am Empfangstresen sah sich seinen Dienstausweis genau an, lernte erst die Vorderseite auswendig, studierte dann die Rückseite. „Isolde Hollmann“ las Gernhardt auf dem Namensschild. Eine attraktive Frau, roter Lippenstift, blonde Haare, schlank, Gernhardt schätzte sie auf höchstens 40.

„Sie sind die neue Frau Hollmann“, rutschte es ihm heraus.

„Ich bin mit Herrn Dr. Hollmann seit 13 Jahren verheiratet. Und ich bin die Ehefrau Nummer drei, nachdem Werners erste Frau sich in einer Nacht- und Nebelaktion aus dem Staub gemacht hat.“

„Und die zweite?", fragte Gernhardt, ohne es zu wollen.

„Geschieden. Aber deshalb werden Sie nicht gekommen sein. Gedulden Sie sich bitte einen Augenblick. Sobald es möglich ist, hat der Doktor Zeit für Sie."

Der Augenblick zog sich 20 Minuten in die Länge. Mehr als einmal war Gernhardt nahe daran gewesen, aufzustehen und sich vor dem Empfang aufzubauen. Er unterdrückte seinen Wunsch und schlug mit der Hand auf seinen Oberschenkel, anstatt mit der Faust auf den Tresen. Dann Auftritt Dr. Hollmann. Imposante Erscheinung. Volle weißgraue Haare, braun gebranntes Gesicht, drahtig, durchtrainiert. Der spielt Tennis, dachte Gernhardt. Oder Golf. Oder beides. Wenn ich so mit 60 aussehe …

„Ich empfinde es als eine Zumutung, dass Sie mich unangemeldet belästigen."

Eine schöne Begrüßung, dachte Gernhardt und sagte: „Ich würde gerne mit Ihnen über Ihre verschwundene Frau sprechen."

„Nichts werden Sie!"

„Nur zwei, drei Fragen, in fünf Minuten …"

„Erstens: Ich bin von dieser Person seit fast 20 Jahren geschieden. Zweitens: Das Verfahren ist seit einer Ewigkeit eingestellt. Drittens: Ich habe Ihnen nichts zu sagen."

„Die Ermittlungen wurden wieder aufgenommen", sagte Gernhardt.

„Ich habe Ihnen nichts zu sagen."

„Sie sollten mit uns kooperieren, Herr Dr. Hollmann."

„Wissen Sie überhaupt, wen Sie vor sich haben? Ich könnte Ihnen Ärger bereiten."

Gernhardt lag eine Erwiderung auf der Zunge. Er unterdrückte seinen Impuls.

„Auf Wiedersehen im Polizeipräsidium", verabschiedete er sich, war sich aber nicht sicher. Clement hängte sein Fähnchen gern in den Wind. Ob er von seinem Vorgesetzten Unterstützung bekommen würde?

16

Lindenhof. Kalmitstraße. Einstöckiger Bungalow, sandfarben verklinkert, der Sockel rot abgesetzt. Links und rechts der Eingangstür zwei Buchsbäumchen im Topf. Der Vorgarten gepflegt. Alle Rollläden mindestens zur Hälfte heruntergelassen. Das Haus machte einen verlassenen Eindruck.

Bevor sie klingelten, versuchte Meißner noch einmal, die Rektorin von Thomas Vogeler, dem erschossenen Radfahrer, anzurufen. Er bekam nur die Sekretärin des Bach Gymnasiums an den Apparat. Nach einigem Hin und Her gab sie Meißner die Handynummer der Rektorin. Die war in Begleitung ihres Ehegatten gerade mit dem Schiff auf dem Bodensee zwischen Merseburg und Konstanz unterwegs.

„Osterferien", sagte die Sekretärin.

Die Rektorin lobte Vogeler.

„Vorbildlicher Kollege, der sich nichts hat zuschulden kommen lassen. Engagiert. Beste Zeugnisse. Korrektes Verhalten gegenüber Schülern, Kollegen und Eltern. Ein Verlust für unser Gymnasium."

Julian Meißner bedankte sich für die Auskunft und drückte auf die Klinke der Gartentür, unverschlossen. Er ging die Stufen zur Haustür hoch und suchte den Klingelknopf. Susanne Dobler war auf dem Gehweg stehen geblieben. Bevor er klingeln konnte, ging die Tür auf und Meißner stand einem gebräunten Mann, den er auf Anfang 60 schätzte, gegenüber. Meißner stellte sich und Dobler vor, hielt dem Mann seinen Dienstausweis entgegen, doch der winkte ab.

„Kommen Sie herein", sagte der Mann und streckte ihnen die Hand entgegen. „Vogeler, Anton Vogeler, Studiendirektor a. D."

Vogeler führte die beiden Kommissare ins Wohnzimmer, das ein riesiges, bis zum Boden reichendes Fenster zum Garten hin hatte. In dem Zimmer war es kühl. In der Ecke stand ein elektrischer Radiator, der in dem großen Raum verloren aussah.

„Sie müssen entschuldigen, die Heizung ist ausgefallen. Der Kundendienst ist unterwegs. Ich war gerade dabei, den Kamin anzuzünden. Wir sind gerade erst angekommen. Es war uns nicht möglich, am Wochenende einen Flug zu bekommen."

Dobler sah die aufgeschichteten Holzstücke im offenen Kamin. In der Mitte des Raumes standen sich zwei dunkelgrüne Ledersofas gegenüber, getrennt von einem Couchtisch aus Glas. In einem Eckregal rechts vom Fenster war ein LCD-Fernseher untergebracht, eine Stereoanlage von Harman Kardon und ein Plattenspieler aus Acryl, der ein Vielfaches von dem gekostet haben musste, was Lauer für seinen Plattenspieler ausgegeben hatte.

Lauer und seine Vinylschwäche, sein Kollege wäre hin und weg, dachte Meißner.

„Die Begeisterung für exklusiven Musikgenuss hat mein Sohn von mir geerbt", sagte Anton Vogeler, der Meißners Blicke deutete. Erst jetzt entdeckte er die zusammengesunkene Frau auf dem linken Sofa, die nicht reagierte, als Dobler ihr das Beileid ausdrückte.

„Meine Frau hat das alles sehr mitgenommen", sagte Vogeler. „Willst du dich nicht hinlegen, Luise? Ich musste ihr Medikamente geben, sonst würde sie das nicht durchstehen."

„Wir tun alles, um den Mörder Ihres Sohnes zu finden, Herr Vogeler."

„Meine Frau und ich verstehen das alles nicht. Wer sollte Thomas ermorden? Und auf so brutale Art und Weise. Thomas hat sich nie etwas zuschulden kommen lassen, er hat nicht geraucht, er hat keine

Drogen genommen, er hat kaum Alkohol getrunken. Ich verstehe das nicht."

„Wir haben noch kein Motiv für die Morde an Ihrem Sohn und dem italienischen Ehepaar", sagte Dobler. „Eine Möglichkeit ist, dass Ihr Sohn zufällig Zeuge wurde, als der Mörder das Ehepaar erschoss."

„Das wäre ja schrecklich", sagte Vogeler, „diese Sinnlosigkeit, unvorstellbar."

In diesem Moment schluchzte die Frau, sprang auf, riss die Glastür zur Veranda auf und lief in den Garten.

„Luise, komm herein, es ist viel zu kalt", rief Vogeler hinter ihr her. Als die Frau nicht reagierte, ging er nach draußen und versuchte, den Arm um seine Frau zu legen. Die schüttelte ihn ab, kam zurück ins Wohnzimmer und verschwand im Flur, ohne Meißner oder Dobler nur eines Blickes zu würdigen.

„Entschuldigen Sie bitte. Meine Frau ist psychisch nicht so stabil und das hat sie mitgenommen."

„Erzählen Sie uns von Ihrem Sohn", forderte Meißner den Mann auf.

„Was soll ich da erzählen? Thomas war ehrgeizig, in der Schule strengte er sich an. Gutes Abitur. Zivildienst im Psychiatrischen Zentrum in Wiesloch, Studium für das Lehramt an Gymnasien an der Universität Heidelberg, Referendariat am Gymnasium in Schriesheim, Abschluss mit Auszeichnung. Seit vier Jahren unterrichtet er am Bach-Gymnasium in Neckarau. Die Rektorin dort, ich kenne sie gut aus meiner aktiven Zeit, hat Thomas immer gelobt. Wir verstehen das alles nicht."

„Wie war Ihr Kontakt zu Ihrem Sohn?", fragte Dobler.

„Gut. Sehr gut!"

„Wie oft sahen Sie sich?"

„Sie meinen, weil wir nicht in Deutschland leben? Wir sahen uns regelmäßig zwei Mal im Jahr. Im Sommer besucht Thomas uns immer für zwei oder drei Wochen. Und Weihnachten verbringen wir hier in Deutschland. Wir leben seit acht Jahren auf Mallorca."

Der Mann hat sich gut gehalten, dachte Meißner.

„Wir haben uns vor 30 Jahren ein Grundstück in den Bergen nahe Esporles gekauft. Elf Kilometer von Palma entfernt, mitten in der Serra de Tramuntana gelegen, ein ursprüngliches Dorf, nur wenige Touristen verirren sich dorthin. Wir haben dort ein Haus bauen lassen, mit einer Einliegerwohnung, in der Thomas immer wohnte. Später für eine Pflegehilfe gedacht, falls es nicht mehr so laufen sollte wie heute."

„Hatte Ihr Sohn eine Freundin?", fragte Meißner.

„Das interessierte ihn nicht."

„Wie meinen Sie das?", fragte Susanne Dobler.

„Für Thomas stand seine Karriere, sein berufliches Fortkommen eindeutig im Mittelpunkt. Er war engagiert in der Schule. Da blieb keine Zeit für Liebschaften."

„Freunde?"

„Unser Sohn war mehr für sich. Ein Einzelgänger, wie sein Vater."

„Gab es Konflikte an der Schule? Streit mit Kollegen? Mit schwierigen Schülern?"

„Davon weiß ich nichts. Wenn Thomas Probleme gehabt hätte, hätte er mit uns darüber geredet. Wir hatten ein besonderes Verhältnis."

„Herr Vogeler", sagte Dobler, „dürfen wir uns ein wenig im Haus umsehen? Insbesondere im Arbeitszimmer Ihres Sohnes."

„Ich zeige es Ihnen. Dann muss ich mich um meine Frau kümmern."

30 Minuten später saßen Dobler und Meißner in ihrem Wagen, Dobler mit Thomas Vogelers Laptop auf den Knien, Meißner mit Schweißperlen auf der Stirn.

„Mann, Mann! War das anstrengend! Der letzte Auftritt der Vogeler, der hatte es in sich!"

Meißner spielte darauf an, dass Frau Vogeler etwas von Leichenfledderei gesagt hatte, als er ihren Mann gefragt hatte, ob sie den Laptop des Sohnes mitnehmen könnten.

„Selbstverständlich", hatte Vogeler geantwortet und auf eine Quittung verzichtet.

Dobler hatte zwei Schritte auf die Frau zugemacht und ihr die Hand entgegengestreckt. Die Frau hatte zu schreien begonnen, mit den Armen gefuchtelt und gerufen: „Fassen Sie mich nicht an!"

Dabei war Dobler noch mindestens einen Meter von ihr entfernt gewesen.

„Es genügt, wenn Sie allein zur Identifikation Ihres Sohnes kommen", sagte Meißner, nachdem Anton Vogeler sie zur Tür gebracht hatte.

„Meine Frau möchte dabei sein, sie möchte sich von Thomas verabschieden. Vielleicht kann sie dann alles ein wenig besser verarbeiten."

„Gut, morgen um elf. Ich veranlasse, dass Sie abgeholt werden."

„Eine gespenstische Atmosphäre in dem Haus", sagte Meißner zu seiner Kollegin, als sie im Wagen saßen.

„Die beiden haben ihren einzigen Sohn verloren, das darfst du nicht vergessen."

„Trotzdem war vieles seltsam", beharrte Julian Meißner.

„Was haben wir eigentlich erfahren?", versuchte Dobler die Eindrücke zu sortieren.

„Auf jeden Fall kein Mordmotiv", sagte Meißner. „Nach dem, was der Vater erzählt hat, gibt es niemanden, der etwas gegen seinen Sohn hatte."

„Joggel", sagte Dobler, „so soll doch das Passwort zu Vogelers Laptop lauten, oder?"

„Ich habe Jockel verstanden", sagte Meißner und grinste.

Als Susanne Dobler nach dem Passwort gefragt hatte, hatte Vogeler erst nur mit den Schultern gezuckt, dann aber gesagt: „Versuchen Sie es mit ‚Jockel', so hieß unser 2004 verstorbener Hund. Thomas hat ihn über alles geliebt."

Meißner bog in die Schwarzwaldstraße ab.

„Weißt du, was mich irritiert hat?", fragte Dobler.

„Was?"

„Die Formulierung des Vaters. Als du nach einer Freundin gefragt hast. ‚Das interessierte ihn nicht.' Ich kann es nicht erklären, da schwang so was mit, so ein Unterton."

17

Dass Clement sie um 18 Uhr am Ende eines Ermittlungstages noch zusammenrief, kam selten vor, war angesichts der Brisanz des Falles aber nicht ungewöhnlich. Die Befragungen der Nachbarn hatten eine Übereinstimmung ergeben. Alle hatten den Pizzabäcker und seine Frau als freundliche und angenehme Nachbarn beschrieben. Gaetano Russo galt allgemein als hilfsbereit.

„Wenn ich um Mitternacht einen Wasserrohrbruch habe und Gaetano um Hilfe bitte, kommt er, ohne zu zögern, und hilft, bis der Schaden behoben ist", zitierte Dobler einen Nachbarn der Russos. Kein schlechtes Wort fiel über das ermordete Ehepaar. Und die beiden Töchter galten als höflich und gut erzogen.

„Die Mädels grüßen immer, wenn ich sie sehe",

hatte eine ältere Frau zu Protokoll gegeben. Susanne Dobler hatte als Kind am eigenen Leib erfahren, dass die Menschen hier in der Gegend großen Wert auf das Grüßen legen. Mehr als einmal hatte ihr ihre Mutter von Beschwerden von Nachbarn und Gästen ihrer Gaststätte erzählt. Der immer gleiche Vorwurf: „Ihre Tochter grüßt nicht!"

Eines hatte die Befragung der Nachbarn sicher ergeben: Es gab keinen Anhaltspunkt für ein Mordmotiv. Die Befragung der Anwohner rund um die Pizzabäckerei in der Relaisstraße brachte ähnliche Ergebnisse. Freundliche Leute, bei allen beliebt. Und die Pizza fantastisch. Lauer nickte, als Dobler es auf den Punkt brachte. Bei der Durchsuchung in der Zwischenstraße hatte es keine überraschenden Funde gegeben, abgesehen von einem Aktienpaket in einem Safe im Schlafzimmer von Malena Russo, der Großmutter der beiden Mädchen. Daimler-Aktien im Wert von 27 000 Euro. Ihr verstorbener Mann habe über 20 Jahre beim Benz gearbeitet, Geld zur Seite gelegt und davon einen Teil der Aktien gekauft. Der Rest war in Form von Erfolgsbeteiligungen an die Mitarbeiter ausgegeben worden. Angeblich wusste nur Malena von den Aktien. Ihrem Mann habe sie versprechen müssen, das Aktienpaket nicht zu verkaufen und nur im äußersten Notfall anzutasten. Die Durchsuchung in der Relaisstraße brachte zutage, dass die Zahl der unbezahlten Rechnungen nicht gerade klein war. Lief die Pizzabäckerei doch nicht so gut?

„Hier könnten wir ein Motiv finden", folgerte Clement.

„Vage", sagte Lauer.

„Trotzdem, da müssen wir dranbleiben. Das muss genauer unter die Lupe genommen werden."

Clement atmete hörbar aus, als Meyers von Robertina Sivoris Hinweisen berichtete.

„Erbstreitigkeiten!", sagte Clement. „Das ist doch was Handfestes. Was ist mit dem Bruder? Wo hält der sich auf?"

„Gerade im Flugzeug", sagte Lauer. „Er lebt in Sizilien und ist auf dem Weg nach Deutschland. Wenn alles planmäßig läuft, müsste er", Lauer schaute auf seine Uhr, „in genau 37 Minuten in Frankfurt landen."

„Ich fasse zusammen", sagte Clement, als alle Kripobeamten ihre Erfahrungsberichte abgegeben hatten. „Wir haben zwar noch keine heiße Spur, aber es gibt hoffnungsvolle Ansatzpunkte."

Hoffnungsvolle Ansatzpunkte! Lauer rollte mit den Augen. Dobler, die gerade in diesem Augenblick zu ihm herübergeblickt hatte, musste lächeln.

„Ansatzpunkt eins: Mafiahintergrund. Auch wenn es keine Belege dafür gibt, dürfen wir diese Möglichkeit nicht aus den Augen verlieren. Ansatzpunkt zwei: Erbstreitereien. Vielversprechend! Morgen müssen wir uns sofort den Bruder vorknöpfen. Meyers und Meißner, Ihre Aufgabe morgen früh. Meißner, was gibt es?"

„Die Familie besitzt ein Haus auf Sizilien, das sollte inspiziert werden."

„Gut, kümmern Sie sich darum, vergessen Sie nicht, das kann lange dauern. Die italienische Polizei."

So wie Clement das ausgesprochen hat, dachte Lauer, hätte er genauso gut Mafia sagen können.

„Ansatzpunkt drei: Der Radfahrer ist kein Kollateralschaden. Ihm galt der Anschlag. Die Wahrscheinlichkeit ist zwar nicht groß, Lauer und Meyers haben vorhin den jungen Mann als eher solide beschrieben, aber wir dürfen keine Möglichkeit außer Acht lassen. Und da ist ja noch die Aussage des kleinen Jungen zu dem Motorrad, einer Geländemaschine. Am Tatort wurden Spuren gesichert, wenn ich richtig informiert bin. Da gilt es, dranzubleiben. Hat noch jemand etwas hinzuzufügen?"

Meyers hob den Arm.

„Es könnte sich um die Tat eines psychisch gestörten Einzeltäters handeln."

Clement zögerte mit einer Erwiderung auf Meyers' Einwurf.

„Diese Möglichkeit müssen wir berücksichtigen", sagte Clement schließlich. „Ich werde umgehend die Überprüfung aller psychiatrischen Einrichtungen in der Umgebung veranlassen."

Ihr Vorgesetzter machte sich Notizen. Dann schaute er in die Runde.

„Damit wären wir am Ende eines langen Ermittlungstages. Ja, Gernhardt, was gibt es denn noch?"

„Helga Hollmann, die vermisste Frau."

„Das hätte ich glatt vergessen. Fassen Sie sich bitte kurz."

Christian Gernhardt berichtete nur das Nötigste von der „Aktenzeichen xy ungelöst"-Sendung, von der unbekannten Frauenleiche im Pfälzer Wald, von den Widersprüchen in Hollmanns Aussagen, von seinem Besuch bei der Mutter von Helga Hollmann im Theodor-Fliedner-Haus. Nur für Hollmanns Auftritt in der Zahnarztpraxis nahm er sich mehr Zeit. Über Clements Reaktion war nicht nur Gernhardt überrascht.

„Was glaubt der Schnösel, wer er ist? Dem werde ich Beine machen. Spätestens am Mittwochmorgen steht der hier auf der Matte. Das gebe ich Ihnen schriftlich."

Nicht nötig, dachte Lauer, Hauptsache der Hollmann steht wirklich auf der Matte.

„Jetzt sind wir am Ende. Genießen Sie Ihren Feierabend."

„Clement ist doch immer für eine Überraschung gut", sagte Meyers.

„Und, was für neue Erkenntnisse haben wir gewonnen?", fragte Lauer, als sie das Besprechungszimmer verlassen hatten.

„Wir wissen, dass wir nichts wissen."

„Stimmt, das ist was. Hast du schon was vor heute Abend?“

Meyers nickte.

„Krisengespräch mit meiner Tochter, ein weiteres.“

Gut, dachte Lauer, dann kann ich heute Abend in aller Ruhe bei meiner Mutter anrufen.

Dienstag, 26. März 2013

18

Am Dienstagmorgen lag Dr. Langners Obduktionsbericht vor. Die junge Ärztin muss Überstunden eingelegt haben, dachte Lauer. Oder der Fall geht ihr nahe.

Der Pizzabäcker und seine Frau waren mit zwei Schüssen in die Stirn, aus nächster Nähe abgefeuert, getroffen worden und sofort tot gewesen.

„Der Mann starb an zwei Schüssen in die Stirn, abgegeben aus weniger als einem Meter Entfernung", hatte Lauer seinem Kollegen Julian Meißner aus dem Bericht vorgelesen. „Nähere relative Nahschüsse. Bei beiden Schüssen ist der zentrale Einschussdefekt rundlich, was auf ein orthogonales Auftreffen des Projektils schließen lässt."

Lauer unterbrach und schaute Meißner an.

„Rechtwinkliges Auftreffen", sagte der.

„Der Durchmesser ist kleiner als der des Geschosskalibers. Dies lässt sich durch das elastische Verhalten der betroffenen Hautregionen erklären. Beide Schüsse sind Steckschüsse. Eine der Kugeln ist im Os occipitale an der Hinterseite des Schädels stecken geblieben und verursachte einen Bruch des Schädelknochens bis zum linken Scheitelbein."

Wieder unterbrach Lauer. Meißner zuckte mit den

Schultern und tippte auf der Tastatur seines Computers.

„Hier, Hinterhauptbein, der am Halsübergang gelegene Teil des Hirnschädels."

„Rund um die Einschusslöcher finden sich Pulverkorneinschläge, schwarz und graugelb, bis zu einem Millimeter groß. Bei der Frau, die aus einer ähnlichen Entfernung wie der Mann erschossen wurde, ist der Aufprallwinkel nicht ganz senkrecht. Die Einschusswunde ist leicht oval. Ein Steckschuss, der am Os occipitale hängen blieb, ein Durchschuss. Der Ausschuss befindet sich zentral oberhalb des Musculus trapezius."

„Trapezmuskel, beiderseits der Wirbelsäule", kam es Sekunden später von Meißner.

„Kurzer rissartiger Wundschlitz, der darauf hindeutet, dass das Geschoss mit geringer Geschwindigkeit ausgetreten ist. Keine echte Lückenbildung beim Ausschuss, kein Gewebsdefekt vorhanden. Die Wunde kann durch Aufeinanderlegen der Ränder vollkommen verschlossen werden."

Lauer wischte sich über die Stirn. Er war beim Vorlesen ins Schwitzen gekommen, besonders als er sich die Wunden bildhaft vor Augen geführt hatte.

Allessia, die zehnjährige Tochter der Russos, war seitlich am Kopf getroffen worden. Auf sie hatte der Täter nicht von vorne geschossen, wahrscheinlich war das Mädchen vor ihm weggelaufen. Sie lag immer noch im künstlichen Koma, die Ärzte rechneten damit, sie in Kürze aufwachen lassen zu können. Beim Radfahrer deutete alles darauf hin, dass ihn die Kugeln von vorne zuerst trafen. Bei dem Einschuss am Rücken fanden sich deutliche Schmauchspuren mit unverbrannten Pulverkorneinschlägen.

„Ebenfalls ein näherer relativer Nahschuss", schlussfolgerte Dr. Julia Langner.

Tödlich war zweifelsfrei der Schuss in den Nacken, der komplett angesetzt war. Am T-Shirt des Radfahrers waren Schmauchspuren zu finden gewesen.

„Das Einschussloch im Nacken, abgegeben in einem Winkel von 45 Grad", zitierte Lauer weiter aus dem Obduktionsbericht, „weist einen großen, klaffenden Einschussdefekt auf. Angesetzter Schuss mit deutlich ausgeprägter Stanzmarke, Exkoriation. Die Wundränder lassen sich nicht zur Deckung bringen. Sternförmige Ausschusswunde auf Höhe des Jochbeins auf der linken Seite. Die Wundränder lassen sich zur Deckung bringen."

Alle drei Opfer waren, das ergab die Obduktion, noch am Tatort ihren Verletzungen erlegen.

Auf der morgendlichen Besprechung präsentierte Clement eine ballistische Auswertung. 25 Patronen, alle aus einer einzigen Waffe abgefeuert, einer Luger P08, 7,65 Millimeter. Ein Einzeltäter erschien wahrscheinlich. Gestritten hatten sich die Kollegen über die Frage, ob es sich um einen Profikiller oder einen Amateur handele. Es hatte den Anschein, als sei das

Ganze in wenigen Sekunden abgelaufen. Clement ordnete an, dass eine Gruppe von Beamten, unter ihnen Meißner und Dobler, im Anschluss an die Besprechung eine genaue Tatortanalyse vornehmen sollten.

„Ich will wissen“, sagte er, „wie lange Opfer und Täter gebraucht haben, um bestimmte Strecken zurückzulegen. Wir brauchen eine lückenlose Vorstellung vom zeitlichen Ablauf.“

In ihrer Hauptthese ging die Kripo davon aus, dass der Täter bei seiner Tat vom Radfahrer gestört worden sei, sich diesem zuwandte, ihn von vorne in Bauch, Oberschenkel und Oberarm geschossen hatte und den Mann, der auf den Bauch gefallen war, mit Schüssen in Rücken und Nacken getötet hatte. Das erklärte die unterschiedlichen Winkel.

19

„Wem galt der tödliche Anschlag, der italienischen Familie oder dem deutschen Radfahrer?“

Das Murmeln im Saal verstummte. Alle Aufmerksamkeit richtete sich auf Roman Clement, der die Pressekonferenz leitete.

„Wir können Ihnen hier und heute kein eindeutiges Tatmotiv, geschweige denn einen Verdächtigen, präsentieren. So weit sind wir noch nicht. Wir haben verschiedene Arbeitshypothesen, die wir alle gewissenhaft abklopfen, um uns dem Tatmotiv zu nähern."

Annette Bissell, eine Journalistin des Rhein-Neckar-Anzeigers, war aufgestanden und streckte ihren Zeigefinger in die Richtung von Clement.

„Ich glaube, ich habe eine klare, eindeutige Frage gestellt. Und da darf ich doch eine klare Antwort erwarten."

„Was war gleich die Frage?"

Einige im Saal lachten. Lauer hatte die junge Journalistin in keiner guten Erinnerung. Im Herbst 2010, als sie den Mörder des Ruanders suchten, hatte sie an der Wohnung eines von der Presse belagerten Neonazis geklingelt. Der hatte sie als Geisel genommen. Ein Sondereinsatzkommando hatte eine Wohnung in der falschen Etage des Hochhauses auf der Vogelstang gestürmt. Zum Glück hatte es keine ernsthaft Verletzten gegeben, mit Ausnahme eines Schäferhundes, der den Einsatz nicht überlebt hatte.

„Wem galt der tödliche Anschlag?", wiederholte die Journalistin ihre Frage.

„Im Moment gehen wir davon aus, dass der Anschlag der italienischen Familie gegolten hat und der Radfahrer einfach das Pech hatte, zur falschen Zeit am falschen Ort zu sein."

„Sie schließen aus, dass der Anschlag dem Radfahrer gegolten haben könnte?"

„Wir schließen nichts aus, Frau Bissell. Wir ermitteln aktuell in alle Richtungen. Auch in die von

Ihnen angedeutete Richtung. Wir sind dabei, das Umfeld des getöteten Radfahrers, einem Lehrer für Mathematik und Chemie, zu untersuchen und bisher haben wir keine Anhaltspunkte für ein Mordmotiv gefunden."

Clement hat das Zeug zum Politiker, dachte Lauer. Er kann mit vielen Worten wenig sagen.

„Da liegen unserer Zeitung andere Informationen vor", sagte Annette Bissell.

„Sie müssen Ross und Reiter nennen!"

„Ich sage nur ballistisches Gutachten."

Clement schaute die Journalistin fragend an.

„Der Italiener und seine Frau wurden durch zwei Schüsse in die Stirn getötet, richtig?"

„Das kann ich Ihnen zum jetzigen Zeitpunkt nicht bestätigen."

„Das Mädchen wurde ebenfalls am Kopf verletzt, richtig?"

Clement zuckte mit den Schultern.

„Der Radfahrer weist fünf Verletzungen auf, richtig?"

Clement fuhr sich durch die Haare.

„Einschüsse in Bauch, Oberschenkel, linken Oberarm, Rücken und Nacken, richtig?"

„Aus ermittlungstechnischen Gründen kann ich diese Ausführungen nicht bestätigen."

„Egal! Tatsache ist, dass an der Leiche des Radfahrers Verletzungen mit unterschiedlichem Einschusswinkel festgestellt worden sind. Folgendes Szenario ist denkbar: Der Täter schießt auf den Radfahrer, wird von der Familie des Italieners gestört, die gerade auf den Parkplatz einfährt. Er beseitigt die Zeugen seiner Mordtat, kehrt zum Radfahrer zurück und vollendet sein Werk. Nackenschuss und fertig!"

„Nichts lässt den Schluss zu, in welcher Reihenfolge die drei Opfer getötet und das Mädchen verletzt wurden. Die Behauptung, der Mörder sei zurückgekommen, um den Radfahrer endgültig zu töten, weil die Richtung der Einschüsse unterschiedlich ist, ist durch die uns vorliegenden Fakten nicht gedeckt."

„Müssen wir wegen des ungeordneten und chaotischen Vorgehens des Täters nicht von einem Amateur ausgehen? Oder von einem psychisch gestörten Täter?", ignorierte Annette Bissell Clements Erklärung. Der schüttelte den Kopf.

„Wir können nicht bestätigen, dass der Täter chaotisch zwischen seinen Opfern hin- und hergelaufen ist. Der Frage, ob es sich um einen psychisch kranken Täter handelt, werden wir nachgehen. Bei unserer Arbeit dürfen wir die Fakten nicht aus dem Blickfeld verlieren."

„Außerdem", fügte Clement hinzu, „gibt es kein ballistisches Gutachten, es gibt eine ballistische Auswertung."

„Das ist doch Wortklauberei", sagte Bissell und setzte sich.

Lauer fragte sich, woher die Journalistin ihre Informationen hatte.

„Kann es sein, dass die Polizei keine gründliche Spurensicherung am Tatort vorgenommen hat?"

Lauer hatte den Journalisten, den er auf unter 30 schätzte, noch nie auf einer Pressekonferenz der Polizei gesehen.

„Wie kommen Sie zu der Annahme?", fragte Clement zurück.

„Heute am späten Vormittag wurde der Tatort wieder untersucht."

Clement hob die Hand und erzählte etwas von Tatortanalyse, von zurückgelegten Strecken, von zeitlichem Ablauf, wortwörtlich so, wie er es am Morgen auf der Besprechung formuliert hatte. Wie auswendig gelernt, dachte Lauer.

„Und, zu welchen Erkenntnissen ist die Polizei dabei gekommen?"

„Darüber werden wir Sie zu gegebener Zeit informieren. Im Moment kann ich dazu nichts sagen, weil ich kein Täterwissen preisgeben möchte."

Der Journalist wollte protestieren, aber Clement schnitt ihm mit Hinweis auf ermittlungstaktische Erfordernisse das Wort ab.

„Nächste Frage."

„War die erste Befragung des kleinen Mädchens ergiebig?", fragte Annette Bissell.

„Bei dem Mädchen, das sie ansprechen, handelt es sich um eine Dreijährige, die nur mit viel Glück am Leben geblieben ist. Es hat keine Befragung gegeben."

„Und die größere Schwester?"

„Die ist nach zwei Notoperationen außer Lebensgefahr und liegt im künstlichen Koma."

„Und wenn sie aufwacht? Was erhoffen Sie sich?"

„Nichts. Das Wohl des Kindes steht im Mittelpunkt. Wir werden uns Zeit lassen mit einer Befragung und behutsam vorgehen."

Nachdem keine weiteren Fragen mehr gestellt wurden, beendete Roman Clement die Pressekonferenz. Es ergab sich, dass Clement und Lauer Seite an Seite den Saal verließen.

„Das ist ein Ding. Woher hat die Bissell interne Informationen?"

Lauer vermied es, den Begriff „Maulwurf" fallen zu lassen. Clement blieb teilnahmslos.

„Das würde ich nicht aufbauschen. Vielleicht hat sich eine Schreibkraft oder ein Mitarbeiter profilieren wollen."

Zum Glück hat das die gute Frau Werner nicht gehört, dachte Lauer, dessen Handy gerade in diesem Augenblick klingelte.

„Unten an der Pforte steht ein Calogero Russo, der Bruder von Gaetano Russo, dem Mordopfer. Er sagt, er hätte eine Vorladung", teilte Frau Werner Lauer mit.

20

„Calogero Russo. Geboren in Palma di Montechiaro auf Sizilien am 6. Dezember 1977. Im Alter von drei Jahren bin ich nach Mannheim gekommen. Meinen Hauptschulabschluss habe ich an der Johannes-Kepler-Schule gemacht. Es folgte eine Ausbildung als Gas- und Wasserinstallateur bei Keidel Sanitär in Weinheim, dort habe ich bis 1998 als Geselle gearbeitet. Abends und an Wochenenden habe ich meinen Meister gemacht. 1998 kehrte ich nach Italien zurück, nach Agrigent auf Sizilien. Dort habe ich einen Gas- und Wasserinstallationsbetrieb gegründet. Ich bin verheiratet und habe drei Kinder. Ich bin nicht vorbestraft."

Die Dolmetscherin, die Frau Werner in aller Eile besorgt hatte, hatten sie wieder wegschicken können. Calogero Russo sprach fließend deutsch mit Mannheimer Färbung.

„Warum sind Sie zurück nach Italien?", fragte Lauer.

„Ich wollte mich selbstständig machen. In Deutschland gibt es zu viele Vorschriften und Verordnungen."

„In Italien ist es einfacher?"

„In Italien läuft es so", antwortete Russo und rieb Zeige- und Mittelfinger aneinander.

„Wollen Sie andeuten, dass Sie in illegale Geschäfte verwickelt sind?"

Calogero Russo lachte Lauer offen ins Gesicht.

„Nein, nein, in Italien ist das üblich. Ich würde sagen, legal."

„Was haben Sie mit der Mafia zu tun?"

Russo reagierte auch bei Lauers zweiter Provokation gelassen.

„Nichts, niemand in unserer Familie hat etwas mit der Mafia zu tun."

„Und Sivori?"

„Giampiero? Nurias Bruder. Ich spreche über unsere Familie, die Russos."

„Sie kennen Leute, die mit der Mafia zu tun haben?"

„Herr Kommissar, kennen Sie Leute, die beim Waldhof Mitglied sind?"

Die Waldhof-Kicker mit der Mafia zu vergleichen, das hatte was, fand Lauer.

„Ich bin Waldhof-Fan", sagte Meyers. „Ihr Vergleich ist weit hergeholt."

„Sie wissen nicht, Frau Kommissarin, wie die Italiener ticken."

„Ich war mal mit einem befreundet", sagte Meyers. „Wie geht es Ihrem Betrieb, Herr Russo?"

Russo, der einen entspannten Eindruck hinterließ, keine Spur von Trauer um seinen Bruder und seine Schwägerin, bewegte den Kopf leicht hin und her.

„Mal besser, mal schlechter. Ich kann nicht klagen."

„Woher hatten Sie Ihr Startkapital?"

„Gaetano, mein Bruder, hat es mir geliehen."
„Wie viel?"
„45 000 Mark, damals."
„Ihr Verhältnis zu Ihrem Bruder?"
„Mein großer Bruder. Ich respektierte ihn."
„Sie hatten keinen Streit?"
„Wir haben uns schon ab und zu mal in die Haare gekriegt, klar. Wie das in den besten Familien vorkommt. Sonst war da nichts."
„Es gab keinen Streit um das Erbe Ihres Vaters, der vor zwei Jahren gestorben ist?"
„Nicht der Rede wert. Kabbeleien."
„Es gab keinen Streit um Daimler-Aktien?"
„Daimler was? Davon weiß ich nichts."
„Im Schlafzimmer Ihrer Mutter haben wir Aktien im Wert von 27 000 Euro gefunden."
„Na, so was, Papa war immer ein Schlitzohr. Sie müssen mir glauben, ich höre davon zum ersten Mal."
Russos Überraschung wirkte echt und Lauer spürte, dass sie nicht gespielt war. Er wollte, dass Russo ein Gefühl der Sicherheit hatte, um dann die Informationen, die sie am Vormittag recherchiert hatten, eine nach der anderen auszuspielen. Und es war an der Zeit, die Trümpfe auf den Tisch zu legen.
„Ihrem Gas-Wasserbetrieb in Agrigent geht es beschissen", sagte Lauer. „Alle sechs Mitarbeiter wurden in den letzten beiden Jahren entlassen. Sie haben Schulden. Vor zwei Jahren stirbt Ihr Vater.

Sie atmen auf. Die Erbschaft kommt gerade recht. Vielleicht können Sie den Kopf aus der Schlinge ziehen. 30 000 Euro Bargeld geht an Sie. Da kommt Ihr Bruder und will sein Geld zurück. Zähneknirschend zahlen Sie Ihre Schulden zurück. Futsch, das Geld, das Ihren Betrieb hätte retten sollen. Da ist aber noch das Haus in Licata. Direkt am Meer. Als Altersruhesitz für Ihre Eltern gedacht. Sie flehen Ihren Bruder an, das Haus zu verkaufen. Das Haus ist Gold wert. Toplage. Ihr Bruder bleibt stur. Redet vom letzten Willen des Vaters. Alterssicherheit für die Mutter. Er lässt Sie abblitzen. Wieder und wieder. Was sagen Sie dazu?"

Russo saß da, sagte nichts, starrte Lauer mitten ins Gesicht, aber der hatte den Eindruck, als ob Russo durch ihn hindurchschaute.

„Von wegen ab und zu in die Haare kriegen. Sie haben mit Ihrem Bruder nur noch über Ihren Rechtsanwalt gesprochen. Das stimmt doch!"

Noch immer schwieg Calogero Russo.

„Ihnen steht das Wasser bis zum Hals. Dabei wäre alles so leicht. Wenn nur Ihr Bruder nicht wäre. Was haben Sie bezahlt, damit Ihr Bruder um die Ecke gebracht wird?"

Russo sprang auf, der Stuhl kippte nach hinten weg. Es knallte, als der Stuhl mit seiner Lehne auf die Fliesen fiel. Lauer zuckte zusammen. In diesem Moment fiel ihm seine Mutter ein, der er immer noch nicht geantwortet hatte. Gerade jetzt, dachte er.

„Er war mein Bruder! Ich würde nie meinen Bruder … Das müssen Sie mir glauben. Ich schwöre."

„Bei der heiligen Madonna und allen anderen Heiligen", murmelte Lauer vor sich hin.

„Ich sage nichts mehr."

„Das ist wahrscheinlich besser für Sie, Herr Russo", schaltete sich Meyers ein. „Sie haben uns heute eine Menge Lügen aufgetischt. Warum sollten wir Ihnen glauben?"

21

„Da haben Sie Glück, dass Sie mich noch angetroffen haben", sagte die Frau am Empfang der Anwaltskanzlei in der Berliner Straße. „Frau I. Eckersdorf", las Susanne Dobler auf dem Schild am Kragen der Bluse. Das Treppenhaus machte einen heruntergekommenen Eindruck, aber die Kanzlei, in der Helga Hollmann als Rechtsanwaltsgehilfin gearbeitet hatte, war frisch renoviert und neu eingerichtet.

Viel Metall, zu viel, fand Dobler.

„Ich weiß, was Sie denken", sagte Frau Eckersdorf, die den Blick, den Christian Gernhardt seiner Kollegin zugeworfen hatte, bemerkt haben musste. „Ich mache nicht schon um halb vier Feierabend. Vor 19 Uhr komme ich hier keinen Tag raus, wenn überhaupt. Seit mehr als 40 Jahren. In drei Tagen ist Schluss."

Wie bei Theo Lentz, dem Kriminaltechniker, der auch Anfang April in Ruhestand ging, dachte Dobler.

„Da freuen Sie sich sicherlich", sagte Gernhardt.

„Wo denken Sie hin, junger Mann! Mit Grausen denke ich an den Montag. Ich würde ja gerne noch länger arbeiten, mein Chef meint, ich hätte mir den Ruhestand mehr als verdient."

Frau Eckersdorf wischte sich mit der Hand vor dem Gesicht herum.

„Wenn ich das schon höre! Ruhestand! Zu Hause sitzt ein quengelnder Mann, der mich bisher nur am Feierabend und an den Wochenenden schikanieren kann. Womit kann ich Ihnen helfen?"

„Helga Hollmann", sagte Gernhardt und legte seinen Dienstausweis auf den Tresen. „Meine Kollegin Susanne Dobler."

„Ich bin die Einzige in der Kanzlei, die Frau Hollmann noch persönlich gekannt hat, außer dem Chef natürlich."

„Erzählen Sie uns von ihr", sagte Dobler.

„Frau Hollmann war gewissenhaft, sie war pünktlich, sie war immer freundlich zu ihren Kollegen und zu unseren Mandanten. Es ist nie vorgekommen, dass sie ein Mal unentschuldigt gefehlt hätte. Nur an diesem Tag im März 1993, es war ein Mittwoch, den genauen Tag weiß ich nicht mehr."

Gernhardt blätterte in seinem Notizbuch und sagte schließlich: „Mittwoch, der 31. März 1993."

„Dann wird es so sein. Ich wollte bei ihr zu Hause anrufen, mein Chef erlaubte es nicht. Frau Hollmann sei für sich selbst verantwortlich. Am Abend, kurz vor sieben, ist Herr Hollmann aufgetaucht. Er war aufgelöst. Seine Frau sei nach der Arbeit nicht nach Hause gekommen. Das sei noch nie vorgekommen. Er ließ sich nicht abwimmeln. Ich musste sogar mit ihm ins Archiv in den Keller. ‚Wenn Helga da unten liegt', sagte er. Er hat sogar geweint. Frau Hollmann lag nicht im Keller auf dem Boden. Ich war froh, als ich Herrn Hollmann endlich aus der Kanzlei hinauskomplimentiert hatte."

„Kannten Sie Frau Hollmanns Mann?", fragte Dobler.

„Ich habe ihn an diesem Abend zum ersten Mal gesehen, junge Frau. Ich kannte auch Frau Hollmann nicht privat. Also kann ich Ihnen auch nichts zu ihrem Privatleben sagen."

„Frau Hollmann hat nie über ihren Mann gesprochen?"

„Nicht mit mir. Auf ihrem Arbeitstisch, fällt mir noch ein, stand ein Foto, auf dem war sie mit ihrem Mann zu sehen."

Als sie im Treppenhaus waren, hängte sich Susanne Dobler bei ihrem Kollegen ein.

„Weißt du, was ich nicht verstehe?"

Als Gernhardt nicht reagierte, fuhr sie fort: „Warum hat die so korrekte Frau Eckersdorf, die das Persönliche meidet wie der Teufel das Weihwasser, so unverblümt über ihren Ehemann abgehetzt?"

„Frauen", sagte Gernhardt und fing sich einen Rippenstoß ein.

22

Helga Hollmanns beste Freundin hieß Katrin Schiffer und wohnte in Seckenheim in einem Wohnblock in der Pforzheimer Straße.

„Wir sind zusammen eingeschult worden", sagte sie, nachdem sie eine Tasse Kaffee vor sich auf den Küchentisch gestellt hatte. Susanne Dobler und Gernhardt hatten abgelehnt. Dobler rechnete nach. Helga Hollmann war 1963 geboren, mit 30 war sie aus dem Leben all ihrer Verwandten und Bekannten verschwunden. Katrin Schiffer musste gleich alt sein, ungefähr 50 jetzt. Sie sah älter aus, fand Dobler. Lag es daran, dass sie einen ungepflegten Eindruck machte, fettige Haare, zerbeulter Trainingsanzug?

„Entschuldigen Sie bitte, wie es hier aussieht. Ich habe einfach keine Kraft mehr", sagte Katrin Schiffer. „Letztes Jahr hat mich mein Mann verlassen, seit Januar bin ich arbeitslos."

Es waren die Augen, die Helga Hollmanns beste Freundin so alt aussehen ließen. Sie konnte dem Blick der beiden Kommissare nicht standhalten.

„Helga und ich, wir waren wie Zwillinge. Wir haben alles geteilt, haben keine Geheimnisse voreinander gehabt. Unvorstellbar, dass sie sich einen Liebhaber zugelegt haben könnte. Sie hätte mir davon erzählt. Hundertprozentig. Ein heimlicher Liebhaber, pah, sie hätte es ihrem Mann sofort gesagt, wenn sie sich verliebt hätte. Sie war offen. Wenn ihr was nicht gepasst hat, konnte sie den Mund nicht halten. Das musste raus, sofort und direkt."

Katrin Schiffer griff hinter sich nach einer Schachtel Zigaretten, die auf der Spüle lag. Im Spülbecken stapelte sich das Geschirr. Sie hielt Dobler und Gernhardt die Schachtel hin. Beide wehrten ab.

„Sie haben doch nichts dagegen?"

Beide schüttelten den Kopf.

„Wo ist der Aschenbecher?"

Sie lief in der Küche hin und her, bis sie den Aschenbecher auf der Fensterbank entdeckte. Sie kippte ihn in den Mülleimer unter der Spüle und stellte ihn vor sich auf den Küchentisch.

„Kinder. Helgas größter Wunsch! Werner war das eher egal. Eine künstliche Befruchtung lehnte er ab. Sich untersuchen zu lassen, kam für ihn nicht infrage. Helga und er haben sich oft deswegen gestritten. Dann wurde sie doch schwanger. Im Herbst 92. Unverhofft. So glücklich habe ich Helga niemals zuvor erlebt. Das müssen Sie mir glauben. Sie freute sich wahnsinnig auf das Kind. Im Januar der Absturz. Im wahrsten Sinn des Wortes. Sturz von der Treppe. Sie verlor ihr Kind. Ihr Ein und Alles. Sie hat nie darüber geredet, wie es zu diesem Sturz gekommen ist. Ob Werner daran beteiligt war. Sie sagte kein Wort. Ich habe das nicht verstanden. Wir hatten doch keine Geheimnisse voreinander. Sie wurde verschlossener. Zog sich zurück. Mied den Kontakt. Wenige Tage vor ihrem Verschwinden stand sie vor der Tür. Mein Mann und ich, wir wohnten damals im Niederfeld, eigenes Häuschen, alles futsch. Zwangsversteigerung. ‚Ich werde mich von Werner trennen', war das Erste, was sie sagte. ‚Hast du einen anderen?', habe ich sie gefragt. Sie hat den Kopf geschüttelt. ‚Seit ich mein Kind verloren habe, weiß ich, dass Werner und ich nicht zusammengehören.' Was sie damit meinte, habe ich sie gefragt. ‚Wir passen nicht zueinander.' Mehr hat sie nicht gesagt. Helga war nicht deprimiert, nicht traurig, ein wenig enttäuscht, aber sie wirkte entschlossen. Richtig entschlossen."

Katrin Schiffer drückte die Zigarette im Aschenbecher aus und steckte sich eine neue an. Sie schenkte sich Kaffee nach.

„Wirklich keinen Kaffee?"

„Nein, danke", sagte Gernhardt. „Hat Ihre Freundin gesagt, dass sie weggehen wolle?"

„Kein Wort."

„Keine Andeutungen?"

„Nichts. Im Gegenteil. Sie hatte konkrete Ziele. Sie habe eine Wohnung in Aussicht, auf dem Almenhof, Karl-Marx-Straße, glaube ich. Mit dem Makler sei sie einig. Am nächsten Tag war ein Termin beim Vermieter."

„Name des Maklers? Hausnummer?"

„Keine Ahnung."

„Wann stand Helga Hollmann bei Ihnen vor der Tür?"

„Wenige Tage vor ihrem Verschwinden."

„Genauer?"

„Keine Woche."

„Erinnern Sie sich an den Wochentag?"

Katrin Schiffer schüttelte erst den Kopf, dann griff sie sich mit der Hand ins Haar.

„Mein Mann war nicht da. Donnerstags ging er immer in den Chor. Es muss ein Donnerstag gewesen sein."

Wieder blätterte Gernhardt in seinem Notizbuch. „Donnerstag, der 25. März 1993. Frau Hollmann hatte demzufolge am 26. März einen Termin mit ihrem neuen Vermieter in der Karl-Marx-Straße."

23

Sie mussten den Bruder des ermordeten Pizzabäckers gehen lassen. Kein Staatsanwalt der Welt hätte einen Haftbefehl befürwortet. Dazu war die Beweislage zu dürftig. Und wenn Lauer ehrlich war, glaubte er nicht, dass Calogero Russo etwas mit den Morden an seinem Bruder, seiner Schwägerin und Thomas Vogeler zu tun hatte. Auch wenn er sie nach Strich und Faden belogen hatte. Meyers hatte die Faust auf den Tisch geschlagen, als Russo das Vernehmungszimmer verlassen hatte.

„Alla dann! Sie haben doch nichts dagegen, dass ich jetzt gehe", sagte Russo, stand auf und ging, ohne eine Antwort der beiden Kommissare abzuwarten. An der Tür blieb er stehen, drehte sich um, schaute Lauer in die Augen. Der nickte. Meyers runzelte die Stirn.

„Ein schöner Abend noch!"

Ein Italiener, der den Mannheimer Akkusativ benutzt, dachte Lauer.

„So ein Mist", sagte Meyers. „Der tischt uns Märchen auf. Und wir, wir …"

Lauer kratzte sich am Kopf.

„Ein Lügner. Aber kein Mörder".

„Was macht dich so sicher?"

„Mein Gefühl."

Meyers lachte auf.

„War das wieder ein Tag! Ich brauche jetzt ein Bier oder zwei. Zum Runterkommen. Kommst du mit?"

Den Weg vom Polizeipräsidium zum *Binokel* gingen sie zu Fuß. Lauer hatte noch im Präsidium bei seiner Mutter angerufen, die nicht sauer gewesen war, weil er sich all die Tage nicht gemeldet hatte. Sie verabredeten sich für kommenden Samstag, nein, Mutter solle nichts zu essen vorbereiten, er wollte am Nachmittag kommen. Einen Kuchen? Ja, gerne. Einen gedeckten Apfelkuchen, versprach seine Mutter, die am Telefon nicht aufgeregt geklungen hatte. Lauer saß im Sommer gern im Freien vor dem *Binokel*, den Blick auf die Kapuzinerplanken gerichtet, mitten unter den vorbeihastenden Leuten, die mit Einkaufstaschen beladen waren und ungeduldig an der Ampel standen und darauf warteten, in die Galeria Kaufhof stürmen zu können. Es kam selten vor, dass er drinnen saß, und jedes Mal war er von dem altmodischen Charme, den Mannheims ältestes Bistro verströmte, angetan und genervt von der Lautstärke, dem Durcheinander der Stimmen, der Musik. Die Beschaulichkeit des *Café Prag* fehlte hier.

Wie immer war es voll. Hinten an der Sperrholzwand, die die Toiletten vom Gastraum abtrennte, fanden Meyers und Lauer noch zwei Plätze.

Meyers bestellte zwei Wodka und zwei Weizen vom Fass.

„Ein Weizen und ein Export“, verbesserte Lauer seine Kollegin.

„Kein Wort über unseren Mordfall“, sagte Irene Meyers mit einer Stimme, der Lauer nicht zu widersprechen wagte. „War mal wieder frustrierend, das haben wir uns jetzt verdient.“

Es ging auf Mitternacht zu. Die Zahl der Striche auf Meyers’ und Lauers Bierdeckel war angewachsen.

„Noch'n Kurzer macht dich breit", sagte Irene Meyers und gab grinsend eine weitere Bestellung auf. Lauer brachte nicht die Energie auf zu nicken. Sie hatten sich an Meyers' Wunsch gehalten. Kein Wort über die Arbeit. Meyers hatte von ihrer Tochter berichtet, die einige Tage zu Besuch war. Bis zu ihrem 18. Lebensjahr hatte sie beim Vater gelebt. Heute Abend traf sie sich mit Schulfreunden.

„Ich wusste nicht, dass du mit einem Italiener …", sagte Lauer.

„War ich doch nicht. Hab ich nur so gesagt. Und für Fußball interessiere ich mich nicht."

„So viel zum Thema Lügen!"

Meyers' Tochter hatte vor zwei Jahren die Schule geschmissen, war zu ihrem Freund nach Frankfurt gezogen, einem Junkie und Kleindealer, acht Jahre älter als die Tochter, mehrfach vorbestraft.

„Das macht mich krank", sagte Meyers. „Diese Angst. Diese Fremdheit. Ich komm nicht an sie ran. Wenigstens will sie es sich jetzt durch den Kopf gehen lassen, ob sie einen zweiten Anlauf auf der Abendschule nehmen will."

„Das ist doch was", sagte Lauer. „Du musst die kleinen Erfolge feiern", und schämte sich für die Floskel.

„Was erwartest du noch vom Leben?", wechselte Meyers so abrupt das Thema, dass Lauer einige Sekunden brauchte, um sich auf die neue Situation einzustellen.

„Wartest du ab, ob jemand kommt, dich an die Hand nimmt und dir zeigt, wo es lang geht?"

Lauer konnte nichts darauf sagen, also schwieg er.

„Doch deine Zeit wird knapp."

Zum Glück brachte der Kellner gerade den Wodka und das Bier. Lauer griff nach dem Schnapsglas, kippte den Wodka hinunter und schüttelte sich.

„Das war der letzte für heute", sagte er und trank Export nach.

Meyers schaute auf die Uhr.

„Nichts wird schlimmer", sagte Lauer. Seit Jahren schon, fügte er in Gedanken hinzu. „Nur dass ich älter werde."

„Aber auch nichts wird besser. Es ist ja schon morgen. Was treibt Fabian so? Hat er nicht letztes Jahr geheiratet? In der Schweiz, wenn ich mich entsinne."

„Stimmt", sagte Lauer. „Er kommt zu Besuch."

Lauer stand ungeschickt auf, das Bierglas kippte um, Meyers bekam es noch in der Luft zu fassen, sodass vom Bier nur wenig überschwappte.

„Fabian, mein Gott!", sagte Lauer. „Wie konnte ich das nur vergessen. Er ist heute Abend in Mannheim angekommen."

„Gestern Abend", sagte Meyers.

Lauer kramte seinen Geldbeutel aus der Hosentasche, zog einen 50-Euro-Schein heraus und legte ihn auf den Tisch.

„Bezahl bitte für mich mit. Ich muss los."

Auf halbem Weg zur Tür drehte er sich um und

rief seiner Kollegin zu: „Wenn es nicht reicht, gebe ich dir morgen früh den Rest."

„Geht es nicht schneller?"

„Ich kann mir keine weiteren Punkte leisten, guter Mann", hatte der Taxifahrer geantwortet und peinlich genau die vorgeschriebene Geschwindigkeit eingehalten.

Wie konnte ich Fabian nur vergessen, dachte Lauer, als er seine Wohnungstür aufschloss.

„Fabian, bist du noch wach?", rief er halblaut im Flur. Wenn Fabian schlief, wollte er ihn nicht wecken. In der Wohnung war es still. Am Fußende seines Bettes lag der Kater, der sich auf den Rücken rollte und alle Viere von sich streckte, als Lauer das Schlafzimmer betrat. Die Couch, die Lauer am Morgen ausgeklappt und bezogen hatte. Die Tür zum Wohnzimmer war geschlossen. Dann sah er den Zettel neben dem Telefon.

„Leo, bin um halb sieben hier angekommen. Am Handy ging nur die Mailbox an. Hab bis elf auf dich gewartet. Muss morgen früh los. Brauch meinen Schlaf. Hast sicher viel um die Ohren. Sehen wir uns morgen früh noch? Fabian."

„Was bin ich für ein Trottel", sagte Lauer laut und las den Zettel von Fabian zum dritten Mal. Er überlegte für einen Moment, die Tür des Wohnzimmers zu öffnen, ließ es aber doch bleiben. Er ging in die Küche und schaltete die Espressomaschine ein. Er öffnete die Kühlschranktür. Der Käse. Die Wurst. Das Baguette. Extra für Fabian eingekauft. Er hatte sich bedient. Nach dem zweiten Espresso kam er sich vor, als hätte er keinen Tropfen Alkohol getrunken. War das ein gutes Zeichen? Oder musste er sich Sorgen machen? War das der Gewöhnungseffekt, der bei Trinkern auftrat? Die Augen fielen ihm zu, trotz Espresso. Er ging ins Schlafzimmer, schaffte es gerade noch, die Schuhe auszuziehen, dann fiel er aufs Bett.

„Und wer bist du? Woher? Wozu? Du weißt es nicht?

Ein Mücklein flog, kam kurz in Sicht, und es verschwand.“

Wo hatte er die Zeilen nur gelesen?

„Wer bin ich denn?“

Das war sein letzter Gedanke, als ihm die Augen zufielen.

Mittwoch, 27. März 2013

24

„Befragung oder Vernehmung. Wir bewegen uns auf einem schmalen Grad, das ist Ihnen hoffentlich bewusst. Eine Befragung ist durchzuführen, um erste Informationen über eine mögliche Straftat zu erhalten. Das ist genau unser Problem: Gibt es überhaupt eine Straftat? Von einer Vernehmung kann nur gesprochen werden, wenn schutzwürdige Interessen der zu befragenden Person berührt werden. Liegt ein Verbrechen vor, ist Herr Hollmann ein möglicher Tatverdächtiger. Ein Aspekt, der gegen eine Befragung und für eine Vernehmung sprechen würde."

Susanne Dobler und Christian Gernhardt kamen sich vor wie in einer Vorlesung über Vernehmungsgrundsätze.

„Da kein konkreter Tatverdacht vorliegt, wird Herr Hollmann nicht als Beschuldigter vernommen. Ich finde, wir sollten das Gespräch offiziell als Befragung deklarieren. Ich darf Sie bitten, eine Belehrung in rechtlich vorgeschriebener Form durchzuführen. Dann sind wir auf der sicheren Seite. Rechtlich, meine ich."

Dobler war mehr und mehr genervt von den Eiertänzen, die der Leiter des Dezernates 11 aufführte.

„Versuchen Sie, Vertrauen aufzubauen. Das ist

wichtig. Gehen Sie auf Ihr Gegenüber ein. Zeigen Sie persönliches Interesse an seiner Person."

Dobler und Gernhardt deuteten ein Nicken an.

„Achten Sie auf Körpersprache, Mimik, Gesten. Ein versierter Vernehmer zieht aus jeder noch so kleinen Kleinigkeit seine Schlüsse."

Vernehmer. Dobler hatte den Ausdruck noch nie gehört. Ich bin eine Vernehmerin, dachte sie, drückte die Klinke und wollte gerade die Tür zum Vernehmungszimmer öffnen. Da legte Clement ihr die Hand auf die Schulter.

„Sie haben nichts dagegen, dass ich bei der Befragung dabei bin."

Clement hatte sein Anliegen nicht als Frage formuliert.

„Natürlich nicht", sagte Gernhardt.

„Herr Hollmann, ich freue mich, Sie hier bei uns im Polizeipräsidium begrüßen zu dürfen."

Clement ging mit ausgestreckten Armen auf Werner Hollmann zu, der aufstand und nicht so recht wusste, was mit ihm geschah.

„Was macht der Lions Club? Immer unterwegs, den Schwachen zu helfen?"

So geht das, dachte Dobler, Vertrauen aufbauen.

Hollmann sagte nichts, schaute nur Clement in die Augen.

Warum sehen manche ältere Männer so gut aus? Speziell Ärzte. Wie in einem schlechten Film. Dobler sah ihren eigenen Vater vor sich. 63 war er letzten Monat geworden. Leicht gebückt ging er. Sie wies ihn immer zurecht. Krumm geworden von der vielen Arbeit am Herd in seinem Restaurant in Schwetzingen. Die Haare auf dem Kopf konnte man zählen. Die graue Gesichtsfarbe. Kein Wunder, er kam nie an die frische Luft. Und die einzige Tochter führte die Tradition nicht fort.

„Sie haben keinen Anwalt mitgebracht."

„Ich brauche keinen. Ich habe mir nichts zuschulden kommen lassen."

Werner Hollmann sprach leise.

„Mittwoch, 27. März 2013, 10:09 Uhr", diktierte Gernhardt ins Mikrofon des Aufnahmegeräts, nachdem er sich und Dobler vorgestellt hatte. „Erschienen zur Befragung im Fall der Vermissten Helga Hollmann am 31. März 1993 Herr Dr. Werner Hollmann, damaliger Ehemann der Verschwundenen."

Bei der folgenden Rechtsmittelbelehrung, die Gernhardt vortrug, nickte Clement mehrmals.

Wie der gütige Patriarch, der mit seinen Untergebenen zufrieden ist, dachte Susanne Dobler.

Im ersten Teil der Befragung standen die Tage vor und nach Helga Hollmanns Verschwinden im Mittelpunkt. Dobler und Gernhardt hörten Bekanntes. Die Schilderung Hollmanns von seinem Besuch in der Anwaltskanzlei deckte sich mit dem, was Frau Eckersdorf den beiden Polizisten erzählt hatte.

„Es gab keinen Anlass für Streit zwischen Ihnen und Ihrer Frau?“, fragte Dobler. Werner Hollmann schüttelte den Kopf. Im Gegensatz zu seinem aggressiven Auftritt in seiner Praxis am Montag wirkte er jetzt zurückhaltend, ja, ein wenig schüchtern. Und mehrmals wies er darauf hin, dass er absolut kooperativ sei, auch wenn er nicht verstehe, warum die Polizei den so lange abgeschlossenen Vorgang ausgrabe. Schön formuliert, dachte Dobler. Ausgraben. Der wird sich noch wundern, wenn wir demnächst die unbekannte Frauenleiche in Höningen ausgraben.

„Sie hatten keinen Streit mit Ihrer Frau vor ihrem Verschwinden?“

„Absolut keinen.“

Absolut, ein Lieblingswort Hollmanns, dachte Dobler.

„Das schreckliche Ende der Schwangerschaft, das hat Ihre Ehe nicht belastet?“

„In keinster Weise.“

„Wir haben da andere Informationen.“

„Welche? Von wem?“

„Dass Ihre Beziehung gestört war, dass Ihre Frau sich von Ihnen trennen wollte.“

„Quatsch, Helga hat mich vergöttert, die hätte sich nie von mir getrennt. Wer behauptet das?“

Es war das erste Mal, dass Hollmann seine Beherrschung verlor.

„Das kann ich Ihnen nicht sagen“, sagte Dobler.

Hollmann lachte auf.

„Bestimmt ihre Freundin. Die Schiffer, eine HARTZ IV-Empfängerin, alkoholabhängig, die als Kronzeugin!"

Er drehte sich zu Clement um.

„Muss ich mir diesen Schwachsinn gefallen lassen?"

Er verliert ein wenig die Fassung, dachte Susanne Dobler.

„Beantworten Sie bitte die Frage meiner Kommissare, Herr Dr. Hollmann!"

Wir haben zwar gerade keine Frage gestellt, dachte Dobler, aber schön, wie unser Chef hinter seinen Kommissaren steht.

„Ihnen ist nicht bekannt, dass Ihre Frau sich nach einer neuen Wohnung umgesehen hat?", fragte Gernhardt.

„Absoluter Blödsinn. Ist das alles, was Sie gegen mich in der Hand haben? Lächerlich."

„Im November 1993 wurde im Pfälzer Wald bei Altleiningen die Leiche einer unbekannten Frau gefunden", wechselte Susanne Dobler das Thema. „Was wissen Sie darüber?"

„Die Polizei hat mich befragt, die Frau konnte unmöglich Helga sein, das Gebiss, die Kleidung."

„Wir werden bei der Staatsanwaltschaft in Ludwigshafen die Exhumierung dieser Leiche beantragen."

Dobler beobachtete Hollmann genau, als Gernhardt das mit der Exhumierung aussprach. Wenn sie gehofft hatte, Hollmann würde zusammenzucken oder in anderer Form sein Erschrecken zeigen, wurde sie enttäuscht. Hollmann lachte. Laut und schallend. Kein Lachen, wie vorhin, als sie über die Trennungsabsichten seiner Frau gesprochen hatten. Dieses Mal war das Lachen höhnisch.

„Machen Sie das! Verschwenden Sie nur Steuergelder! Ich bin sicher, dass Sie einen Staatsanwalt finden werden, der das anordnet."

„Wir brauchen Ihre Unterstützung, Herr Hollmann", sagte Dobler und es klang, als spreche sie mit einem Kind.

„Alles, was in meiner Macht steht!"

Der Tonfall passte nicht zu der Aussage.

„Für einen DNA-Abgleich mit der unbekannten Frauenleiche brauchen wir Vergleichsmaterial. Ich weiß, das liegt alles lange zurück, aber womöglich findet sich bei Ihnen auf dem Speicher noch ein Pullover Ihrer geschiedenen Frau, den sie in den Tagen vor ihrem Verschwinden getragen hat, oder ein anderes Kleidungsstück. Damals haben Sie doch ausgesagt, Ihre Frau habe Hals über Kopf das Haus verlassen."

„Die Aussage habe ich später revidiert. Meine Frau hat ihre persönlichen Gegenstände in zwei Koffern mitgenommen. Das ist mir erst später aufgefallen."

„Eine Haarbürste, ein anderer Gegenstand, der Ihrer Frau gehört hat?"

Wieder ertönte Hollmanns Lachen, diesmal nur arrogant.

„Weg, alles weg, die Kleider meiner Frau, seit einer Ewigkeit. Ich habe gründlich ausgemistet."

„Zahnärztliche Unterlagen?"

„Sie werden nichts finden, absolut nichts, auch wenn Sie mit einem Durchsuchungsbefehl bei mir aufkreuzen."

„Wir haben nicht vor, bei Ihnen aufzukreuzen, mit was auch immer", sagte Clement aus dem Hintergrund und er betonte das Verb so, als sei es ein Gegenstand, den er nur ungern anfassen würde.

„Kann ich jetzt gehen? Ich habe genug Zeit hier vergeudet."

Dobler und Gernhardt nickten.

„Da stimmt was nicht", sagte Clement, nachdem Hollmann gegangen war. „Hinter der Maske aus Arroganz versteckt sich ein Mann, der unsicher ist und dem es an Selbstbewusstsein mangelt. Zumindest drängt sich nach der Befragung dieser Eindruck auf."

‚Maske der Arroganz'. Dobler staunte nicht schlecht.

„Aber ich kann nicht zur Staatsanwaltschaft gehen und mit meinem Gefühl argumentieren. Ich brauche Fakten, Beweise, belastbares Material. Das mit der Wohnung, die die Frau sich gesucht haben soll, da wissen Sie doch mehr, oder?"

Gernhardt brachte ihren Vorgesetzten auf den Stand der Dinge.

„Warum haben Sie Hollmann mit diesen Informationen nicht konfrontiert?“

„Wir wollten noch etwas in der Hinterhand behalten“, sagte Susanne Dobler.

„Und wie weit sind Sie beim Mietvertrag?“, fragte Clement.

„Wir haben den infrage kommenden Personenkreis eingegrenzt. Aber wir haben den Makler und den Vermieter noch nicht gefunden. Ich hätte nicht gedacht, dass es in Mannheim so viele gibt, und seit 1993 hat es ja auch eine Fluktuation gegeben. Wir bleiben dran. Und ich bin sicher, wir werden den Mietvertrag finden.“

„Ihr Wort in Gottes Ohr“, sagte Clement. „Am wichtigsten ist das DNA-Material. Ich weiß zwar nicht, wie Sie das bewerkstelligen wollen, bringen Sie mir DNA-Material von der Frau und ich stehe bei der Staatsanwaltschaft in Ludwigshafen vor der Tür.“

Und damit verließ er das Vernehmungszimmer.

25

„Da kam gerade ein Anruf vom Krankenhaus."
Susanne Dobler stand in der Zwischentür zum Büro von Meißner und Lauer. Frau Werner strahlte. Wie immer, wenn sie in der Nähe war!

„Ist bei mir gelandet, war für euch."

„Einen Kaffee, Susanne?"

Sie schüttelte den Kopf, obwohl Frau Werners Kaffee legendär war.

„Jetzt zieren Sie sich nicht. So viel Zeit muss sein."

Und schon hielt die junge Kommissarin eine Tasse in der Hand.

„Jetzt setz dich und erzähl", sagte Lauer und befreite den Stuhl vor seinem Schreibtisch von einem Papierstapel. Die Sonne bildete auf dem Boden vor dem Schreibtisch ein Muster aus Licht.

„Das Mädchen, Allessia, die Tochter der Opfer, ist heute Morgen aufgewacht, wurde aus dem künstlichen Koma geholt, muss ich richtiger sagen. Sie ist ansprechbar, sagte die Ärztin, mit der ich gesprochen habe. Aber sie steht noch unter Beruhigungsmitteln."

„Vielleicht geht es jetzt endlich vorwärts. Wir müssen sofort mit der Kleinen sprechen."

„Langsam, Leo", sagte Meißner. „Wir müssen sensibel vorgehen. Es geht nicht nur um unseren Fahndungsfortschritt, es geht vor allem um das Wohl des Kindes."

„Fortschritt, nichts geht wirklich vorwärts, wir treten auf der Stelle, wir stolpern rückwärts."

„Bevor ihr euch in die Haare kriegt: Die Ärztin hat klar betont, dass im Moment an eine Befragung nicht zu denken ist."

„Und wahrscheinlich auch nicht sinnvoll ist", sagte Meißner. „Ein Kind möchte gefallen, möchte Anerkennung, sagt ‚ja', weil es denkt, diese Antwort ist gewünscht. Und das bringt unsere Ermittlung nicht weiter."

„Woher kommen deine Einblicke in die Kinderseele?"

„Mensch, Leo, ich habe drei Kinder", sagte Julian Meißner.

„Hat das Mädchen was gesagt, als es aufgewacht ist?", fragte Frau Werner aus dem Nebenzimmer.

„Ja", sagte Dobler. „‚Wo ist meine Schwester?'"

„Dann weiß sie, was mit ihren Eltern passiert ist."

„Messerscharfe Schlussfolgerung, Leo", sagte Dobler. „Wart ihr nicht überrascht, als ihr heute Morgen den Rhein-Neckar-Anzeiger aufgeschlagen habt?"

Meißner und Lauer bejahten. Alle hatten sie erwartet, dass Annette Bissell ihre Theorie vom Radfahrer als Anschlagsopfer genüsslich ausbreiten würde. Doch kein Wort davon. Unter der Überschrift „Kuscht die Mannheimer Polizei vor der Mafia?" wurde der Eindruck erweckt, als würden die Ermittlungen nur halbherzig vorangetrieben.

„Die Pressekonferenz der Polizei hat viele Fragen

aufgeworfen. Wer sind die wahren Hintermänner der grausigen Bluttat? Warum gerät der Bruder des Mordopfers ins Visier der Untersuchungen?", schrieb die Journalistin und schloss ihren Artikel mit einer weiteren Frage: „Spielt die Mannheimer Polizei mit offenen Karten?"

„Gut so!", sagte Lauer. „Und ich meine das so. Besser, als diese Spekulationen anzuheizen."

„Verzichtete die Bissell nicht eher", sagte Susanne Dobler, „auf eine Spekulation, um die andere anzufeuern? Wie ich es bis jetzt mitbekommen habe, gibt es keine Hinweise, die einen Mafiahintergund stützen."

„Im Grunde stehen wir am Anfang", sagte Meißner. „Wir stochern im Nebel."

„Ich komme mir so vor", sagte Lauer, „als wäre ich auf der Mannemer Mess. Ein Losverkäufer hält mir seinen Eimer unter die Nase. Und ich ziehe eine Niete nach der anderen."

„Das hört sich ja apokalyptisch an", meinte Meißner.

„Eine Runde Mitleid für Leo Lauer", sagte Dobler, trank ihren Kaffee aus und stand auf.

Das Telefon auf Lauers Schreibtisch klingelte. Lauer schreckte aus seinen Gedanken hoch. Der Zettel auf seinem Küchentisch heute Morgen.

„Musste früh los. Du hast so friedlich geschlafen. Melde mich. Fabian"

Lauer nahm ab.

„Ja, wo? Direkt am Rhein? Rheinvorlandstraße, hinterm EnBW-Parkplatz? In Ordnung, wir kommen."

Lauer griff nach seiner Daunenjacke, die er schon im Keller hatte deponieren wollen. Aber an diesem Morgen hatte das Thermometer vor seinem Küchenfenster morgens um sieben minus drei Grad gezeigt. Jetzt hatte es den Minusbereich verlassen, die Sonne schien, es war noch immer frisch.

„Auf geht's. Ein Obdachloser behauptet, jemand habe ein Motorrad im Rhein versenkt."

„Und du glaubst, Leo ...", setzte Julian Meißner an.

„Der Mann meint, es wäre eine Geländemaschine gewesen. Und außerdem: Wir sitzen hier doch nur rum. Tatenlos. Also auf! Frau Werner, könnten Sie Taucher anfordern? Danke!"

Lauer fand den Schleusenweg auf Anhieb. Vor wenigen Wochen hatte er sich hier heillos verfranzt. Er hatte sich bei eBay einen neuen Akku für sein Handy bestellt und nicht darauf geachtet, dass der Anbieter seinen Sitz in Japan hatte. Wochen später, er hatte die Bestellung längst vergessen, war ein Brief von der Deutschen Post gekommen. Eine Sendung aus Wakayama sei auf Grund zollrechtlicher Bestimmungen nicht zustellbar und beim Zollamt persönlich abzuholen. Lauer hatte 20 Minuten gewartet in einem Wartezimmer, das den Charme der 60er-Jahre versprühte. Im Beisein eines Zollbeamten hatte er das Päckchen öffnen müssen. Die ganze Situation war ihm surreal vorgekommen.

„Da wird noch die Mehrwertsteuer fällig", sagte der Beamte und drückte Lauer einen „Einfuhrabgabenbescheid" in die Hand. 6,64 Euro musste er nachzahlen.

„Zahlen Sie bitte an unserer Kasse."

Die Kasse befand sich hinter einem kleinen Glasfenster, das Lauer erst nach Rückfrage fand. Auf dem Brett vor dem Fenster stand eine vertrocknete Yuccapalme. Der Schalterbeamte stellte handschriftlich eine Quittung aus. Die Zeit, die er dafür brauchte, überstieg die Einnahme, die er kassierte.

Im Kreisverkehr nahm er die dritte Ausfahrt zur Rheinkaistraße, die in die Rheinvorlandstraße überging. Am Ende des Parkplatzes am EnBW-Hochhaus, genau an der Stelle, wo der Radweg von der Straße wegführte, stand der Streifenwagen. Zwei Streifenbeamten, eine Frau und ein Mann, standen neben dem Wagen. Der Mann zündete sich gerade eine Zigarette an.

„Der Taucher ist unterwegs", sagte die Polizistin.

„Wo ist unser", Lauer machte eine Pause, „Zeuge?"

Sie deutete auf das Fahrzeug, dessen Motor, wie Lauer erst jetzt bemerkte, lief.

„Unser Zeuge", sagte sie, „hat darum gebeten, sich ein wenig aufwärmen zu dürfen."

Lauer öffnete die Tür, deutete eine Verbeugung an und sagte: „Ich darf bitten."

Ein Mann in einem grauen Wintermantel, um den Hals einen Wollschal, rutschte vom Rücksitz, rollte mit der Schulter und ächzte laut. Er nahm seinen Coffee to go von der rechten in die linke Hand und streckte Lauer die rechte hin. Lauer zögerte, dann schüttelte er dem Mann die Hand.

„Ihren Namen, bitte."

„Robert Weiler. Ohne Arbeit. Ohne festen Wohnsitz. Was wollen Sie noch wissen?"

„Erzählen Sie von dem Motorrad."

„Ich bin gerade ein wenig eingedöst, als ich auf einmal hochschrecke. Ein Motor heult auf. Ich rappele mich hoch, sehe vorne am Rhein einen Mann, der bei seiner Maschine das Gas voll aufgedreht hat und die Bremse festhält. Habe ich mir jedenfalls gedacht. Bei Motorrädern kenne ich mich nicht aus."

„Und weiter?", drängte Meißner.

„Dann lässt der Mann das Motorrad los und springt zur Seite. Das Gefährt schießt vorwärts und landet in hohem Bogen im Väterchen Rhein. Ruck zuck, schon isses weg."

„Und der Mann?"

„Ist davongerannt."

„Können Sie den Mann beschreiben?"

„Dunkle Kleidung, schwarz, könnten schwarze Jeans gewesen sein, bin mir nicht sicher."

„Größe? Gesicht?"

„So groß wie Sie, Herr Kommissar“, sagte Robert Weiler und deutete auf Lauer. „Gesicht war nichts, trug einen Helm, schwarz, getöntes Visier. Dann war es auch noch dunkel, müssen Sie wissen.“

„Wie, was? Dunkel? Ist das nicht heute Morgen passiert?“, fragte Meißner.

„Wo denken Sie hin. In der Nacht von Freitag auf Samstag, so zwischen halb drei und drei.“

„Wollen Sie uns auf den Arm nehmen?“

Lauer bemühte sich, die Fassung nicht zu verlieren.

„Mir ist es heute erst wieder eingefallen. Freitagnacht war so verdammt kalt. Ich finde keinen vernünftigen Schlafplatz, wandere umher, richte mich unter der Brücke ein, kann nicht einschlafen, döse endlich weg, dann der Krach vom Motorrad. Ich hab gemacht, dass ich wegkomme. Beim alten Eisstadion hab ich die Punks getroffen, die hatten jede Menge Bier dabei. Mann, die sind voll spendabel gewesen. Hab ich einen Rausch gehabt.“

„Heute ist Mittwoch. Mittwoch!“

Lauer suchte nach Worten, um seinem Unmut auf den Obdachlosen Raum zu geben. Er wurde vom Taucher unterbrochen, der gerade seinen Wagen hinter dem Streifenwagen und hinter Lauers Dienstfahrzeug abstellte. Der Mann zog seinen Neoprenanzug über.

„Wo soll ich anfangen?“

Meißner deutete in Richtung des Obdachlosen.

Der überquerte die Straße und verschwand unter der Brückenauffahrt. An einem Pfeiler direkt an der Straße blieb er stehen und drehte sich zum Rhein um.

„Hier war mein Standort."

Er streckte seinen Arm aus und bewegte ihn langsam von links nach rechts. Er blieb unbeweglich stehen.

„Hier, genau hier", sagte er und lief, ohne nach links oder rechts zu schauen, einfach los. Bremsen quietschten, ein wütendes Hupen ertönte.

„Bist du lebensmüde, du Penner?"

Durchdrehende Reifen. Und der Spuk war verschwunden. Der Obdachlose hatte sich von dem Auftritt des Autofahrers nicht beirren lassen. Er war einfach weitergegangen. Jetzt stand er vorne am Rhein.

„Genau hier war es."

Der Taucher war schnell einsatzfähig. Er tauchte unter und nach einigen Minuten wieder auf. Sein Daumen zeigte nach unten. Das wiederholte sich einige Male. Julian Meißner schaute auf die Uhr. Mehr als eine halbe Stunde war vergangen.

„Ob das was wird?", fragte er.

„Abwarten", sagte Lauer.

Eine weitere halbe Stunde war vergangen, als der Taucher wieder einmal an der Oberfläche erschien und seinen Daumen nach oben reckte. Der Abschleppdienst war schnell bestellt und vor Ort. Keine 20 Minuten später lag die Geländemaschine am Ufer. Leon hatte richtig gelegen, bei der Marke und bei der Farbe.

„Eine Suzuki RMX-450Z“, sagte Meißner, ohne das Motorrad aus der Nähe gesehen zu haben.

„Ich wusste nicht, dass du Experte bist.“

„Von der habe ich geträumt. Eine echte Enduro von Suzuki, noch dazu in Gelb. Die gab es, wenn ich richtig informiert bin, nur in dieser Farbe. War eine echte Sensation, als die auf den Markt kam. 2009, glaube ich, ja, 2009 war das.“

„Und warum hast du nicht zugeschlagen?“

„Zu teuer. Kostet mehr als 9000. Das Geld hatten wir nicht.“

Meißner überprüfte das Heppenheimer Nummernschild der Suzuki.

„Die Maschine wurde am Freitagmorgen als gestohlen gemeldet“, sagte er nach einigen Minuten.

„Die Kriminaltechnik“, sagte Lauer, „wird jedenfalls keine Lehmspuren vom Parkplatz im Rheinauer Wald an der Maschine finden. Der Rhein hat gründliche Arbeit geleistet. Und alle DNA-Spuren dürfte er ebenfalls an sich genommen haben.“

„Bekomme ich jetzt eine Belohnung?“

Niemand antwortete auf die Frage des Obdachlosen.

26

„Jockel als Passwort hat nicht funktioniert."

Onur Tanaoğlu saß vor Lauers Schreibtisch. Wobei sitzen nicht der richtige Ausdruck war.

„Lümmle dich nicht so auf deinem Stuhl", hatte Lauers alter Mathelehrer gesagt, wenn Lauer so schräg auf seinem Stuhl hing, dass er fast von der Stuhlkante rutschte. So saß der junge Kollege da. Tanaoğlu war seit Oktober letzten Jahres bei der Kriminaltechnik. Er war Mitte 20 und hatte sich auf Computerauswertung spezialisiert. Lauer hatte noch nichts mit ihm zu tun gehabt, Meißner schätzte ihn.

Tanaoğlu hatte Vogelers Laptop vorne auf den Knien. Lauer kam es vor, als ob der neue Kollege vor ihm und Meißner eine neu einstudierte Jonglierübung vorführte.

„Joggel ging nicht. Volltreffer bei Jockelchen."

„Und, was Relevantes gefunden?", fragte Meißner.

„Kommt drauf an, was man unter relevant versteht. Jede Menge Schulkram. Klassenlisten, Notenlisten, so was halt, dann Unterrichtsentwürfe, Arbeitsblätter, vermutlich das meiste bei Teachers4you runterkopiert."

„Teachers …?", fragte Lauer.

„Nicht wichtig, eine Plattform für Lehrer, die da ihr Material austauschen. Ein Notenbüchlein hatte der Typ nicht in seiner Schultasche."

Lauer gefiel nicht, wie der Kollege der Kriminaltechnik über den ermordeten Thomas Vogeler sprach.

„Dann Musik, Dylan, Knopfler, Bowie, der Pauker hat eine Schwäche für die alten Meister. Dabei war der doch noch jung, oder?"

„Etwas älter als Sie", sagte Lauer.

„Kannst mich ruhig duzen, ich lege keinen Wert auf Förmlichkeiten."

„Was war noch drauf auf dem Laptop", drängte Julian Meißner, „was für unsere Ermittlungen wichtig sein könnte?"

„Nix Schmuddeliges, auf jeden Fall. Kein Pornozeugs, nichts Pädophiles. Bei Facebook, da war der Pauker schwer aktiv."

Dobler streckte den Kopf zur Tür herein.

„Habt ihr Christian gesehen?"

Lauer schüttelte den Kopf.

„Du kennst dich doch bei Facebook aus", sagte er. „Könntest du dir anhören, was Kollege Tanaoğlu uns erzählt?"

„Hallo, Susanne."

„Hallo, Onur, wie geht es?"

„Prächtig. Wenn du vor mir stehst."

Dobler lächelte, erwiderte jedoch nichts.

„Also, der Lehrer hat die Plattform eifrig genutzt. Hat jeden Tag mindestens einmal gepostet, meistens waren es mehr Posts."

„Und was hat er da so veröffentlicht?", fragte Meißner und hoffte, dass Lauer nicht fragen würde, was posten denn bedeutet.

„Jeden noch so bescheuerten Schwachsinn“, sagte Tanaoğlu.

„Jetzt mach mal halblang“, sagte Julian Meißner. „Du redest hier über einen Mann, der erschossen wurde.“

„Wenn es doch stimmt? Hier, hört euch das an, Mai 2012: ‚Falls mich jemand besuchen möchte und sich für mein altes Zeug interessiert … Sitze auf dem Flohmarkt auf dem neuen Messplatz in Mannheim. Special prices for you!‘ Und schaut euch das Foto an!“

Thomas Vogeler saß hinter einem Tapeziertisch, auf dem sich Klamotten stapelten, ein Lächeln auf den Lippen, in der Hand ein Glas Rotwein.

„Oder das, Dezember 2012: ‚Mit Freunden in der Otto Bar‘.“

Vogeler, rechts, den Arm um den Mann in der Mitte gelegt, alle drei Männer prosteten mit einem Glas Bier dem Betrachter zu.

„Oder hier, Januar 2013: Sankt Anton, mit zwei Frauen.“

Thomas Vogeler, dieses Mal in der Mitte, beide Arme um die Frauen gelegt.

„Oder das, Februar 2013: ‚Hauptunterschied zum Pils – weniger Hopfen, mehr Malz, nicht so bitter.‘ Hallo! Wen interessiert das? Auf vielen Fotos hält der Typ ein Glas oder eine Flasche Bier in der Hand.

Oder hier, Juli 2012: ‚San Sebastian – Mit den Freaks vom Mathe-Leistungskurs'."

Vogeler am Strand inmitten einer Gruppe von Schülerinnen und Schülern, mehr als 15, überschlug Lauer, Vogeler ganz links, braun gebrannt, die Badehose hing tief unter dem Bauchnabel, entschieden zu tief, fand Lauer.

Im Hintergrund strahlend blaues Meer, Segelboote, Häuser, an den Hügel geschmiegt.

„Und sein Profilbild hat er laufend geändert, alle zwei, drei Wochen, zuletzt am 21. März. 316 Bilder im Profilbildordner, reichlich pubertär kommt mir das vor."

„Einen Tag vor seinem Tod", sagte Meißner.

Vogeler in einem Café, vor sich einen Cappuccino, angedeutetes Lächeln im linken Mundwinkel, Sonnenbrille, hellgelbes Muskelshirt, Lederbändchen um den Hals.

„Mann, wie sieht das denn aus?"

Tanaoğlu schlug sich mit der Hand auf den Oberschenkel.

„Ganz schön eitel, unser Thommie Birdy."

„Wer?", fragte Leo Lauer.

„Das ist Vogelers Nutzername bei Facebook."

„Richtig, Susanne. 897 Freunde, schon eine ganze Menge. Fast alles Schülerinnen. Eines muss man Thommie lassen. Schule und Privatsphäre hat er sauber getrennt."

„Wie meinst du das?", fragte Julian Meißner.

„Schulische Belange bleiben bei den Posts außen vor. Keine Kontakte mit Eltern. Keine Aussagen zu Noten. Nichts."

„Ein korrekter Beamter", sagte Lauer.

„Ja", pflichtete ihm Meißner bei. „Korrekt ist das richtige Wort. Vogeler hat sich genau an die Richtlinie des Kultusministeriums gehalten, keine schulischen Belange über Facebook."

„Sein letzter Eintrag?", fragte Dobler.

„Das Profilbild, spätabends, kurz vor Mitternacht."

„Irgendetwas, was uns weiterbringt?", fragte Lauer.

Tanaoğlu schüttelte den Kopf.

„Nichts. Außer, dass alle Mädchen in ihn verknallt waren."

„Wie kommen Sie zu der Schlussfolgerung?"

Lauer würde diesen Angeber nicht duzen.

„Das Übliche, ‚Yours forever', ‚Ich träume von dir', ‚Jede Unterrichtsstunde ohne dich ist eine verlorene Stunde', oder das hier, von einer Pia: ‚Thommie, ich bin so traurig. Schade, dass du nicht auf uns stehst.'"

War es heutzutage üblich, dass Schülerinnen ihre Lehrer duzten?, ging es Lauer durch den Kopf. Es hatte sich vieles verändert. Und er hatte nichts davon mitbekommen.

„Der letzte Eintrag, der von dieser Pia, könnte interessant sein."

„Wie kommst du da drauf, Susanne?", fragte Julian Meißner.

„Wenn ich in meinen Lehrer verknallt gewesen wäre, ich hätte das anders formuliert. Abgesehen davon, dass ich das garantiert nicht auf Facebook in aller Öffentlichkeit gepostet hätte."

„Susanne, als du in der Schule warst, gab's das noch nicht", sagte Onur Tanaoğlu.

„Ich hätte geschrieben: ‚Schade, dass du nicht auf mich stehst.'"

„Das ist doch dasselbe", meinte Tanaoğlu.

„Nein, das macht einen Unterschied. Uns und mich. Ich spreche für mich, nicht für meine Mitschülerinnen. Ich finde, es klingt seltsam."

„Vielleicht war der Pauker ja schwul", sagte Tanaoğlu.

„Susanne", sagte Meißner, „du erinnerst dich doch, was Vogelers Vater auf meine Frage nach einer Freundin antwortete?"

„Klar, Julian. Das interessiere seinen Sohn nicht, der habe keine Zeit für Liebschaften."

„Im Moment können wir nicht abschätzen, ob das für unsere Ermittlungen relevant ist. Auf jeden Fall sollten wir diese Information im Hinterkopf behalten", sagte Lauer.

„Wie ist es mit gelöschten Daten", fragte Meißner, als Tanaoğlu den Laptop zugeklappt hatte und im Gehen begriffen war.

„Wenn du gelöschte Daten auf der Festplatte meinst, das habe ich abgecheckt. Alles, was ich wiederherstellen konnte, habe ich auf CD gesichert. War alles belanglos, soweit ich das einschätzen kann."

Leo Lauer war ein wenig unsicher, ob die Schublade, in die er den jungen KT-Kollegen gesteckt hatte, die richtige war.

„Nein, davon rede ich nicht. Mir geht es um gelöschte Facebook-Daten", präzisierte Julian Meißner seine Frage.

„Facebook speichert Nutzerdaten, auch nachdem die Nutzer diese gelöscht haben."

Lauer brauchte einige Sekunden, bis der Sinn der letzten Worte Tanaoğlus zu ihm durchgedrungen war.

„Kommen wir da dran?", fragte Lauer.

„Den Rechtsweg einhalten, eine Rechtsanfrage bei Facebook, klar, ist möglich", antwortete Tanaoğlu.

„Die haben doch ihren Sitz in den USA", sagte Meißner. „Aussichtslos."

„Der Hauptsitz ist in den USA, die deutschen Nutzer haben mit Facebook Irland ihren Nutzungsvertrag abgeschlossen", sagte Tanaoğlu.

Und Lauer zog die Schublade noch ein Stück weiter heraus.

„EU-Recht", sagte Meißner. „Das vereinfacht manches."

„Theoretisch ja", sagte Tanaoğlu. „Praktisch sieht es anders aus. Die lassen sich bei Facebook nicht beeindrucken. Die zeigen keine Kooperation. Wir mussten mal bei einer Anfrage mehrere Monate warten, trotz richterlichem Beschluss. Drohungen kannst du vergessen. Wenn, dann musst du höflich bitten. Und ohne richterlichen Beschluss läuft gar nichts."

„Das ist der offizielle Weg", sagte Susanne Dobler. „Wie ich dich kenne, Onur, gibt es da doch noch andere Wege?"

Tanaoğlu setzte sich auf den Stuhl zurück.

„Es gibt da ein paar Tricks. Die sind nicht illegal. Die meisten kennen diese Tricks nicht, weil Facebook sie nicht öffentlich macht. In den persönlichen Kontoeinstellungen, versteckt unter dem Menüpunkt ‚Sprache' findest du einen Link ‚Lade eine Kopie'. Folgt man dem Link, öffnet sich eine Seite, über der steht: ‚Mein Archiv aufbauen'. Und jetzt bekommst du eine Kopie von deinen gespeicherten Daten, und gelöschte Daten sind auch dabei. Ich werde das gleich ausprobieren und euch die gelöschten Daten liefern. Die Sache hat nur einen Haken. Die Kopie enthält in Wirklichkeit nur einen Bruchteil von dem, was über einen gespeichert ist."

„Und die anderen Informationen?", fragte Susanne Dobler.

„Die bekommst du nur auf dem offiziellen Weg."

„Besser als nichts", sagte Lauer. „Und den offiziellen Weg können wir ja auch einschlagen."

„Und vielleicht", fügte Julian Meißner hinzu, „stoßen wir ja mit Onurs Hilfe auf wichtige Hinweise."

Lauer ging auf Tanaoğlu zu und streckte ihm die Hand entgegen.

„Du hast uns sehr geholfen, Onur.“

Der Kriminaltechniker beeilte sich, Vogelers Laptop von der rechten in die linke Hand zu bugsieren.

Donnerstag, 28. März 2013

27

„Die Ergebnisse der Tatortanalyse vom Dienstag, Meißner berichten Sie!“

Clement zog die Besprechung wie immer straff durch.

„Wir haben versucht, die Strecken, die Opfer und Täter zurückgelegt haben, zu rekonstruieren und alles abgestoppt. Das Geschehen kann sich in kürzester Zeit abgespielt haben. Keine Minute. Das würde erklären, dass die Hinweise aus der Bevölkerung nur so spärlich fließen. Beim Täter gab es den Willen, alle anwesenden Personen zu töten. Bei den Spuren am Tatort, die uns vorliegen, ist es nicht möglich, das Geschehen in eine zeitliche Reihenfolge zu bringen.“

Warum drückt Meißner sich immer so geschwollen aus?, fragte sich Lauer.

„Wir können bisher nicht sagen, wer zuerst sterben musste und damit möglicherweise Grund des Anschlags war. Die Beantwortung der Frage, ob Profikiller oder Amateur, wäre reine Spekulation.“

„Danke, Meißner. Die Mafia-Spur, Lauer, neue Erkenntnisse?“

Lauer schüttelte den Kopf.

„Der Familie Russo sind keine Kontakte zur Mafia

nachzuweisen. Der einzig vorliegende Kontakt bezieht sich auf den Bruder von Nuria Russo, Giampiero Sivori. Der war mit Robertina Sivori verheiratet und stand im Verdacht, zum Dunstkreis der Mafia zu gehören. Es kam aber zu keiner Verurteilung. Im Januar 1993 wurde er im Jungbusch erschossen. Der oder die Täter wurden nicht gefunden."

„Die Presse konzentriert sich, wie Sie heute Morgen lesen konnten, nicht mehr auf die Mafia, zum Glück, kann ich nur sagen."

„Ob es besser ist, wenn der Bruder des Pizzabäckers an den Pranger gestellt wird?", warf Irene Meyers ein.

„Auf jeden Fall", sagte Clement, „sollten wir diesen Calogero Russo im Auge behalten. Ich erwarte die Unterlagen der italienischen Kollegen jeden Tag."

„So schnell?", fragte Julian Meißner.

„Kleiner Dienstweg", antwortete Clement und es hörte sich an, als sei dies sein alleiniger Verdienst. „Telefonisch habe ich erfahren, dass keine Kontakte zur Mafia bekannt sind, aber der Bruder soll vorbestraft sein. Weswegen habe ich nicht verstanden. Die haben ein Tempo drauf beim Sprechen, diese Süditaliener. Meine Italienischkenntnisse sind zwar ganz passabel, aber wenn ein sizilianischer Kollege loslegt … Der Bruder, auf den sollten wir ein Auge haben. Weitere Erkenntnisse im Dreifachmord?"

Clement schaute in die Runde.

„Wo ist denn unser Computerspezialist?", fragte Lauer Meißner.

„Meinst du Onur?"

„Genau den!"

„Der hat sich heute Morgen krankgemeldet", sagte Susanne Dobler, die neben Meißner saß. „Irgendwas mit Magen-Darm, kann einige Tage dauern."

„Woher weißt du das?", fragte Lauer.

„Er hat mich angerufen."

Dobler deutete auf einen Zettel vor sich und fing an zu schreiben.

„Infos für euch", sagte sie leise. „Von Onur."

Sie schob Lauer den Zettel zu.

„Zwen Fleischer", las Lauer, „anscheinend ein Facebook-Freund von Vogeler. Abchecken! Und ein gelöschter Eintrag: ‚Thommie, ich will ein Kind von dir.' Von der Schülerin Pia Hanson!"

Lauer reichte den Zettel an Irene Meyers weiter.

„Könnte von Interesse sein", sagte er zu seiner Kollegin hinter vorgehaltener Hand.

„In Ordnung", sagte Clement vorne. „Wenn es nichts mehr gibt und wenn sich alle auf unsere Besprechung konzentrieren, kommen wir zu unserem Vermisstenfall."

Nach Clements Aufforderung ergriff Christian Gernhardt das Wort.

„Es gibt Neuigkeiten. Gute Neuigkeiten. Wir haben den Makler gefunden, der Helga Hollmann im März 1993 eine Wohnung vermitteln wollte. Der Mann lebt seit einigen Jahren im Ruhestand, konnte sich aber erinnern und wusste noch, wer der Vermieter war. Der Vermieter, steinalt zwar, aber geistig topfit, hatte alles sofort parat."

„So etwas habe ich in all meiner Zeit als Vermieter nur ein einziges Mal erlebt. Da unterschreibt diese Frau den Mietvertrag und blättert mir die 500 Mark Anzahlung bar auf die Hand. Dann höre ich nichts mehr von der Frau. Ich suche mir im Telefonbuch die Hollmanns in Mannheim heraus, drei Namen. Ich rufe alle an. Zwei Mal Fehlanzeige. Eine Helga Hollmann ist nicht bekannt. Beim dritten Versuch habe ich Glück. Ein Doktor. Ja, seine Frau heiße Helga. Nein, es sei ausgeschlossen, seine Frau könne das nicht sein. Sie habe keine Wohnung gemietet. Nein, sie habe keine Kaution bezahlt. Nein, er wolle das Geld nicht haben. Und dann ist der gute Herr Doktor noch ausfallend geworden. Ich habe mich nicht abwimmeln lassen, habe immer wieder nachgefragt, was ich denn machen solle mit dem Geld. Ich kann hartnäckig sein, müssen Sie wissen. Da sagt dieser Flegel zu mir: ‚Stecken Sie sich das Geld in Ihren Hintern', und hat den Hörer aufgeknallt. Können Sie sich das vorstellen? Ich habe das Geld auf ein Sparkonto auf den Namen Helga Hollmann eingezahlt, hier, sehen Sie, die Belege habe ich extra aufgehoben, damit man mir glaubt. Nach drei Jahren habe ich das Konto aufgelöst. Verjährungsfrist, ich habe mich korrekt verhalten. Das sehen Sie doch auch so? Was ist denn mit der Frau passiert?"

„Gut, Gernhardt!“

Es kam Lauer langsam verdächtig vor, wie oft Clement seine Mitarbeiter lobte.

„Bleibt das DNA-Problem.“

„Auch dieses Problem können Sie als gelöst betrachten.“

Gernhardt strahlte.

„Helga Hollmann wurde im Januar 1993 in die St. Hedwig-Klinik eingeliefert. Komplikationen, die Frau war im sechsten Monat schwanger. Sie verlor das Kind. Im Krankenhaus gibt es noch DNA-Material von Helga Hollmann.“

„Das passt doch“, sagte Clement und Lauer fand sein Gehabe übertrieben.

„Wieso heben die das Zeug so lange auf?“, fragte Irene Meyers.

„Habe ich mich auch gefragt“, antwortete Christian Gernhardt. „Komplizierte Rechtslage, teilweise unterschiedliche Regelungen in einzelnen Bundesländern, dazu Regelungen, die bundesweit gelten, EU-Recht, Konflikte mit Datenschutzbestimmungen. Die meisten Kliniken lösen das mit Patientenverfügungen. Informierte Einwilligung heißt das, so eine hatte Helga Hollmann unterschrieben und war einverstanden gewesen, dass das Material über die Verjährungsfrist hinaus zu Forschungszwecken und bei Krankheitsfällen in der eigenen Familie herangezogen werden kann.“

„Ich werde unverzüglich bei der Staatsanwaltschaft

in Ludwigshafen anrufen und eine Exhumierung der in Höningen bestatteten Frau beantragen", sagte Clement. „Ach was, anrufen, ich werde mich nach der Besprechung auf den Weg machen. Hoffentlich geraten wir nicht an Lauers Lieblingsstaatsanwalt aus Ludwigshafen."

Clements Lachen hatte einen schadenfrohen Beiklang, fand Lauer.

Jung, dynamisch, profilierungssüchtig, so hatte Lauer den Staatsanwalt in Erinnerung. Im heißen Juli 2007, als eine Gluthitze die beiden Städte am Rhein in ihrem Würgegriff hielt, hatte Leo Lauer auf eigene Faust in einem Entführungsfall ermittelt, war in Leistadt, einem Ortsteil von Bad Dürkheim, in ein Waldgrundstück eingedrungen, hatte gewaltsam eine Hütte aufgebrochen und war in Handschellen von Polizisten aus Rheinland-Pfalz abgeführt worden. Strafvereitelung im Amt, Einbruch, Behinderung laufender Ermittlungen, die Liste der Vorwürfe war lang gewesen. Der Staatsanwalt, dessen Namen Lauer schon beim Verlassen des Büros vergessen hatte, hatte wüste Drohungen ausgestoßen. Zum Glück war alles im Sand verlaufen, aber Lauer hatte keine guten Erinnerungen an den Vorfall. Wenn etwas schiefgehen kann … Bestimmt würde dieser Schnösel den Fall an sich reißen, wenn er Wind davon bekommt, dass es um Mannheim geht. Lauer sollte recht behalten.

28

„Einen Moment“, sagte Frau Hanson. „Ich hole Pia. Sie bereitet gerade eine Präsentation für Erdkunde vor.“

„In den Ferien?“

„Ja doch, Pia ist eine ehrgeizige, fleißige Schülerin.“

Keine Minute später stand Pia Hanson vor ihnen. Die Mutter blieb im Hintergrund. Lauer konnte nicht sagen wie, aber er hatte sich die Schülerin anders vorgestellt. Vor ihnen stand eine 17-Jährige, die schwarze Jeans trug, einen roten Hoody, die mittellangen, blonden Haare zum Pferdeschwanz zusammengebunden. Sie schaute die beiden Kommissare unsicher an. Als der Name Thomas Vogeler fiel, zog sie ein Taschentuch aus dem Ärmel und schnäuzte sich. Dann zeigte sie auf das Sofa im elterlichen Wohnzimmer. Sie setzte sich Meyers und Lauer gegenüber.

„Schrecklich, was mit Herrn Vogeler passiert ist.“

Herr Vogeler? Das hatte sich auf Facebook anders angehört, dachte Lauer.

„Sie waren in Ihren Lehrer verliebt?“, fragte Irene Meyers.

„Alle Mädchen waren in Herrn Vogeler verknallt. Sie können ruhig du zu mir sagen. In der Schule werden wir noch geduzt.“

„Du hast deinen Lehrer auch geduzt“, sagte Lauer.

„Nicht wirklich. Das galt nur bei Facebook. In der Schule haben wir das nicht gemacht. Wir haben Respekt vor unseren Lehrern."

„‚Thommie, ich will ein Kind von dir.' Das klingt nicht nach Respekt", sagte Meyers.

„Woher wissen Sie das? Thommie hat diesen Eintrag gelöscht, erst war ich wütend, später habe ich verstanden, dass er das machen musste."

„Facebook speichert Nutzerdaten, auch nachdem die Nutzer diese gelöscht haben", sagte Leo Lauer und kam sich für einen Augenblick auf der Höhe der digitalen Zeit vor. „Und wir haben Mittel und Wege, die gelöschten Einträge sichtbar zu machen."

„Das wusste ich nicht", sagte Pia.

„‚Schade, dass du nicht auf uns stehst.' Was meinst du damit?", fragte Irene Meyers.

„Dass unser Lehrer nicht auf Mädchen stand."

„Auf wen stand er denn?", fragte Lauer.

„Jetzt tun Sie nicht so. Thomas stand auf Männer."

„Er war schwul?"

„Ja, er war schwul. Viele Männer sind das, schwul."

„Zwen Fleischer, sagt dir der Name was?"

„Klar, das war der Freund von Thommie."

„Kennst du ihn?"

„Nur vom Sehen. Er hat Thommie einige Male nach der Schule abgeholt. Der wollte es nicht. Einmal hab ich mitbekommen, dass die beiden sich gestritten haben. Thommie hat ihn mit den Armen abgewehrt. Und gesagt: ‚Lass das!'"

„Wann war das?"

„Im Februar. Oder Anfang März."

„Und wie ging das weiter?"

„Der stand weiter vor der Schule und wartete auf Thommie. Einige Male noch, aber immer allein. Zusammen habe ich Thommie und seinen Freund nicht mehr gesehen."

„Was weißt du alles über die Beziehung der beiden?", fragte Meyers.

„Nicht viel. Nur dass Thomas mit ihm Schluss gemacht hat. Eine Woche vor der schrecklichen Tat muss das gewesen sein."

„Warum? Weißt du das?"

„Nicht genau. Ich kann mir nur denken, dass Thommie nicht mit ihm vor der Schule gesehen werden wollte. Das kommt nicht gut. Lehrer und Freund, Küsschen, Küsschen, Händchen haltend. Der eigene Mathelehrer schwul. Wir leben in einem rückständigen Land."

„Dass dieser Zwen schwul ist, macht ihn nicht automatisch tatverdächtig", sagte Lauer, als Meyers und er im Auto saßen und unterwegs nach L 6 waren.

„Da bin ich ja beruhigt, dass du so denkst", sagte Irene Meyers.

„Hast du was anderes erwartet? Du weißt, wie wir bei unserem Fall in der Luft hängen. Wir müssen jeder Spur nachgehen. Hoffentlich ist Tanaoğlu bald gesund."

„Was vor am Wochenende?", fragte Meyers.

„Ich besuche am Samstag meine Mutter. Sie backt meinen Lieblingskuchen, gedeckten Apfelkuchen."

„Vorbildlicher Sohn."

„Wie kommst du da drauf?"

„An Ostern besucht ein Sohn seine Mutter."

Ostern? Lauer war verwirrt. Dass Ostern vor der Tür stand, daran hatte er keinen einzigen Gedanken verschwendet.

„Heute ist ja Gründonnerstag", sagte er.

„Und morgen ist Karfreitag, Feiertag", sagte Meyers und an der Betonung merkte Lauer, wie sehr sich seine Kollegin auf den freien Tag freute.

Mittwoch, 3. April 2013

29

Als Susanne Dobler und Christian Gernhardt morgens kurz nach halb zehn vom Präsidium aus losfuhren, wirbelten winzige Schneepartikel durch die Luft. Das Thermometer zeigte null Grad an. Dabei hatte der April bereits angefangen.

„Was für ein Frühling", sagte Gernhardt.

„Clement hat mich vorhin angerufen", sagte Dobler, als sie in Altleiningen Richtung Höningen abbogen. „Es ist tatsächlich der Lüdtke."

„Und wer soll das sein?"

„Der zuständige Staatsanwalt aus Ludwigshafen, der, mit dem Lauer seine Erfahrungen gemacht hat."

„Dann können wir von Glück reden", entgegnete Gernhardt, „dass Lauer nichts mit der Exhumierung zu tun hat."

Direkt vor dem Eingang zum Höninger Friedhof gegenüber der *Klosterschänke* stellte Gernhardt den Wagen ab. Sie waren 20 Minuten zu früh. Die Exhumierung sollte um elf stattfinden. Gernhardt ging über die Straße und studierte die Speisekarte.

„Mittwoch, heute ist doch Mittwoch. Oder?"

„Ja, es ist immer noch Mittwoch."

„Heute ist Dampfnudeltag. Da müssen wir nachher hin."

Doblers Großmutter hatte stets den gleichen Spruch auf den Lippen gehabt, wenn eine Verwandte oder eine Bekannte einige Kilo zugelegt hatte.

„Die geht auseinander wie eine Dampfnudel.“

Seitdem hatte Susanne Dobler eine regelrechte Aversion gegenüber Dampfnudeln entwickelt, nicht, dass sie ihr nicht schmeckten, im Gegenteil, sie hatte Angst davor, so auseinanderzugehen.

„Nach der Exhumierung haben wir anderes zu tun“, sagte Dobler.

Sie gingen die Stufen zum Friedhof hoch. Der lag hinter einer kleinen Kapelle.

„Die Jakobskirche“, sagte Gernhardt, „eines der ältesten romanischen Bauwerke der Pfalz, älter als das ehemalige Augustinerkloster hier, und das entstand um 1120.“

„Du überraschst mich immer wieder“, sagte Dobler und drückte ihren Kopf an Christian Gernhardts Arm.

„Gestern Abend noch schnell gegoogelt. Damit ich glänzen kann. Im 14. Jahrhundert geriet das Kloster in eine finanzielle Schieflage. Die Mönche sollen einen ausschweifenden Lebensstil gehabt haben. Zu viele Partys. Alles kein Problem. Der Bischof erließ einen neuen Sündenablass für das Höninger Kloster und schon waren die Schulden weg. Im Zug der Reformation wurde das Kloster dann aufgelöst. Heute ist nicht mehr viel übrig.“

Gernhardt deutete über die Straße in den Hof der *Klosterschänke.*

„Hier, das war der Westgiebel der ehemaligen Abteikirche."

Im hinteren Teil des Friedhofs war ein kleiner Schaufelbagger im Einsatz. Ein alter gebückter Mann stand in einiger Entfernung, hatte die Hände in seiner dicken Jacke vergraben, eine Batschkappe mit Ohrenklappen tief ins Gesicht gezogen, im Mundwinkel eine Zigarette, an der zentimeterlang die Asche hing. Sie nickten dem Mann zu und stellten sich neben ihn.

„Neugierig?", fragte der nach einiger Zeit, dabei nahm er die Zigarette nicht aus dem Mund. Dobler fragte sich, wann die Asche endlich abfallen würde. Ginge es nach den Regeln der Physik, war der Moment längst überfällig.

„Wir sind dienstlich hier", sagte Gernhardt.

„Ah, dein Freund und Helfer. Dann kann uns ja nichts mehr passieren."

„Und Sie", fragte Susanne Dobler, „wollen sich dieses Spektakel nicht entgehen lassen?"

„Ich hab die Frau gekannt."

„Wie?" Gernhardt war sichtlich verwirrt. „Sie wissen, wer das ist, diese Frau, die da gerade ausgebuddelt wird?"

„Ich hab die arme Frau gefunden. Und ich hab sie beerdigt. Damals war ich hier der Totengräber. Fast 20 Jahre ist das her. Wie die Zeit vergeht."

„Wo genau haben Sie die Frau gefunden?"

„Im Wald östlich von Höningen."

Der Mann zeigte mit der Schulter in eine Richtung, von der Christian Gernhardt nicht sicher war, ob sie östlich lag.

„Verdammt kalt heute. An so einem Tag könnte doch auch mal die Sonne scheinen."

„Genauer?"

„Auf dem Weg zwischen Schneider-Kopf und Toter Mann. Auf halber Strecke ungefähr. Wenn ich ehrlich bin, war es Fritz, mein Dackel. Ein Jahr später musste ich ihn einschläfern lassen. Teckellähme."

Gernhardt und Dobler nickten.

„Drei, vier Meter abseits vom Weg, im dichten Gestrüpp. Ich hab gleich gewusst, dass da was nicht stimmt, so wie der Hund sich aufgeführt hat."

„Und in welchem Zustand war die Frau?"

„Frau, das ist gut. Männlein, Weiblein, das war nicht zu erkennen. Sah schrecklich aus. Und die Tiere des Waldes hatten mitgewirkt. Ich hab Fotos gemacht. Wenn es Sie interessiert. Ich wohne da vorne, da wo die Hühner rumspringen. Ich kann Ihnen die Bilder gerne zeigen."

Der alte Mann griff nach seiner Zigarette und streifte die Asche auf den Boden.

„Keine Angst, junge Frau. Heute geht es zivilisiert und sauber zu. Knochen, die werden nichts als Knochen finden. Saubere Knochen."

„Haben Sie das angeordnet?"

Susanne Dobler fuhr zusammen. Sie hatte nicht bemerkt, dass sich zwei Männer neben sie gestellt hatten.

„Was angeordnet?"

„Den Beginn der Exhumierung. Dafür bin ich verantwortlich. Nur ich. Niemand anders."

„Ich hab dem Schorsch gesagt, er soll anfangen. Ich will nicht ewig hier in der Kälte stehen", sagte der pensionierte Totengräber.

Dobler sah, wie der Mund des Mannes langsam aufging, gleich wird er losschreien, befürchtete sie, aber es war kein Laut zu hören. Fehlen dem jetzt die Worte?, fragte sie sich. Sie setzte ein strahlendes Lächeln auf und streckte dem Mann die Hand entgegen.

„Dobler, Susanne Dobler, Kripo Mannheim. Und das ist mein Kollege Christian Gernhardt."

Der Mann griff nach Doblers Hand.

„Von Lüdtke, Maximilian, Oberstaatsanwalt", sagte er nach einer Ewigkeit und hielt die Hand immer noch fest umschlossen.

„Schön, Sie kennenzulernen. Und das ist der Herr, der die Tote vor fast 20 Jahren im Wald gefunden hat. Er hat uns einige wichtige Details über die Auffindung der Leiche erzählt. Ich finde es gut, dass der Friedhofsangestellte schon mit dem Ausheben angefangen hat."

Sie deutete auf den alten Mann, der sich gerade eine neue Zigarette an der alten ansteckte.

„Zumal er auf das Wissen des Herrn zurückgreifen konnte. Er war damals Totengräber und hat die unglückliche Frau nicht nur gefunden, sondern auch beerdigt."

Von Lüdtke, Dobler hatte von dem „von" nichts gewusst, ließ jetzt endlich ihre Hand los. Sie sah, wie sich die Gesichtszüge des Staatsanwalts entspannten. Er verneigte sich vor der Kripobeamtin.

„Ganz meinerseits", sagte er in einem Tonfall, der sich von dem unterschied, was er bisher von sich gegeben hatte. „Ich wusste nicht, was für nette Kommissarinnen in Mannheim arbeiten."

Der Begleiter des Staatsanwalts war Kriminaltechniker und sah abgespannt aus. Ob er auch seine letzten Tage zählte wie Theo Lentz, dachte Dobler, bis ihr einfiel, dass der Kriminaltechniker nichts mehr zu zählen hatte, höchstens die Tage seines Ruhestands.

„Fangen wir an! Könnten Sie die Problematik für mich zusammenfassen?"

Was soll das jetzt?, fragte sich Christian Gernhardt, hat der sich nicht die Akte angeschaut?

Dobler ließ sich nicht beirren und erzählte dem Staatsanwalt aus Ludwigshafen von den Verdachtsmomenten, vom Verhalten des Ex-Ehemannes, von den Ungereimtheiten bei der polizeilichen Ermittlung vor 20 Jahren.

„Da haben sich die Mannheimer wohl nicht mit Ruhm bekleckert", kommentierte von Lüdtke.

Susanne Dobler erzählte von Helga Hollmanns Bruder, von der besten Freundin, von den Arbeitskollegen und vom Journalisten des Rhein-Neckar-Anzeigers, der alles erst ins Rollen gebracht hatte.

„Ja, ja, die vierte Säule der Gewaltenteilung", kommentierte der Staatsanwalt.

Gernhardt fragte nicht nach, was er damit meinte.

„Isch glaab, do sinn die Gebää", rief der Schaufelbaggerfahrer.

Der alte Mann behielt recht. Außer den Sargresten waren nur Knochen zu sehen, Knochen mit Erde dran. Dobler konnte nicht sagen, ob das ein Oberschenkelknochen war, der auf der Schaufel in der lehmigen Erde lag. Oder ein Unterschenkel? Die Rippen konnte sie als Rippen identifizieren, da hatte sie keine Zweifel. Und der Schädel war auf den ersten Blick zu erkennen. Der Kriminaltechniker hatte sich zwei Paar Einmalhandschuhe übergezogen. Außerdem trug er eine Kopfhaube und eine Gesichtsmaske. Seine Werkzeuge hatte er vorher zuerst mit Mineralwasser, dann mit Chlorix gereinigt.

„Es ist nicht leicht", erklärte er, „brauchbare DNA zu finden. Außerdem muss man sehr sauber arbeiten."

Der Baggerfahrer musste seinen Bagger verlassen und alle Anwesenden wurden aufgefordert, Abstand zu halten. Jetzt kniete der Kriminaltechniker im geöffneten Grab und verrichtete seine Arbeit. Was das genau war, konnte Dobler nicht erkennen. Ab und zu hörte sie ein Kratzen und Hämmern. Er hantierte mit Plastiktüten, die er mit einem Folienstift beschriftete und in seinem Alukoffer verstaute. Er nahm verschiedene Knochen in die Hand und legte sie wieder zur Seite. Dobler kam es vor, als ob er das Gewicht prüfe. Am Ende entschied er sich für zwei kompakte, relativ gut erhaltene Knochen, die er zusammen mit dem Schädel und dem Unterkiefer in einer Kühlbox verstaute. Das alles hatte nichts Geheimnisvolles oder Schauriges an sich, obwohl das Wetter dies eher unterstützt hätte. Keine halbe Stunde später war die Prozedur beendet.

„Un was bassiert jetzern mit dem Glumb?", fragte der Baggerfahrer.

„Einsammeln", sagte von Lüdtke, „und bis auf Weiteres aufbewahren. Ich werde alles abholen lassen."

Das war wieder der Tonfall, den von Lüdtke zu Beginn ihrer Begegnung angeschlagen hatte. Er wandte sich Dobler und Gernhardt zu.

„Wenn es sich bei der Toten um die verschwundene Frau handeln sollte, werden die Angehörigen froh sein, endlich Gewissheit zu haben."

„Genau", sagte Gernhardt. „Wie ich den Bruder von Frau Hollmann kenne, wird der sich um eine Bestattung kümmern."

Der Staatsanwalt wollte sie überreden, sich in der *Klosterschänke* aufzuwärmen. Dobler lehnte mit Hinweis auf einen dringenden Termin ab.

„Nur auf ein Tässchen Kaffee, zu Ihrem Termin kommen Sie schon noch pünktlich."

„Es tut uns leid. Wir müssen los, Herr Oberstaatsanwalt", sagte Susanne Dobler und strengte sich an, ein betrübtes Gesicht zu machen. „Wir können es uns wirklich nicht erlauben, zu spät zu kommen."

Endlich, dachte Gernhardt, als sie auf dem Weg zum Auto waren. Und auch Dobler war froh, das ständige Grinsen im Gesicht des Staatsanwalts nicht mehr sehen zu müssen.

„Glaubst du, dass man als Polizist zwangsläufig verroht?", fragte Dobler, als sie auf dem Parkplatz der *Klosterschänke* ankamen.

„Wie kommst du darauf?", fragte Gernhardt und entriegelte den Wagen.

„Wir sind gerade Zeugen einer Exhumierung geworden. Weißt du, dass es meine erste war?"

„Bei mir war es auch zum ersten Mal. Aber ich verstehe dein Problem nicht."

Susanne Dobler schnallte sich an und schaute aus dem Fenster. Obwohl das Schneetreiben aufgehört hatte, war es draußen unwirtlich. Düster. So, als ob es heute nicht hell werden würde. Bevor sie Höningen verließen, schauten sie bei dem ehemaligen Totengräber die Fotos an und der alte Mann lieh ihnen einige Bilder aus, nachdem sie ihm hoch und heilig versprochen hatten, sie ja wieder zurückzubringen.

„Über einen Mangel an Komplimenten kannst du dich im Moment nicht beklagen“, sagte Christian Gernhardt, als sie auf der Rückfahrt waren.

„Wie meinst du das?“

„Na, der Staatsanwalt und unser Kollege von der Kriminaltechnik.“

„Bist du etwa eifersüchtig?“, sagte Dobler.

Sie hatten Höningen verlassen und Gernhardt fuhr die kurvenreiche Strecke nach Altleiningen betont langsam.

„Ich hab mir meine erste Exhumierung anders vorgestellt“, griff Dobler den Faden von vorhin wieder auf.

„Wie denn?“

„Es war alles so sachlich.“

Direkt an der Großen Sägmühle, zwei Kilometer hinterm Drahtzug, standen unzählige Grablichter und Kerzen und Teelichter auf dem Rest einer Mauer. Ein Großteil der Mauer war eingestürzt. Der Stamm der Platane vor der Mauer war in der Höhe eines guten Meters nackt. Keine Rinde mehr zu sehen.

„Hier muss es gekracht haben“, sagte Dobler.

„Tödlicher Unfall“, sagte Gernhardt. „Letzte Woche stand was in der Zeitung. Waren junge Leute. Zu schnell unterwegs. 140 Kilometer hieß es. 70 erlaubt. Kurvenreich. In die Mauer geknallt. Fahrer tot. Freund, schwer verletzt. Zwei Leichtverletzte auf der Rückbank.“

Dobler sagte nichts. Schweigend fuhren sie durch Grünstadt, nahmen den Zubringer zu Autobahn. Erst als sie Frankenthal passiert hatten, brach Susanne Dobler das Schweigen.

„So ein Leben kann so verdammt schnell vorbeigehen."

30

Clement hatte die beiden Kommissare zu einer Besprechung um halb zwölf gebeten.

„Warum zitiert Clement uns zu sich?", fragte Lauer, als er und Julian Meißner auf dem Weg zu ihrem Vorgesetzten waren. „Die Morgenbesprechung ist doch noch keine zwei Stunden vorbei."

„Vielleicht gibt es neue Erkenntnisse", vermutete Meißner.

„Meinst du wirklich?"

„Der Polizeipräsident erwartet endlich eine Erfolgsmeldung."

Clement musterte seine Fingerspitzen vor sich auf der Schreibtischplatte.

Penibel aufgeräumt, dachte Lauer, so müsste es bei mir mal aussehen.

„Die Presse sitzt uns im Nacken. Fast zwei Wochen sind seit der Tat vergangen. Und was haben wir zu bieten? Nichts!"

„Wir tun unser Möglichstes“, sagte Meißner. „Wir ermitteln nach allen Seiten. Ohne Motiv …“

„Kein Motiv? Wieso denn? Die Gründe für den Dreifachmord könnten doch in der Familie der Italiener liegen. Das erscheint mir plausibel. Die meisten Motive liegen in den betroffenen Familien. Das lernt jeder Anfänger auf der Polizeischule. Der Polizeipräsident will Erfolge vermelden.“

Lauer schaute zu Meißner. Meißner schaute zu Lauer. Sie waren gleicher Meinung. Das sah Lauer auf den ersten Blick. Unnötige Mühe, auf die Aussagen ihres Vorgesetzten einzugehen.

„Der Bruder. Calogero Russo. Der hat Sie doch im Verhör belogen.“

Als ob das ein Straftatbestand wäre, dachte Lauer.

„Und die Erbstreitereien. Wenn das kein Motiv ist! Mensch, Lauer! Mensch, Meißner! Jetzt wachen Sie doch endlich aus Ihrer Lethargie auf!“

Clement griff in seine Ablagekiste, in der nur ein gehefteter Stapel Blätter lag. Er wedelte mit den Blättern vor Meißner und Lauer hin und her. Wie ein Gymnasiast, der seinem Mathelehrer die Lösungen der Klassenarbeit aus der Tasche geklaut hat.

„Heute Morgen in aller Frühe gekommen. Unsere italienischen Freunde haben sich Mühe gegeben. Ich habe ihnen mächtig Dampf gemacht.“

„Warum haben Sie das nicht vorhin auf der …“, setzte Meißner an.

„Musste noch einige Dokumente übersetzen lassen. Vor 20 Minuten erst habe ich das in die Finger bekommen."

Clement blätterte in den Unterlagen vor und zurück.

„Bewährungsstrafe zu einem Jahr und zwei Monaten, Urteil vom November 2007."

„Uns hat er …", setzte Meißner an.

„Ich weiß, nicht vorbestraft, steht im Protokoll. Russo hat einen Kunden brutal zusammengeschlagen, weil der sich weigerte, die Handwerkerrechnung zu bezahlen. Der Richter attestierte ihm in der Urteilsbegründung eine hohe Unbeherrschtheit und einen Hang zur Gewalt."

Clement blätterte die Unterlagen durch.

„In einem Safe im Schlafzimmer des Hauses in Licata fanden unsere italienischen Kollegen eine Pistole, die nicht registriert ist. Eine Walter P38, Baujahr 1940."

„Wie kommt ein Italiener an diese Wehrmachtspistole?", fragte Lauer.

„Fragen Sie das nicht mich. Fragen Sie Calogero Russo!"

Wieder Blättern, das Lauer langsam auf die Nerven ging.

„Ah, ja, hier. Ein Testament wurde gefunden."

Ist ja auch ziemlich ungewöhnlich, dass man sein Testament im Safe aufbewahrt, dachte Lauer und hatte Appetit auf eine Currywurst. Mit milder Soße dieses Mal.

„Das Testament, das wir in Rheinau gefunden haben, und das Testament aus Licata sind auf den ersten Blick identisch."

Clement machte eine Pause.

„Fast identisch."

Wieder eine Pause. Ein Blick, der von Lauer zu Meißner ging und wieder zurück. Ein Blick, der sich viel Zeit ließ.

„Identisch, bis auf ein winziges Detail."

Clement muss es Spaß machen, dachte Lauer, uns auf die Folter zu spannen. Er schaute zu Meißner. Sie waren sich einig. Sie würden nicht nach dem winzig kleinen Detail fragen. Meißner gähnte. Clement seufzte auf.

„Ein winziges Detail. Im Rheinauer Testament, ich nenne es mal so, obwohl in Italien von einem italienischen Notar beglaubigt, im Rheinauer Testament ist festgelegt, dass die beiden Brüder zusammen mit der Mutter entscheiden, was mit dem Haus in Licata passieren soll. Behalten, verkaufen, alle drei entscheiden. Im Testament von Licata ist festgelegt, jetzt hören Sie gut zu, dass nur der ältere Bruder, der ermordete Gaetano Russo, im Einvernehmen mit der Mutter entscheidet."

„Und welche Version ist jetzt gültig?", fragte Meißner.

„Das ist nicht geklärt."

„Wir sollten mit dem Bruder noch einmal reden", meinte Lauer.

„Reden? Was heißt hier reden? Machen Sie Druck! Meiner Meinung nach ist Calogero Russo hochgradig verdächtig. Sie wissen, was unser Polizeipräsident von uns erwartet. Ich hoffe, ich kann mich auf Sie verlassen."

„Was für ein Chef!", flüsterte Lauer Meißner zu, als sie Clements Büro verließen.

31

www.rhein-neckar-anzeiger.de/ticker/eilmeldung
Mittwoch, 03.04.2013, 16:19 Uhr

Dreifachmord kurz vor Auflösung?
Überraschender Zugriff

Bisher schien es so, als tappte die Polizei beim Rheinauer Dreifachmord nur orientierungslos im Dunkeln. Aktuell gibt es neue Vorgänge zu berichten. Der Bruder des getöteten Familienvaters ist heute Nachmittag verhaftet worden.

Der Fall vom 22. März 2013 hatte für Aufregung in Mannheim und darüber hinaus gesorgt. Ein aus Italien stammender Pizzabäcker, seine Ehefrau und ein deutscher Radfahrer waren auf einem Waldparkplatz im Rheinauer Wald mit Kopfschüssen getötet worden. Die beiden Töchter der Familie überlebten, die ältere Toch-

ter wurde schwer verletzt und konnte bis zum heutigen Tag nicht vernommen werden.

„Wir finden, dass es genügend Belastungselemente gibt, um den Bruder wegen Beteiligung an einem Mordkomplott in Gewahrsam zu nehmen", erklärte Polizeipräsident Faulhaber auf einer Pressekonferenz im Mannheimer Polizeipräsidium. „Wir müssen ihn noch zu einer ganzen Reihe von Details befragen."

Bei dem Festgenommenen handelt es sich um Calogero R., 36 Jahre alt, wohnhaft in Agrigent auf Sizilien. Zurzeit befindet sich der jüngere Bruder des Getöteten in Mannheim und wohnt im Haus der Familie auf der Rheinau. Als Kripobeamte den Italiener zu einem Verhör mitnehmen wollten, seien bei dem Mann die Sicherungen durchgebrannt. Er habe die Tür zugeschlagen und versucht, durch den Garten zu flüchten. Durch das beherzte Eingreifen der Kripobeamten sei die Flucht verhindert worden.

„Wir halten es für durchaus möglich", so Polizeipräsident Faulhaber, „dass das Motiv für das Verbrechen innerhalb der Familie liegen dürfte. Erbstreitereien. Dabei geht es um Immobilien und Geldanlagen in nicht unbeträchtlichem Wert."

Auf Rückfragen über die Höhe des Erbes verwies Faulhaber auf die laufenden Ermittlungen.

„Auf jeden Fall ging der Bluttat eine heftige Auseinandersetzung zwischen den Brüdern voraus. Dieser

Streit schwelte einige Zeit und eskalierte möglicherweise am 22. März auf dem Parkplatz im Rheinauer Wald.“

Der Verhaftete, der wegen Körperverletzung in Italien vorbestraft sei, habe sich zwar zur Tatzeit in Italien aufgehalten. Als Alibi reiche das aber nicht aus. Schließlich gebe es die Möglichkeit einer Auftragstat.

„In diesem Zusammenhang erinnere ich daran, dass der Täter professionell vorging, die Bluttat entschlossen und brutal durchzog. Überlegungen, ob es Verbindungen zum organisierten Verbrechen gibt, sind nicht auszuschließen, sind zum gegenwärtigen Zeitpunkt jedoch eher spekulativ.“

Polizeipräsident Faulhaber hob die gute und unbürokratische Zusammenarbeit mit den italienischen Behörden hervor.

„Ohne diese Unterstützung wären wir nicht so zügig vorangekommen.“

Weiterhin teilte Faulhaber mit, dass dem Beschuldigten auch illegaler Waffenbesitz vorgeworfen wurde, wobei noch nicht geklärt sei, wem die im italienischen Haus der Familie gefundene Pistole zweifelsfrei zuzuordnen sei.

Fragen der anwesenden Journalisten waren nicht zugelassen.

„Aus ermittlungstaktischen Gründen kann ich nicht mehr sagen. Wir werden Sie umgehend informieren, wenn sich neue Sachverhalte ergeben. Ich kann Ihnen

versichern, dass die Mannheimer Polizei alles tun wird, um die Tat umfassend aufzuklären“, schloss der Polizeipräsident die Pressekonferenz.

(AnBi)

Freitag, 5. April 2013

32

„Die Entscheidung des Richters müssen wir akzeptieren, auch wenn ich persönlich dazu tendiere, dass Calogero Russo den Mord an seinem Bruder Gaetano in Auftrag gegeben haben könnte. Richter Bellinger hat gestern Nachmittag um 16:30 Uhr den Vollzug des Haftbefehls außer Kraft gesetzt."

„Müsste der nicht längst im Ruhestand sein?", fragte Lauer Julian Meißner leise.

„Irgendein Verwaltungsgericht hat entschieden, dass die Altersgrenzenregelung für Richter unzulässig ist. EU-Recht, wegen Altersdiskriminierung verboten. Und Bellinger hat sich nun auf dieses Urteil berufen und den Antrag gestellt, länger arbeiten zu dürfen."

Lauer zog den Reißverschluss seiner Weste bis nach oben. Ihn fröstelte, obwohl das Besprechungszimmer gut geheizt war. Der Blick heute Morgen auf das Thermometer vor seinem Küchenfenster. Minus ein Grad. Dieses Jahr fällt der Frühling aus, hatte Lauer gedacht, definitiv.

„Zu unserem Glück hat er eine Kaution festgelegt, 5 000 Euro, lächerlich. Russo darf die Stadt nicht verlassen und muss sich regelmäßig bei der Polizei melden. Das mildert unser Debakel gegenüber der

Presse ein wenig ab. Ich erwarte von Ihnen allen, dass Sie sich mit aller Kraft engagieren und weiteres belastendes Material gegen Calogero Russo finden. Das ist unsere einzige heiße Spur. Wir haben ein Motiv, wir haben einen Verdächtigen. Durchforsten Sie das Leben von Calogero Russo. Es würde mich nicht wundern, wenn wir fündig würden."

Wir durchforsten, dachte Lauer, und Clement wird der Presse gegenüber fündig, tut am Ende so, als habe er den Fall aufgeklärt.

„Ich weiß nicht ...", meldete sich Irene Meyers.

„Was wissen Sie nicht? Drücken Sie sich bitte deutlich aus!"

Lauer empfand Clements Reaktion als unpassend.

„Kollegin Meyers meint", sagte Lauer, „dass die Beweislage gegen Calogero Russo dünn ist."

„Der Fluchtversuch!"

„Er hat in Panik reagiert", sagte Meyers. „Das, was der Verteidiger von Russo beim Haftprüfungstermin ausgesagt hat, klang überzeugend, zumindest Richter Bellinger hat er überzeugt. Und dass der Italiener uns seine Vorstrafe verschwiegen hat, das ist kein Straftatbestand."

„Ich wiederhole mich nur ungern", sagte Clement. „Wir gehen davon aus, dass der Bruder als Täter verdächtig ist, und ich sehe es als selbstverständlich an, dass wir in diese Richtung weiter ermitteln. Schluss der Diskussion. Hat die Befragung des Mädchens was gebracht?"

„Nicht wirklich", sagte Meyers, die am Vortag zusammen mit Meißner im Klinikum mit Allessia Russo gesprochen hatte.

Das zehnjährige Mädchen, das in dem Klinikbett kleiner erschien. Alles weiß. Die Wände, das Deckbett, die Ärztin, die Krankenschwester, die Kissen, der Verband um den Kopf des Mädchens. In den Armen eine rosa Diddl-Maus, die Meyers ihr mitgebracht hatte.

„Wo hast du die denn her?", hatte Meißner nachher gefragt.

„Von meiner Tochter, flog bei uns auf dem Speicher rum."

„Höchstens fünf Minuten."

Wie in einem schlechten Film, dachte Meyers.

„Böser Mann", sagte Allessia. „Böser Mann."

Ob sie ihn gekannt habe? Kopfschütteln.

Ob sie ihn beschreiben könne? Kopfnicken. Schwarz. Schwarze Hose, schwarze Jacke. Schwarzer Helm. Nein, keine Lederhosen. Jeans. Keine Lederjacke. Eine Daunenjacke. Ob sie den Mann kenne? Kopfschütteln. Das Visier. Das Glas vorne am Helm, schob Meißner nach. Durchsichtig? Nein. Dunkel. Und das Motorrad? Gelb. Mit viel Platz zwischen den Reifen und den Schutzblechen.

„Böser Mann."

„Ich muss Sie bitten, jetzt zu gehen."

Als sie aus dem Zimmer gingen, nickten Meißner und Meyers dem Polizeihauptmeister zu, der vor dem Zimmer saß und auf Allessia aufpasste.

„Der Besitzer des Motorrades", fragte Clement, „ist der jetzt endlich vernommen worden?"

„Mit dem konnten wir gestern in seiner Praxis in der Oststadt sprechen", sagte Lauer. „Kardiologe, Gemeinschaftspraxis, war seit letzten Donnerstag bis Mittwochnachmittag auf einem Kardiologenkongress in Madrid, einschließlich einiger Tage Kurzurlaub. Was er gesagt hat, klingt plausibel. Wohnt in Hofheim. Bevor er in seine Praxis fährt, fährt er jeden Morgen am Pflegeheim in der Neckarstadt vorbei und besucht dort seine Mutter."

Als der Kardiologe zum ersten Mal etwas sagte, brauchte Meißner einige Zeit, bis er den Sinn verstand. Der Mann sprach tiefstes Bayrisch. Ein Urviech, beschrieb Meißner später den Arzt Lauer gegenüber. Er habe das Motorrad genau vor dem Eingang abgeschlossen, wie er das immer mache. Als Meißner nachbohrte, ein Motorrad aufbrechen, kurzschließen, in aller Öffentlichkeit, wurde der Mann kleinlaut. Er sei in Eile gewesen, habe an diesem Morgen nicht abgeschlossen.

„Das Motorrad war direkt am Eingang des Pflegeheims abgestellt, wie immer, es sei ausnahmsweise nicht abgeschlossen gewesen, hat der Arzt gesagt. Unvorsichtig, klar, aber es ist, wie es ist. Der Mann befürchtet jetzt, dass die Versicherung für den Totalschaden nicht aufkommt, wenn die herausbekommen, dass es unverschlossen war. Den Helm legt er immer auf den Tank. Ein Kinderspiel, das Motorrad ohne Schlüssel zu starten. Wenn man weiß, wie es geht. Niemand im Heim hat was gesehen. Ich bin hin und habe mich erkundigt."

„Danke", sagte Clement. „Weitere Wortmeldungen zum Dreifachmord?"

Onur Tanaoğlu hob den Arm. Wieder im Land, dachte Lauer, dem der junge Computerspezialist bisher noch nicht aufgefallen war.

„Es geht um den erschossenen Radfahrer. Thomas Vogeler. Meine Kollegen hatten mich gebeten, gelöschte Facebook-Einträge aus dem Datennirwana zu holen. Leider hat es wegen meiner Krankheit ein wenig länger gedauert."

„Und?"

„Der Lehrer hat nicht nur gepostet wie ein Weltmeister, der war auch fix im Löschen. Dabei kann man die gelöschten Beiträge in zwei Schubladen stecken. Schublade eins: verliebte Schülerinnen, die ihrem Lehrer die Liebe gestanden. Zum Beispiel eine Pia: ‚Thommie, ich will ein Kind von dir' oder: ‚Ich möchte mit dir schlafen.' So in die Richtung. Das war unserem Pauker doch zu heiß. ‚Ich liebe dich!' Oder: ‚Für immer und ewig dein.' Solche Postings stufte er als harmlos ein. Schublade zwei: ein Freund von Vogeler. Alle Nachrichten, die dieser Freund an Vogeler geschrieben hat, wurden entfernt. Alles so

Mitte März 2013. Und dieser Freund wurde auch aus der Freundesliste entfernt. Tabula rasa!"

„Inhalt der Nachrichten?", fragte Dobler.

„Verabredungen, Lobhudeleien des Freundes über Vogelers tolles Haus, Unverfängliches, alles jugendfrei. Trotzdem hab ich ein komisches Gefühl. Wenn ihr mich fragt, der Vogeler war ein warmer Bruder."

Sein Sprachgebrauch ist gewöhnungsbedürftig, dachte Lauer, aber der Junge hat gute Arbeit geleistet.

„Niemand fragt Sie nach Ihrer Meinung", sagte Clement und alle Anwesenden wunderten sich über den scharfen Tonfall. „Es genügt, wenn Sie die Fakten vortragen."

„Es ist längst bekannt, dass Vogeler homosexuell war", fügte Lauer hinzu.

„Jawohl, Chef, entschuldigen Sie bitte", sagte Tanaoğlu. Die Anwesenden wunderten sich ein zweites Mal, denn alle hatten erwartet, dass ihr Kollege mit Migrationshintergrund Clements plötzliche Anwandlung in Sachen politischer Korrektheit widersprechen würde.

„Und? Wie heißt dieser Freund? Lassen Sie sich doch nicht jedes Wort aus der Nase ziehen."

„Zwen Fleischer, so lautet sein Facebook-Name."

„Was haben Sie auf Facebook über ihn gefunden?"

„Nichts. Entweder er existiert nicht auf Facebook. Oder sein Account wurde gelöscht."

„Mit Ihren Fähigkeiten konnten Sie doch was drehen."

„Leider nicht. Zaubern kann ich nicht. Die gelöschten Postings von Thommie Birdy …“

„Von wem?“

„Die gelöschten Daten konnte ich nur restaurieren, weil ich den Nutzernamen, Thommie Birdy, und sein Passwort hatte. Über den Bekanntenkreis von Thomas Vogeler dürfte es nicht schwierig sein, an die Identität Fleischers zu kommen.“

„Wir kümmern uns drum“, versprach Lauer und deutete auf Meyers. Keine halbe Stunde später, als sich für Lauer die Möglichkeit bieten würde, dienstlich nach Basel zu reisen und somit seinen Sohn zu treffen, würde er keinen Gedanken mehr an sein Versprechen verschwenden.

Während Susanne Dobler von der Exhumierung in Höningen berichtete, musste Leo Lauer, der die Geschichte schon kannte, an letzten Samstag denken. Der Besuch bei seiner Mutter. Der Apfelkuchen wie immer ein Gedicht. Dann hatte seine Mutter ihn überrascht. Es komme gleich noch Besuch, ihr Freund habe sich angemeldet. Lauer verschluckte sich am Kaffee. Seine Mutter schlug ihm auf den Rücken.

„Du hast dich als Kind immer gern verschluckt, manchmal bist du blau angelaufen“, sagte seine Mutter.

Fünf Minuten vergingen. Dann klingelte es.

„Einen Moment“, sagte sie und verließ das Esszimmer. Keine Minute später kam sie zurück.

„Darf ich vorstellen, Georg Kessler, mein Sohn Leonhard."

Für Lauer, zu dem alle Welt nur Leo oder Lauer sagte, klang das ungewohnt.

„Sagen Sie einfach Georg zu mir", sagte der Mann.

Der Freund machte einen netten Eindruck, Mitte, Ende 70, untersetzt, übergewichtig, höchstens 1, 65 Meter groß, kleiner als Mutter, Vollglatze. Neben seiner Mutter kam er Lauer mit seinem blassen Gesicht verloren vor. Das Gegenteil von Lauers Vater, der mit seinen 1, 90 Metern und den vollen weißen Haaren eine imposante Erscheinung gewesen war. Anders als Vater war Kessler zurückhaltend und redete nicht viel.

„Georg, du nimmst doch auch ein Stück vom Apfelkuchen", sagte Lauers Mutter.

Auch Lauer ließ sich zu einem weiteren Stück überreden. Ab und zu nippte er am Kaffee. Lange Minuten fiel kein Wort.

„Ich werde unser Haus verkaufen", sagte Lauers Mutter schließlich.

Unser Haus, dachte Lauer, nach Vaters Tod war sie die alleinige Besitzerin. Seine Schwester allerdings sah das Haus als ihr Eigentum an.

„Martina ist entsetzt, sie denkt, ich verschleudere ihr Erbe. Mir wächst das alles über den Kopf. Das Haus, die vielen Zimmer, die leer stehen, der große Garten. Ich schaffe das alles nicht mehr. Und eine Polin kommt mir nicht ins Haus."

Seine Mutter machte eine Pause und trank einen Schluck Kaffee.

„Georg und ich, wir haben uns entschieden zusammenzuziehen. In Frankenthal in der Schraderstraße hat ein neues Seniorendomizil eröffnet, betreutes Wohnen, schöne Lage, hervorragende Ausstattung, gute Betreuung. Da werden wir die paar Jahre, die uns noch bleiben, genießen."

„Mutter, so alt bist du noch nicht, und gut geht es dir auch."

„Soll das heißen, du bist dagegen? So wie deine Schwester?"

„Nein, Mutter", sagte Lauer, „im Gegenteil, ich finde das eine tolle Idee. Meinen Segen habt ihr."

Was redete er für einen Schwachsinn?

„Ich würde das auch ohne deinen Segen machen. Es freut mich aber, dass ich deine Unterstützung habe."

„Und mit dem Erlös aus dem Verkauf des Hauses könnt ihr sorgenfrei leben."

„Darauf sind wir nicht angewiesen", sagte Georg Kessler, der bisher kaum ein Wort gesagt hatte.

„Georg ist vermögend", fügte seine Mutter hinzu und holte eine Flasche Sekt aus dem Kühlschrank. Gläser standen bereits auf dem Tisch.

„Eine Bitte habe ich noch."

Lauers Mutter stellte das Sektglas, mit dem sie gerade angestoßen hatte, auf den Tisch zurück.

„Könntest du mit Martina reden und versuchen,

ihr klarzumachen, dass diese Lösung die beste für mich ist, für uns alle?"

„Mach ich", sagte Lauer.

„Ich möchte nicht, dass es Streit gibt in der Familie. Eine Familie muss zusammenstehen. Darauf kommt es an, Leonhard."

Am gleichen Abend noch hatte Lauer, wie versprochen, bei seiner Schwester angerufen und sie für kommenden Sonntag zum Essen eingeladen.

„Natürlich ist auch Hubert eingeladen."

„Der ist verhindert. Außerdem möchte ich alleine mit dir über Mutter sprechen."

Lauer war der Einfall gekommen, mit Martina nach Altleiningen in die *Krone* zu fahren. Dort würde das Gespräch mit ihr eventuell weniger anstrengend verlaufen. So würde er zwei Fliegen mit einer Klappe schlagen.

„Die Ergebnisse der DNA-Analyse aus Höningen erwarten wir stündlich", schloss Dobler ihren Bericht.

„Eines muss ich noch hinzufügen", sagte Christian Gernhardt. „Die Polizei damals hat schlampig gearbeitet."

„Sie sollten vorsichtig sein mit schnellen Verurteilungen, Gernhardt", sagte Clement. „Der zuständige Kollege, ein erfahrener Beamter, ist viele Jahre im Ruhestand und kann sich nicht wehren. Ich bin sicher, dass er nach bestem Wissen und Gewissen ermittelt und seine Gründe gehabt hat, so zu entscheiden, wie er es getan hat."

„Damit hat Kollege Clement sich jeden Kredit bei Clement verscherzt", flüsterte Lauer Julian Meißner zu.

„Aber recht hat er", erwiderte der. „Unerträglich, die Floskeln. Kein Wort davon, dass Clement damals eng mit Schindler zusammengearbeitet hat."

„Wie geht es weiter?", fragte Clement.

„Das hängt von der DNA-Analyse ab", sagte Christian Gernhardt.

Clement blickte in die Runde und war im Begriff, die Besprechung zu beenden, als die Tür aufging und Frau Werner im Türrahmen stand. Sie schaute sich suchend um, nickte, zwängte sich durch die Reihen, flüsterte Susanne Dobler etwas zu und reichte ihr ein Blatt Papier.

„Das Ergebnis der DNA-Analyse. Die exhumierte unbekannte Frau vom Friedhof in Höningen ist Helga Hollmann. Mit 99,9-prozentiger Sicherheit."

„Was heißt das für uns?", fragte Clement.

„Wir werden uns Herrn Hollmann noch einmal vornehmen müssen", sagte Gernhardt. „Der hat sich doch mehr als verdächtig gemacht."

„Gut, das machen Sie und Kollegin Dobler. Damit kommen wir ..."

Irene Meyers streckte den Arm nach oben und wedelte mit den Fingern.

Fehlt nur noch, dass sie mit den Fingern schnippt, dachte Lauer.

„Ich weiß nicht, ob es von Bedeutung ist", sagte die Kommissarin. „Gestern Abend wurden in der Schweiz in der Nähe von Basel drei Menschen ermordet, weitere wurden schwer verletzt. Der Täter wurde von der Polizei überwältigt. Ich bin heute Morgen auf das Verbrechen durch eine Eilmeldung im Internet gestoßen. Was mich stutzig gemacht hat, waren Parallelen zu unserem Dreifachmord. Wie bei uns wurde den Opfern in den Kopf geschossen, jeweils zwei Kugeln in die Stirn. Wie bei uns benutzte der Täter eine alte Waffe, die aus historischen Beständen stammen könnte. Und beim Täterprofil gibt es auch Ähnlichkeiten. Die Behörden gehen davon aus, dass es sich um keinen Profikiller handelt. Und unseren Ansatz, dass es sich um einen psychisch kranken Täter handeln könnte, haben wir nicht aufgegeben, aber auch nie wirklich verfolgt."

„Ist das nicht etwas weit ...", wollte Clement widersprechen, wurde aber von Lauer unterbrochen.

„Das könnte eine wichtige Spur sein. Wir sollten mit den Schweizer Kollegen in Kontakt treten."

„Das können Sie auch telefonisch", sagte Clement.

„Wir sollten den Schweizer Schützen befragen. Informationen aus erster Hand, das ist es, was wir brauchen. Hier treten wir im Moment ohnehin nur auf der Stelle. Ich könnte ohne Probleme fahren. Wenn nötig, hänge ich das Wochenende dran, ohne

Überstunden aufzuschreiben. Kündigen Sie den Schweizer Kollegen doch einfach meinen Besuch an."

„Ich weiß nicht", sagte Clement und dachte an die Spesen, die anfallen würden.

„Ich kann bei Bekannten übernachten", sagte Lauer, der offenbar Clements Gedanken lesen konnte. „Da bleiben die Spesen im Rahmen."

„Vielleicht bringt es uns ja wirklich weiter", sagte Clement und stimmte zu. Dass es sich bei seinem Bekannten um seinen Sohn handelte, verschwieg Lauer.

33

„Wenn Sie so freundlich wären und in meinem Büro warten würden. Ich habe gleich für Sie Zeit."

Dr. Werner Hollmann schien nicht überrascht zu sein, dass die Kriminalpolizei schon wieder bei ihm auf der Matte stand. Er schob den Mundschutz hoch, zog seine Einweghandschuhe straff und verschwand in der Tür mit der Aufschrift „Behandlungszimmer zwei".

Keine fünf Minuten später warf er die Handschuhe in den Müll und streckte Dobler und Gernhardt die Hand entgegen.

„So, das war die letzte Patientin für heute Vormittag. Jetzt habe ich Zeit für Sie. Womit kann ich dienen?"

Der Mann, der letzten Montag seinen imposanten Auftritt hatte, dachte Gernhardt, und der Mann, der uns jetzt gerade gegenübersitzt, können unmöglich ein und dieselbe Person sein.

„Das Ergebnis der Exhumierung liegt uns jetzt vor", sagte Susanne Dobler.

„Und deshalb kommen Sie extra bei mir vorbei?"

Es hatte den Anschein, als sei Werner Hollmann vollkommen unbeteiligt.

„Bei der bislang unbekannten Frau, die vor zwei Tagen auf dem Friedhof in Höningen exhumiert wurde, handelt es sich zweifelsfrei um Ihre Ehefrau Helga Hollmann."

„Ich bin seit über 19 Jahren von ihr geschieden."

„Ist das alles, was Sie uns zu sagen haben?"

„Es ist bedauerlich für Helga, dass sie tot ist. Aber ich habe damit nichts zu tun."

„Ihre Frau wollte Sie verlassen", sagte Dobler. „Die Fehlgeburt Ihrer Frau hat Ihrer Ehe nicht gutgetan. Ihre Frau wollte nichts sehnlicher als ein eigenes Kind. Sie waren eher skeptisch eingestellt. Waren erleichtert, als es zu der Fehlgeburt kam. Sie wollte Sie verlassen, hatte eine eigene Wohnung gefunden. Der Mietvertrag war unterschriftsreif, Ihre Frau hatte einen Teil der Kaution bezahlt. Wir haben den Immobilienmakler ausfindig gemacht und wir haben mit dem Vermieter gesprochen. Der hat uns erzählt, dass er mit Ihnen Kontakt aufgenommen hat, weil er Ihnen die Kaution zurückzahlen wollte. Sie haben abgelehnt."

„Weil Helga keine Wohnung mieten wollte. Weil sie keine Kaution bezahlt hatte. Weil sie mich nicht verlassen wollte. Das sind Hirngespinste. Wir führten eine glückliche Ehe."

„Keine Hirngespinste, Herr Dr. Hollmann. Wir haben sorgfältig ermittelt. Und wir können alles, was ich gerade vorgetragen habe, beweisen und belegen."

„Ich werde nichts mehr sagen."

„Wir bitten Sie, uns ins Polizeipräsidium zu begleiten."

„Und wenn ich mich weigere?"

Hollmann schaute die Kommissarin an. Die sagte nichts.

„Gut, gut, war nicht ernst gemeint. Natürlich komme ich mit. Lassen Sie mich nur kurz meiner Frau Bescheid sagen."

Hollmann drückte auf einen Knopf und nahm den Telefonhörer ab.

„Isolde, würdest du bitte alle Termine für heute Nachmittag absagen? Und gib Frau Dr. Tessier Bescheid, sie soll bitte zum Polizeipräsidium kommen, sofort. Es ist wichtig. Nein, du brauchst dir keine Sorgen zu machen."

Hollmann legte den Hörer zurück, stand auf, zog seinen Arztkittel aus und streifte sich das dunkelblaue Jackett über.

„Bin ich jetzt verhaftet?“, fragte er.

„Sie begleiten uns zu einer Vernehmung“, sagte Christian Gernhardt. „Ich muss Sie darüber belehren, dass wir gegen Sie als Tatverdächtigen ermitteln. Sie stehen im Verdacht, im März 1993 Ihre damalige Ehefrau Helga Hollmann gewalttätig zu Tode gebracht zu haben. Es steht Ihnen frei, sich zu der Beschuldigung zu äußern oder nicht auszusagen. Selbstverständlich können Sie vor der Vernehmung mit Ihrem Verteidiger sprechen.“

„Mit meiner Verteidigerin“, sagte Hollmann und betonte die weibliche Form.

„Sie können zu Ihrer Entlastung Beweiserhebungen beantragen. Sie haben Gelegenheit, die Verdachtsmomente der Ihnen zur Last gelegten Taten zu widerlegen. Sie müssen nichts sagen, was gegen Sie verwendet werden könnte. Sie können auch zu allem schweigen.“

„Gewalttätig zu Tode gebracht“, flüsterte Susanne Dobler Gernhardt zu, als sie Hollmann auf die Rückbank des Dienstmercedes verfrachtet hatten. „Ich wusste nicht, dass du dich so gewählt ausdrücken kannst.“

„Du weißt so vieles nicht von mir“, entgegnete dieser.

„Es wird Zeit, dass ich dich besser kennenlerne“, sagte sie und zog die Beifahrertür zu.

34

Am Mittwochabend gegen 19:30 Uhr fängt er an, seine Schrotflinte in alle Einzelteile zu zerlegen, er reinigt sie und ölt die Metallteile sorgfältig ein. Danach nimmt er sich den Karabiner vor und wiederholt die Prozedur.

Gegen 21 Uhr schaltet er die Lampe vor seiner Haustür ein. Er nimmt die Daunenjacke von der Garderobe, schlüpft in die Winterstiefel und zieht sich die Wollmütze tief in die Stirn. Dann verlässt er sein Haus, die Schrotflinte über der rechten Schulter, den Karabiner über der linken. Die Haustür lässt er offen stehen. Im Flur, im Wohnzimmer und in der Küche brennt Licht. Er geht die Straße hoch, ungefähr 50 Meter. Er öffnet das Hoftor, drückt auf die Klingel. Ein Mal nur. Ganz kurz. Er wartet, den Karabiner hat er von der Schulter genommen und angelegt. Im Flur geht das Licht an. Wenig später geht die Haustür auf.

„Es gibt nichts …“

Mehr kann die Frau, die in der Tür steht, nicht sagen. Er drückt ab. Ein Mal. Ein zweites Mal. Er trifft die Frau genau in die Stirn. Zwei rote Punkte, keinen Zentimeter auseinander. Er steigt über die am Boden liegende Frau, durchquert den Flur, betritt das Wohnzimmer. Der Mann, der gerade dabei ist, die Terrassentür zu öffnen, dreht sich um. Er hebt den Schürhaken, den er in der linken Hand trägt. Es fallen der dritte und der vierte Schuss. Wieder zwei rote Löcher in der Stirn, keinen Zentimeter auseinander. Er tritt zurück in den Flur. Geht den Schreien nach. Steigt die Stiege hoch. Drückt die Türklinke. Verschlossen. Er tritt mit seinen Arbeitsschuhen gegen die Tür. Ein einziger Tritt genügt. Das Holz splittert, die Tür fliegt auf. Die Frau im Rollstuhl streckt ihm beide Arme entgegen.

„Nein, nein", schreit sie.

Er legt an, zielt genau, drückt ab, ein fünftes und ein sechstes Mal. Die Frau schreit nicht mehr. Ihr Kopf fällt nach hinten. In der Stirn zwei Löcher. Er hängt sich den Karabiner wieder um, pustet die Kerze aus, die am Fenster steht, lässt das Licht brennen.

Es ist 21:10 Uhr, als er das Haus verlässt. Am Gartentor zögert er. Schaut zurück, wo er hergekommen ist. Entscheidet sich für die andere Richtung. Weg von den Häusern. Durch die Felder. In den Wald. Im Vorgarten des letzten Hauses steht eine Frau und macht sich an einer Plastik zu schaffen, die im Garten steht. Er kennt die Frau. Sie ist Künstlerin. Jetzt dreht sie sich um. Sieht ihn. Sieht die Waffe. Sie reißt den Mund auf, ein Ton ist nicht zu hören. Er zielt nicht. Schießt einmal. Die Frau bricht lautlos zusammen. In der Haustür erscheint ein Mann.

„Sind Sie verrückt!“, schreit der Mann.

Noch ein Schuss. Der Mann greift sich an die linke Schulter, wird an den Türrahmen geschleudert, rutscht zu Boden. Er hängt sich den Karabiner über die Schulter. Geht weiter. Immer geradeaus.

Eine Frau kommt ihm entgegen. Zwei Hunde rennen um sie herum. Zwei Boxer. Er kennt die Hunde. Kennt die Frau. Die Frau wirft einen Ball an einer Schnur in seine Richtung. Die Hunde jagen los. Er bleibt stehen. Der kleinere der Boxer schnappt dem anderen den Ball weg. Zusammen jagen sie zur Frau zurück. Die Frau sieht ihn. Sieht den Karabiner, den er von der Schulter nimmt. Die Frau verlässt die Straße. Rennt über die Wiese. Stolpert. Fällt hin. Rappelt sich auf. Verschwindet im Wald. Mit ihr die Hunde. Er geht weiter. Als er kurz darauf an die Stelle kommt, wo die Frau verschwunden ist, läuft einer der Boxer auf ihn zu. Kläfft ihn an. Wieder schießt er, ohne genau zu zielen. Das Kläffen hört auf. Er geht weiter. Immer geradeaus. Hinein in die Dunkelheit. Im Rücken die Lichter Prattelns. Er merkt nicht, wo der Wald anfängt. Hört nicht die Polizeisirenen. Hört nicht das Quietschen der Reifen. Hört nicht die Schreie der Polizisten. Er spürt nicht die Kugel, die ihn trifft. Er geht weiter, einige Schritte noch. Greift sich an die Brust. Wundert sich, woher das Blut an seiner Hand kommt. Es wird um ihn herum schwarz.

35

Lauer fuhr von der Besprechung direkt nach Hause auf die Rheinau in die Mutterstadter Straße, packte sich Unterwäsche und seine Toilettentasche ein und fuhr auf die Autobahn, Richtung Basel. Wie immer war der Verkehr um Karlsruhe herum heftig, sodass er vier Stunden brauchte. Zum Glück hatte er seinen Sohn Fabian unterwegs erreicht. Der war überrascht von ihm zu hören, noch überraschter von dem baldigen Treffen, hatte jedoch nichts dagegen. Und Fabian wies ihn darauf hin, dass Pratteln zu Basel-Land gehörte und die Kantonspolizei Basel-Landschaft, so der offizielle Name, ihren Sitz in Liestal hatte, einige Kilometer von Pratteln entfernt. Ohne Fabians Hinweis wäre Lauer im Spiegelhof in Basel vorgefahren, bei der dortigen Kantonspolizei Basel-Stadt. Die Einsatzzentrale in der Rheinstraße in Liestal fand sein Navi auf Anhieb. An der Pforte der Kantonspolizei wurde ihm eröffnet, dass für Rechtshilfeersuchen die Staatsanwaltschaft des Kantons Basel-Landschaft zuständig sei.

Wo er die finde, hatte Lauer gefragt.

In der Grenzacherstrasse in Muttenz. Auch damit hatte sein Navi keine Probleme gehabt.

„Und Sie meinen, bei unserem Prattelner Dreifachmörder Hinweise zu Ihrem Dreifachmörder zu finden?"

Die Staatsanwältin, die Lauer gegenübersaß und ihm gerade den Ablauf des Verbrechens geschildert hatte, lächelte ihn an. Ihr Blick war offen, nicht ohne eine Spur von Ironie, die Lauer nicht entging. Ihm war unwohl zumute. Seine Mission, wie Clement den Ausflug in die Schweiz genannt hatte, kam ihm auf einmal lächerlich vor. Margit Zutter-Bertschy, so hatte sie sich vorgestellt, war etwa 50 Jahre alt, etwas kleiner als Lauer, hatte kurze braune Haare, war ungeschminkt und geradeheraus. Gleich zu Beginn des Gesprächs hatte sie Lauer mitgeteilt, dass aus Mannheim bereits ein Fax gekommen sei.

„Am besten zeige ich Ihnen als Nächstes den Tatort", sagte sie und Lauer gefiel die tiefe Stimme der Staatsanwältin. Als er in ihren Wagen stieg, fiel ihm Zwen Fleischer ein, Thomas Vogelers Freund. Er hatte auf der Besprechung am Morgen gesagt, er werde sich darum kümmern. In der Hektik seines Aufbruchs hatte er es vergessen. Kurz überlegte er, ob er Irene Meyers anrufen sollte. Er ließ es bleiben.

Hat Zeit bis Montag, sagte er sich.

Sie kamen an der Primarschule im Erliweg vorbei und bogen nach rechts ab. In der Kurve nach der Schule sah Lauer einen silbernen Audi vor einer Doppelhaushälfte mit dem Kennzeichen MA-FB. Überall machen sich Mannheimer breit, dachte Lauer. Selbst in der Nähe eines schrecklichen Tatortes. Die Straße vor dem Haus des Täters war abgesperrt. Ebenso das Haus der Opfer. Unzählige Grableuchten, Blumen, Gestecke, Kerzen, Karten lagen auf dem Trottoir vor dem Haus. Ein Streifenpolizist sorgte dafür, dass niemand in den Vorgarten eindrang. Lauer sah, wie eine Frau das Mikrofon eines Journalisten wegschob, so wie man eine Fliege verscheucht.

„Von mir werden Sie nichts hören", hörte er aus dem Autofenster.

Niemand nahm Notiz von der Staatsanwältin und dem Kommissar aus Mannheim, als sie das Auto verließen und das Haus betraten, in dem der Todesschütze vor nicht einmal zwei Tagen drei Menschen getötet hatte.

„Wie die Stimmung hier ist? Die Leute stehen unter Schock, fragen sich, warum so etwas passieren konnte. Die Leute sind überrascht von der Geschwindigkeit, mit der sich die Nachricht der Tat verbreitete. Das riesige Medienaufgebot gestern. Das ist man hier nicht gewohnt. Aber heute ist der Spuk, wie Sie sehen, ja schon so gut wie vorbei."

Sie gingen zurück zum Auto. Im Schritttempo fuhr die Staatsanwältin den Schotterweg am Ende der Siedlung entlang. Links Häuser. Rechts Wald.

„Hundesport Pratteln".

Lauers Blick fiel auf das Hinweisschild.

„Hier ging er lang. Langsam. Schritt für Schritt. Immer geradeaus."

Sie kamen in den Wald. Sahen in einiger Entfernung das rot-weiße Absperrband.

„Polizei – Sperrzone", las Lauer. Und: „Police – Zone interdite."

„An dieser Stelle hat die Polizei den Täter gestellt", sagte Zutter-Bertschy.

In einigen Metern Entfernung stand eine Frau mit zwei Boxern. Der eine Boxer hatte einen Verband um das linke Hinterbein.

Ein Mikrofon wurde der Hundebesitzerin entgegengestreckt. Der Reporter, der weiter unten eine Abfuhr bekommen hatte.

„Ich kann es nur schwer begreifen", schnappte Lauer auf. „Ich hätte sterben können. Beim Spazierengehen mit meinen Hunden. Trixie hat so unglaubliches Glück gehabt. Nur ein Streifschuss."

Die Staatsanwältin hob das Absperrband hoch. Sofort kam der Reporter, der gerade die Boxerfrau interviewte, gelaufen. Zutter-Bertschy winkte ab. Prompt machte der Medienvertreter kehrt.

„Entfernt hörte ich etwas, das wie Knallkörper klang. Am Anfang dachte ich, dass sich hier Jugendliche einen Scherz erlaubten."

Ein seltsamer Scherz, dachte Lauer.

„Natürlich kenne ich den Täter. Genauso wie die Opfer. Ich hätte niemals geglaubt, dass er zu so etwas fähig wäre."

Die Staatsanwältin deutete auf den dunklen Fleck im Gras.

„Er wurde im Brustkorb angeschossen, schwer verletzt. Er ist außer Lebensgefahr. Aber noch nicht vernehmungsfähig. Eine Befragung, wie in dem Ersuchen Ihrer Dienststelle gewünscht, ist im Moment nicht möglich."

Sie gingen zum Weg zurück.

„Die Polizei ist schnell gekommen. Auf einem Feld bewegten sich die Silhouetten von mindestens zehn Personen. Sie trugen schwarze Mützen und den Schriftzug POLIZEI auf dem Rücken. Der bekam Geld fürs Nichtstun. Der war kerngesund und hätte problemlos arbeiten können."

Auf Lauer machte es den Eindruck, als spreche die Frau mit den Boxern ohne Punkt und Komma in das Mikrofon und springe von einem Thema zum anderen. Die ganze Zeit über hatte er noch keine Frage des Reporters gehört.

„Wir müssen trotz allem das Lachen wieder finden. Das Leben geht weiter."

Der Reporter schüttelte jetzt der Frau mit den Boxern die Hand. Die Aufnahme war anscheinend beendet.

„Es gibt Parallelen", sagte Lauer, „die Tatwaffen, in beiden Fällen Waffen, die 60 Jahre und älter waren. Die Art der Tötung. Gezielte Schüsse in die Stirn, jeweils zwei Schüsse. Und dass der Täter kein professioneller Killer war. Die Möglichkeit eines psychisch gestörten Einzeltäters haben wir in Mannheim auch als eine Möglichkeit gesehen. Wir müssen jeder Spur nachgehen, Frau Zutter-Bertschy."

Lauer hätte zu gerne gewusst, was die Staatsanwältin über ihn dachte.

„Wie gesagt, eine Befragung ist zum gegenwärtigen Zeitpunkt nicht möglich."

„Erzählen Sie mir mehr über den Täter, über die Motive, über den Ablauf. Dann ist eine Befragung vielleicht nicht mehr nötig."

Urs Hedinger, 33 Jahre alt, alleinstehend, wohnhaft im früheren Elternhaus. Als er 18 war, ließen sich die Eltern scheiden, Hedinger blieb in Pratteln. Lebte von der IV.

Die meint jetzt aber nicht Hartz IV, dachte Lauer.

Er fühlte sich vom Militär angezogen, wie mehrere Bekannte berichteten. Ein ehemaliger Schulfreund, der ihn vor einigen Jahren besucht hatte, schildert ihn als Waffennarr, der in einem Schrank diverse Waffen gelagert habe, Messer, Gewehre, Pistolen. Hedinger soll eine Mischung aus Rambo und Pfadfinder gewesen sein. Es wird erzählt, dass Hedinger nach der Rekrutenschule gerne weitergemacht hätte, aber nicht befördert worden sei. Anschließend habe er versucht, ins Schweizerische Grenzwachtkorps aufgenommen zu werden; erfolglos. Vielleicht haben ihn diese Misserfolge gebrochen. 2005 war er für einige Monate in der Psychiatrie untergebracht. In der Zeit fand die Polizei zwei Waffen in seinem Haus, die beschlagnahmt und zerstört wurden. Groß straffällig geworden war der Mann zuvor nicht, der Polizei ist er nur wegen Marihuanakonsums bekannt. Hedinger stand unter der Vormundschaft seines Onkels. Belegt ist eine Aussage des Onkels, die er bei der Kantonspolizei in Liestal vor drei Jahren gemacht hatte, nachdem es zu einer Anzeige gegen Urs Hedinger wegen Ruhestörung gekommen war.

„Helfen können meine Frau und ich ihm nicht. Er will sich alleine durchschlagen und duldet nicht, dass wir ihm dreinreden", hatte der Mann zu Protokoll gegeben. Der Schütze besaß zwei Karabiner, eine Jagdflinte, eine Schrotflinte, eine Luftpistole sowie eine Schreckschusspistole. Bei ihm wurden mehrere Dutzend Patronen, Ladebänder für Maschinengewehre, Dolche und Bajonette gefunden. Bei seiner Tat hatte er einen der Karabiner und die Schrotflinte dabei. Geschossen hat er nur mit dem Karabiner. Neun Schuss gab er ab. Nachbarn haben berichtet, Hedinger habe nach einem Streit mit seinem Onkel auf Kriegsfuß gestanden. Der, ein ehemaliger Politiker, soll versucht haben, seinen Neffen zur Vernunft zu bringen, ohne Erfolg. Bei den Opfern handelt es sich um den 62 Jahre alten Onkel, dessen 60-jährige Ehefrau und die Mutter des Onkels, 94 Jahre alt. Eine 54-jährige Künstlerin aus der Nachbarschaft liegt mit einem Steckschuss im Oberschenkel im

Universitätsspital in Basel. Ihr 38-jähriger Lebensgefährte wurde in die Schulter getroffen, hat viel Blut verloren, sein Zustand ist stabil.

„Hedinger war mit allen Getöteten verwandt", schloss Zutter-Bertschy ihre Zusammenfassung. „Der Hintergrund der Bluttat, der Tagesablauf des Schützen und die Beziehung zu seinem Umfeld und zu den Opfern werden weiter abgeklärt. Dazu führt die Kantonspolizei weitere Befragungen durch. Wirklich weiter werden wir nur kommen, wenn wir Hedinger selbst befragen können. Gegen den Schützen wird eine Untersuchung wegen Mordes, Totschlags, Gefährdung des Lebens anderer sowie wegen schwerer Körperverletzung eröffnet. Ich habe ein psychiatrisches Gutachten über den 33-jährigen Hedinger in Auftrag gegeben, das in den nächsten Wochen erstellt wird. Ich kann Sie gerne darüber informieren, wenn Sie das wünschen, Herr Hauptkommissar."

„Gerne, Frau Kollegin", sagte Lauer. „Frau Staatsanwältin", verbesserte er sich.

„Jetzt wird es eine neue Diskussion über das Waffenrecht geben", sagte die Staatsanwältin und Lauer konnte aus ihren Worten nicht erkennen, ob sie das gut oder schlecht fand. „Sie kennen unsere Mentalität. Der Schweizer Mann nimmt nach dem Militärdienst seine Waffe mit nach Hause."

Lauer bewegte den Kopf von links nach rechts und wieder zurück.

„Es ist noch nicht geklärt, woher die Waffen und die Munition des Täters stammen."

Zutter-Bertschy stand auf, ging zum Fenster und blieb dort stehen.

„Sie haben umsonst den langen Weg hierher auf sich genommen", sagte sie zu Lauer, ihm den Rücken zudrehend. „Das alles hätte ich Ihnen bequem am Telefon erzählen oder per Email schicken können."

„Dann hätte ich nicht Ihre Bekanntschaft gemacht."

Was ist nur in mich gefahren, fragte sich Lauer.

Die Staatsanwältin drehte sich um.

„Am Ende laden Sie mich noch zum Essen ein."

„Warum nicht?"

„Ich weiß nicht, ob mein Mann darüber begeistert sein wird."

Lauer hatte einen klaren Moment. Fabian fiel ihm ein, in wenigen Stunden wollte er sich mit seinem Sohn und Theresa, Fabians Frau, in Magden treffen, Theresas Mutter hatte vorgeschlagen, für alle zu kochen. Ich wäre ganz schön in der Zwickmühle, dachte er, wenn die Staatsanwältin zugesagt hätte.

„Schade", sagte er schnell. „Ihren Mann will ich nicht verärgern."

„Sie fahren gleich zurück nach Mannheim?", fragte die Staatsanwältin.

„Nein", sagte Lauer, „ich treffe mich noch mit meinem Sohn, er lebt hier in der Schweiz."

„Ich verstehe", sagte Frau Zutter-Bertschy und gab Lauer die Hand.

36

Frau Dr. Karlotta Tessier. Christian Gernhardt hatte einiges gehört über sie, aber er hatte noch nicht das Vergnügen gehabt, einen Auftritt von ihr zu erleben. Groß und schlank. High Heels, schwarze Nylonstrümpfe. Darüber ein rotes, knielanges Kleid. Ein schwarzer Mantel, bis zu den Knöcheln reichend, vorne offen. Lange schwarze Haare. Das Kinn hochgereckt. Und Lippen im Farbton des Kleides. Das Gesicht mit hellem Make-up geschminkt. So stand sie an der schmiedeeisernen Eingangstür in L 6 und wartete, als Gernhardt und Dobler mit Hollmann vorfuhren.

„Die Kollegen haben nicht zu viel versprochen", sagte Gernhardt.

„Sag bloß, die gefällt dir?"

Die Begrüßung zwischen dem Zahnarzt und der Rechtsanwältin.

„Ich danke Ihnen, dass Sie sich so schnell Zeit nehmen konnten, Frau Dr. Tessier."

„Für Sie doch immer, Herr Dr. Hollmann."

Schon beim ersten Wort, das die Rechtsanwältin sagte, wusste Gernhardt, dass er keine halbe Stunde allein mit dieser Frau in einem Zimmer würde verbringen können.

„Ich bin gespannt, was Sie gegen meinen Mandanten vorbringen."

„Das werden Sie gleich erfahren“, sagte Susanne Dobler.

Christian Gernhardt wiederholte seine Belehrung, die er in der Praxis vorgetragen hatte, lang und breit und so ausführlich, dass seine Kollegin ein Gähnen unterdrücken musste. Er hatte die Hände wie zum Gebet gefaltet und Dobler kam es vor, als sei er Pfarrer beim Abendmahl. Als er zum dritten Mal darauf hinwies, dass Hollmann als Beschuldigter das Recht habe, die Aussage zu verweigern, unterbrach ihn die Rechtsanwältin.

„Ich gebe es Ihnen gerne schriftlich, dass Sie meinen Mandanten ordnungsgemäß über seine Rechte und Pflichten belehrt haben. Bitte, fangen Sie mit der Vernehmung an. Mein Mandant und ich haben nicht alle Zeit der Welt.“

Das Gespräch ging so weiter, wie es in Hollmanns Praxis geendet hatte. Nein, seine Frau habe sich nicht trennen wollen. Nein, sie habe keine andere Wohnung gemietet. Nein, sie habe keine Kaution gezahlt. Der Vermieter müsse sie mit jemand anderem verwechseln. Doch, er und seine Frau hätten eine harmonische Ehe geführt. Die Freundin seiner Ex-Frau habe ihn noch nie leiden können. Sie wolle ihm eins auswischen. Nach dem Verschwinden seiner Ex-Frau habe sie versucht, sich an ihn ranzuschmeißen, er habe sie abblitzen lassen. Das sei jetzt die Retourkutsche. Dobler legte Gernhardt, der bisher die Vernehmung geführt hatte, die Hand kurz auf den Arm. Gernhardt schaute zu Dobler, die neben ihm saß. Er sah, wie sie Hollmann direkt in die Augen schaute. Der hielt dem Blick nur zwei, drei Sekunden stand, dann blickte er vor sich auf den Tisch im Vernehmungszimmer.

„Herr Hollmann, geht Ihnen der Tod Ihrer ehemaligen Frau nicht nah?"

Hollmann schaute hoch, schaute jetzt der Kommissarin in die Augen und wendete seinen Blick nicht ab. Sie holte einen Umschlag aus dem Aktenordner, der vor ihr lag. Wortlos breitete sie vier Fotos vor Hollmann aus. Die Fotos, die sie vom früheren Totengräber in Höningen erhalten hatte. Hollmann fixierte die Bilder. Seine Gesichtsfarbe veränderte sich. Das gesunde Braun schien weiß unterlegt zu sein. Jetzt sehen sich die Tessier und der Hollmann ähnlich, dachte Gernhardt, zumindest was die Gesichtsfarbe angeht. Mehrere Schweißperlen erschienen auf Hollmanns Stirn, obwohl das Vernehmungszimmer alles andere als gut geheizt war.

„Ich bitte, die Vernehmung zu unterbrechen", sagte die Rechtsanwältin, die mitbekommen hatte, wie Hollmann sich in den letzten Sekunden verändert hatte. „Ich muss mich mit meinem Mandanten beraten. Umfassend. Würden Sie uns bitte allein lassen?"

„Umfassend", äffte Susanne Dobler Dr. Karlotta Tessier nach und trank den Kaffee, den sie von Frau Werner besorgt hatte. Der schmeckte tausendmal besser als das Gebräu aus dem Automaten im Flur.

„‚Würden Sie uns bitte allein lassen?' Schrecklich. Absolut schrecklich! Christian was findest du an der Frau?"

„Ich?"

„Gib doch zu, du bist beeindruckt."

„Wie kommst du drauf?"

„Die Kollegen haben nicht zu viel versprochen, deine Worte."

„Das hab ich doch nicht ernst gemeint, Susanne. Ich finde die Frau schrecklich. Und erst die Stimme. Deine Stimme ist viel erotischer."

„Wie ist meine Stimme? Ich habe gerade nicht verstanden, was du gesagt hast."

45 Minuten später war den beiden Kommissaren das Herumalbern vergangen. Noch immer berieten sich Hollmann und Tessier im Vernehmungszimmer. Umfassend, in der Tat. Zu einem Ende waren sie selbst nach einer geschlagenen Stunde nicht gekommen. Nach einer Stunde und elf Minuten ging die Tür endlich auf. Frau Dr. Tessier trat auf den Flur.

„Mein Mandant möchte eine umfassende Aussage machen."

Alles ist umfassend, dachte Dobler, was diese Frau anpackt.

„Er ist nicht in der Lage, selbst zu sprechen. Ich habe sein Geständnis aufgeschrieben und werde es vortragen.

„Ein Geständnis!“, sagten Dobler und Gernhardt aus einem Mund.

„Mein Mandant Dr. Werner Hollmann gibt zu Protokoll, dass die Fehlgeburt die Beziehung zu seiner damaligen Frau Helga Hollmann belastete. Mein Mandant legt Wert auf die Feststellung, dass er nicht begeistert war von der Schwangerschaft, aber sie akzeptiert hatte. Am 31. März 1993 eröffnete ihm seine Frau, dass sie sich von ihm trennen werde. Eine Wohnung sei bereits angemietet. Für meinen Mandanten kam das überraschend. Er war die ganze Zeit über davon überzeugt, dass sich alles wieder einrenken würde.

Mein Mandant und seine damalige Ehefrau saßen in der Küche. Ein Wort gab das andere. Frau Hollmann stieß meinen Mandanten weg, er schlug mit dem Kopf auf die Kante der Arbeitsplatte. Mein Mandant erinnert sich an das Fleischermesser, das dort lag. Er erinnert sich daran, nach dem Messer gegriffen zu haben.

Was dann passierte, daran hat mein Mandant keinerlei Erinnerung. Das Nächste, woran er sich erinnert, ist dieses Bild, das sich in sein Gedächtnis eingegraben hat. Das Bild, das er jeden Tag vor sich sieht, das Bild, das ihn im Schlaf verfolgt. Auch nach so vielen Jahren. Seine damalige Frau auf dem Küchenboden. Blut. Wer hatte das seiner Frau angetan? Er kann sich an nichts erinnern. Mein Mandant gibt zu Protokoll, dass er keinerlei Erinnerung hat, wie er die Leiche seiner Frau fortgeschafft hat. Dass er zur Polizei ging und seine Frau als vermisst meldete, daran erinnert er sich wieder. Alles Weitere wissen Sie. Mein Mandant gibt zu Protokoll, dass er seine Frau nicht vorsätzlich und geplant getötet hat."

Minutenlang herrschte Schweigen im Vernehmungszimmer. Dobler war hin- und hergerissen von dem, was die Rechtsanwältin vorgetragen hatte. Man könnte Mitleid bekommen mit diesem Mann, der da vor ihnen saß, in sich zusammengesunken, ein gebrochener Mann. Werner Hollmann, mehr Opfer als Täter? Aber sie hatte das Gefühl, dass jedes Wort sorgfältig gewählt war, dass hinter jeder Formulierung, hinter jedem Satz Berechnung steckte.

„Dr. Werner Hollmann, ich verhafte Sie vorläufig, weil Sie in Verdacht stehen Ihre damalige Ehefrau Helga Hollmann getötet zu haben."

„Ich werde umgehend einen Haftprüfungstermin für meinen Mandanten beantragen", sagte Karlotta Tessier.

„Jetzt ist erst einmal Wochenende."

Gernhardt hatte die Worte eher an seine Kollegin gerichtet.

„Auch an einem Wochenende muss ein Richter für

einen Haftprüfungstermin zur Verfügung stehen", sagte die Rechtsanwältin und verließ das Zimmer.

„Wie ein Rauscheengel", sagte Gernhardt, als Hollmann längst abgeführt war und Dobler und er sich immer noch im Vernehmungszimmer gegenübersaßen.

„Wie ein Racheengel", verbesserte sie ihren Kollegen. „Für mich hat der seine Frau kaltblütig ermordet", fügte sie hinzu.

„Uns fragt niemand", entgegnete ihr Gernhardt.

Sonntag, 7. April 2013

37

Er würde Großvater werden. Dabei war er nie richtig Vater gewesen. Lauer wischte sich den Milchschaum ab und winkte Erkan. Der Kioskbesitzer kam in den Glasanbau.

„Nicht doch ein Einerli vom Hauswein?"

Lauer schüttelte den Kopf.

„Eine Apfelsaftschorle, groß."

Lauer hatte Angst gehabt vor dem Treffen mit Fabian, dabei war alles so unproblematisch verlaufen. Harmonisch, dachte er. Dass er einen Sohn hatte, hatte er erfahren, als der ein Jahr alt war. Von Fabians Mutter hatte er sich lange vor der Geburt getrennt, ja, nicht einmal gewusst, dass sie schwanger war. Nach dem Lehramtsstudium hatte Fabian alles hingeworfen, war eine Zeit lang durch Australien getrampt und hatte sich mit Jobs über Wasser gehalten. Dort hatte er Theresa kennengelernt, war mit ihr vor zweieinhalb Jahren in die Schweiz gezogen und in den Familienbetrieb, Schafszucht und Vermarktung, eingestiegen. Letztes Jahr hatten Fabian und Theresa geheiratet.

Abends beim Essen in Magden, Regula Ruefli, Theresas Mutter, hatte einen himmlischen Heidschnuckenbraten zubereitet, teilte Fabian ihm mit, dass Theresa schwanger sei, vierter Monat, Geburtstermin Ende September, der 27., um genau zu sein. Ein Mädchen. Lauer sagte nichts, dann hob er sein Glas. Erst jetzt fiel ihm auf, dass Theresa keinen Sekt trank.

„Wie soll es heißen?", fragte er.

„Das wissen wir noch nicht", antwortete Theresa. „Wir schwanken zwischen Emilia und Sophia."

„Beide Namen sind schön", sagte Lauer und musste an die kleine Emely denken.

„Danke, Leo, du bist wie immer eine große Hilfe", sagte Fabian und lachte dabei.

Regula und Sybille, Fabians Mutter, sollten Patinnen sein. Nein, Lauer hatte nichts dagegen.

„Da bin ich erleichtert. Ich hatte mir Sorgen gemacht."

Lauer fragte nicht nach, was er damit meinte.

„Darüber hatte ich mit dir in Mannheim reden wollen. Als du mich versetzt hast", fügte Fabian hinzu. „Unter anderem."

Nach dem Dessert, sie saßen auf der Terrasse und tranken den Espresso, sagte Fabian zu Lauer: „Komm mit, ich zeige dir die Heidschnucken."

Niemand folgte ihnen, das hatte Lauer erst bemerkt, als sie sich auf der Wiese gegenüberstanden.

„Ich mache mir Sorgen", fing Fabian an. Lauer hörte schweigend zu, widersprach nicht, als Fabian sagte, sein Vater komme ihm vereinsamt vor, ohne richtige Familie, ohne richtiges Zuhause, ohne Frau an seiner Seite. Lauer kam die Formulierung konservativ vor, aber Fabian hatte recht.

„Du endest als Einsiedler."

Lauer protestierte nicht. Fabians Worte klangen nicht vorwurfsvoll, eher mitfühlend und besorgt.

Lauer war am nächsten Tag beim Anstieg auf die Rigi ins Schwitzen gekommen, während Fabian und Theresa die Strapazen leichtfüßig gemeistert hatten.

„Die Rigi, die Königin der Berge", hatte Theresa auf dem Gipfel gesagt und mit den Armen weit ausgeholt.

Der Fendant, der Schinkenspeck und der Käse in dem Ausflugslokal am Fuße der Rigi hatten Lauer nach dem Abstieg mehr als entschädigt. Am Sonntagmorgen, kurz nach dem Frühstück, brach er auf. Um 16 Uhr, so hatte er es seiner Schwester versprochen, würde er sie abholen. In Basel entschloss er sich, einen Abstecher in den Kannenfeldpark zu machen. Der Kiosk mit Glasanbau. Nach einem Besuch bei Fabian und Theresa im November 2010 hatte er hier gesessen, zufällig die Bekanntschaft mit einem pensionierten Basler Kommissär gemacht und mit ihm etliche Gläser Hausmarke weiß getrunken.

Nichts hatte sich verändert. Die Einrichtung des Glasbaus war immer noch zusammengestoppelt. Es gab keine zwei Stühle, die zusammenpassten. Unikate aus dem Sperrmüll. Wie beim letzten Besuch hier kam sich Lauer wie in einem Aquarium vor. Das ganze Wochenende über war ihm Margit Zutter-Bertschy nicht aus dem Kopf gegangen. Warum hatte er nicht versucht, noch einmal Kontakt mit ihr aufzunehmen? Er trank die Schorle leer und winkte Erkan. Es war kurz nach zehn, Zeit loszufahren. Eine Hand legte sich auf seine Schulter.

„Der Kommissar aus Mannheim, was trinkst du denn für eine Lüürlibrüe?"

Lauer kannte die Stimme, es dauerte einige Zeit, bis er sie zuordnen konnte. Der pensionierte Kommissär, mit dem er beim letzten Mal zusammengesessen hatte, der ihm unbewusst einen Tipp gegeben hatte. Peter. Den Nachnamen hatte Lauer nicht verstanden. Der erstochene Ruander in der Sankt-Peter-und-Paul-Kirche in Feudenheim. Die einzeln gebrochenen Finger des Ruanders.

„Vielleicht wollte der Mörder das Opfer bestrafen", hatte der Kommissär gesagt.

„Bist du wieder zu Besuch bei deinem Sohn?"

„Ja und nein", sagte Lauer und erzählte von seinem Zusammentreffen mit der Staatsanwältin.

„Ein heißer Feger, Leo Lauer", schnalzte der Kommissär mit der Zunge. „Die begehrteste Junggesellin bei der Schweizer Polizei."

Der Kommissär hatte sich seinen Namen gemerkt.

„Sie ist nicht verheiratet?"

„Wo denkst du hin. Hat sie dir den Bären aufgebunden? Das macht sie immer bei Männern, auf die sie steht. Ein Test."

„Bei dir auch?"

„Bei mir doch nicht. Ich bin nicht ihr Typ. Zu alt. Viel zu alt. Und außerdem bin ich in festen Händen."

Lauer wechselte das Thema und erzählte vom Mordfall, an dem sie sich in Mannheim gerade die Zähne ausbissen. Erzählte vom Tatort, dass es offensichtlich ein Anschlag auf die Familie des Pizzabäckers war. Vielleicht, das komme ihm nach der Tat von Pratteln nicht mehr so abwegig vor, das Verbrechen eines psychisch gestörten Täters.

„Wir sagen uns dauernd, dass wir keine voreiligen Schlüsse ziehen dürfen. Das hat dazu geführt, dass wir uns nicht verbissen haben in den Fall, dass wir unbeteiligt geblieben sind, wie wenn wir alle neben uns stehen würden."

Die Gedanken sprudelten aus Lauer nur so heraus, Gedanken, die er vorher nicht einmal gedacht hatte.

„Zwei Tschumpäli Fendant", rief der pensionierte Kommissär Erkan zu.

„Ich muss noch fahren", winkte Lauer ab.

„Die Pfütze zählt nicht."

Das dritte Dezilitergläschen hatte Lauer nicht ausgetrunken. Als er hinter der Grenze war, spukten die Worte des alten Kommissärs durch seinen Kopf. Und noch immer konnte er sich keinen Reim darauf machen, was der ihm alles hatte sagen wollen.

„Nichts ist, wie es scheint."

Okay, das war verständlich, aber was hieß das in ihrem konkreten Fall? Hieß es überhaupt etwas?

„Und wenn es gerade andersherum ist? Wenn die Hölle über uns, der Himmel unter uns ist?"

Was, wenn der alte Kommissär nicht mehr zurechnungsfähig ist?, fragte sich Lauer.

„Die Wahrheit ist ein schwarzer Hund, der uns verfolgt, abschütteln kannst du ihn nicht."

Lauer sah immer nur Hankes Riesenschnauzer vor sich, von dem Kollegin Dobler erzählt hatte.

„Du musst dich von der heilen Welt verabschieden und dem Monster ins Auge schauen."

Lauer war ratlos.

„Es geht immer so weiter? Egal, was passiert? Nein, irgendwann geht nichts mehr."

Passte das nicht auf alles Mögliche?

„Du musst den ganzen Ballast abwerfen. Musst alles infrage stellen. Bei null anfangen. Nur so kommst du weiter."

Damit konnte ein Leo Lauer etwas anfangen.

„Es ist erfrischend, sich um Pflanzen kümmern zu können. Nur um Pflanzen. Mal das ganze Sozialgetue vergessen!"

Bevor Lauer sich verabschiedet hatte, hatte er sich vom Kommissär die Adresse seines Häuschens im Elsass geben lassen.

„Ich schaue vorbei, Peter", hatte er zum Abschied gesagt, und er hatte es so gemeint. „Versprochen!"

38

Was hatte er sich für Gedanken gemacht, Angst vor der Reaktion seiner Schwester gehabt, Angst vor ihrem Ausflippen, weil Mutter das Familienerbe verschleudere, ihr aufgeregtes Gerede, ihre Stimme, die mit jedem Wort lauter wurde, schneller, kaum zu verstehen. Nichts von alldem war passiert.

Mit 20 Minuten Verspätung war er vor ihrem Haus vorgefahren. Kein Wort des Vorwurfs von Martina. Die Rückfahrt von Basel war flott gegangen, wenig Verkehr, kein Wunder, sonntags verstopften keine Lkws die rechte Spur. Dann war Lauer, der sich nur kurz ausspannen wollte, auf dem Bett eingenickt. Sie waren kaum auf die Autobahn gefahren, als seine Schwester den Satz sagte, der Lauer dazu brachte, auf die Bremse zu steigen und der ihm ein Hupkonzert seines Hintermannes einbrachte.

„Sag das noch einmal."

„Hubert ist vor zwei Wochen ausgezogen. Er hat eine andere, eine Jüngere."

Hubert, Martinas Mann. Lauer fragte, ob er mit Hubert reden solle. Das wollte seine Schwester auf keinen Fall.

„Die Birne ist geschält. Ich muss damit klarkommen. Und das schaffe ich. Wetten?"

Damit war das Thema erledigt gewesen.

Lauer hatte die Gaststube der *Krone* in Altleiningen

noch nicht richtig betreten, als ihn Dieter Schwarze, der mit seiner Frau Johanna das Lokal betrieb und dort kochte, am Arm gepackt und in die Küche gezogen hatte.

„Was hältst du davon?“

Schwarze deutete auf ein dunkelrotes längliches Stück Fleisch, das vor ihm auf dem Teller zusammengerollt lag.

„Gestern war der Jäger da, hat uns eine Wildsau gebracht. Das ist das Beste! Das Filet. Ich mache euch Medaillons vom Wildschweinfilet mit Kroketten und Rotkraut. Steht nicht auf der Karte. Was meinst du?“

„Hört sich toll an.“

Auf dem Weg von der Küche zum Gastraum durchzuckte es Lauer. Er hatte einfach bestellt, ohne seine Schwester zu fragen. Die würde gleich einen Aufstand machen. Martina war vertieft in ein Gespräch mit Johanna, der Wirtin.

„Deine Schwester mag meine Tischgarnitur. Du hast eine nette Schwester.“

Lauer sah nur Kiefernbaumscheiben, Drahtgewirr, Blätter, von denen er einige als Efeu identifizierte.

„Warum hast du mir diese nette Gaststätte so lange vorenthalten? Ich habe die Getränke bestellt, Rotwein, Spätburgunder von Johanna empfohlen, und Wasser. Du bist doch damit einverstanden?“

Johanna, mein Gott, das geht ja schnell, dachte Lauer und erzählte von den Wildschweinmedaillons.

„Fantastisch", schwärmte seine Schwester. Lauer glaubte, im falschen Film zu sein. Was war mit seiner Schwester passiert? Er hatte sie als nörglerisch, griesgrämig, humorlos in Erinnerung. Wenn diese Verwandlung darauf zurückzuführen war, dass ihr Mann sie verlassen hatte, dann sollte der bleiben, wo der Pfeffer wächst. Mutters Pläne, die Lauer Martina schonend beibrachte, riefen keinen Protest bei ihr hervor.

„Ich habe mir so was gedacht. Im Grunde ist es das Beste. Wenn Mutter glücklich ist, haben wir weniger Probleme. Und wenn sie das Haus verkauft, ist sie finanziell unabhängig. Gut so."

Damit war dieses Thema abgehakt.

Das Treffen mit seiner Schwester verlief anders, als Lauer es sich vorgestellt hatte. Richtig entspannend war es. Obwohl, dachte er, zu viel Harmonie ist auf die Dauer nicht gut. Für den Moment genoss er die Einmütigkeit. Im weiteren Verlauf des Abends stand das Essen im Mittelpunkt. Martina schwärmte. Und auch Lauer musste zugeben, dass er selten in seinem Leben ein so perfekt zubereitetes Wild gegessen hatte. Nachdem Martina mit dem Dessert fertig war, Lauer hatte mit Blick auf seinen Bauch verzichtet, setzte sich Dieter Schwarze, in der Hand das obligatorische Glas Roséschorle, zu ihnen an den Tisch. Martina lobte das Essen zum wiederholten Male.

„Was macht das Mörderfangen?", fragte Schwarze,

als er endlich zu Wort kam. Lauer erzählte von der Exhumierung.

„War hier Ortsgespräch“, sagte Schwarze, „tagelang.“

Lauer fasste die Probleme der aktuellen Ermittlungen zusammen, wobei er genau darauf achtete, was er erzählte. Schwarze nahm einen Schluck und fuhr sich mit dem Handrücken über den Mund.

„Wir hängen in der Luft“, sagte Lauer, „kommen nicht weiter, nichts bewegt sich.“

„Ich kenne das“, sagte Schwarze nachdenklich. „Wenn man nicht weiß, wo einem der Kopf steht. Wenn man von einem Gedanken beherrscht, ja besessen ist.“

Schwarze nahm einen weiteren Schluck Roséschorle.

„1994 hat uns Johannas Mutter die Gaststätte überschrieben. Wir haben investiert, modernisiert, aufwendig renoviert, neue Theke, neue Tische, neue Stühle. Hat uns viel Geld gekostet. 1995, wir machten einige Tage Urlaub, Städtereise nach Wien. Zufällig war da eine Gastronomiemesse. Und da habe ich eine Herdserie entdeckt. La Cornue.“

Der Name zerging Schwarze auf der Zunge.

„La Cornue. Das Equipment für Sternköche. Achtflammiger Standgasherd im Nostalgielook. High-Tech-Backofen mit allen Schikanen. Lavasteingrill. Gaskippbratpfanne. Alles vom Feinsten. Hat zusammen über 25 000 Mark gekostet, damals noch die

Mark. ‚Du spinnst‘, hat Johanna gesagt. Ich habe mich nicht abbringen lassen. La Cornue, die Herdserie wollte ich haben. Musste ich haben. Koste es, was es wolle. ‚Dann nehmen wir noch einen Kredit auf‘, sagte ich zu Johanna. ‚Du spinnst‘, antwortete sie nur. ‚Wir haben genug Schulden.‘ War mir alles egal. Ich ging abends ins Bett. La Cornue, dachte ich. Wachte nachts auf. La Cornue. Morgens, mittags, abends. La Cornue. Ich dachte an nichts anderes mehr. Ich war besessen von diesem Gedanken. ‚Dann leih dir halt das Geld‘, gab Johanna ihren Widerstand auf. Der Gedanke an den Herd, eine fixe Idee, die jede Faser meines Körpers angefressen hatte. Dann, es war an einem Sonntag im Juni, der Hauptansturm war vorbei, die Gaststube fing an, sich zu leeren, stand plötzlich dieser alte Mann in der Tür. Gebückt, in der rechten Hand einen Gehstock, in der linken seinen Hund. Wir hatten ihn noch nie bei uns im Dorf gesehen. Er schaute sich um. Johanna fragte ihn, an welchen Tisch er sich setzen wolle. Er wählte den direkt an der Tür. Er bestellte den Sauerbraten. Ich sehe ihn noch vor mir, wie er jedes Stückchen Sauerbraten musterte, bevor er es sich in den Mund schob, die Augen schloss und kaute und kaute. ‚Dieter, der alte Herr ganz vorne möchte dich sprechen‘, sagte Johanna, als sie das Geschirr abgeräumt hatte. ‚Junger Mann, wie stellen Sie das an?‘, fragte er mich. Ich war überrascht, wusste nicht, worauf er hinauswollte, erzählte was von Marinade, von Gartemperatur, von Familienrezept.

‚Wissen Sie, junger Mann, wo ich einen Sauerbraten in dieser Qualität bisher nur gegessen habe?' Ich sagte nichts. ‚Bei meiner Großmutter. Ich war 19, als sie gestorben ist, der Geschmack ihres Sauerbratens, an den erinnere ich mich, als hätte ich erst gestern eine Portion davon gegessen. Und gerade eben hat mir meine Großmutter nach vielen Jahren ihren unvergleichlichen Sauerbraten serviert.' Ich war gerührt, wusste nicht, was ich sagen sollte. ‚So ein Sauerbraten kann nur auf einem Holzherd gelingen', fuhr er fort. Ich kam mir wie ein Verräter vor. Ich hatte den alten Holzherd von Johannas Mutter rausreißen, gegen einen La Cornue austauschen wollen. Ich war geheilt. Schlagartig. Noch heute koche ich auf dem alten Herd der Schwiegermutter, klar, eine Herdplatte wurde ersetzt, alles neu schamottiert, hie und da eine Reparatur, aber noch immer tut er seinen Dienst, der alte Ofen. Und ich bin sicher, wenn dieser alte Mann nicht hier aufgetaucht wäre und den Sauerbraten bestellt hätte, die Tage des Holzofens wären gezählt gewesen."

Schwarze trank sein Glas in einem Zug leer. Johanna nahm das Glas und wollte hinter die Theke gehen. Martina hielt ihr ihr Weinglas hin. Lauer schüttelte den Kopf, als Johanna ihn fragte.

„Manchmal haben wir einen Tunnelblick", sagte der Koch. „Wir sehen nicht, was links und rechts ist. Versteifen uns auf eine fixe Idee. Dabei müssten wir nur innehalten, den Kopf heben, uns nach allen Richtungen umschauen."

Es war spät geworden. Lauer und seine Schwester waren die letzten Gäste. Martina kicherte nur noch.

„Morgen mache ich blau."

So oder so ähnlich hörte es sich an.

Johanna und Dieter Schwarze standen auf der obersten Stufe am Eingang ihrer Gaststube und winkten Martina und Lauer zu. Lauer hielt seiner Schwester die Tür auf. Bevor sie einstieg, fiel sie Lauer um den Hals.

„Einen schönen Abend hat mein kleiner Bruder seiner großen Schwester geschenkt. Danke."

Wann war Martina ihm das letzte Mal um den Hals gefallen? Lauer konnte sich nicht erinnern. Er setzte sich auf den Fahrersitz und startete das Auto. Johanna und Dieter Schwarze standen noch immer vor ihrem Lokal. Lauer fuhr an. Als er mit den beiden auf einer Höhe war, hielt er an und ließ das Fenster herunter.

„Du hast mir geholfen, Dieter."

„Wobei?"

„Bei meinem Mordfall."

Schwarze lachte laut auf.

„Die Mörder in Mannheim, die musst du allein hinter Schloss und Riegel bringen. Mein Metier ist der Sauerbraten."

39

Susanne Dobler war gerade auf dem Sofa eingeschlafen, als das Telefon klingelte. Christian Gernhardt nahm ab.

„Nein, Sie sind richtig verbunden. Die ist hier, ja. Einen Moment."

Er hielt die Hand vor den Hörer.

„Die Staatsanwältin", flüsterte er. „Was will die am Sonntagnachmittag?"

Dobler zuckte mit den Schultern. „Dobler. Hallo, Frau Brandes. Heute noch? Klar. Ich komme, wenn Sie mich brauchen. Keine Ursache. In einer Stunde vorm Landgericht. Bis dann, Frau Staatsanwältin."

Dobler reichte Gernhardt den Hörer.

„Haftprüfungstermin. Um 17:30 Uhr. Die Brandes hat mich gebeten, eine halbe Stunde früher zu kommen. Rechtsanwältin Tessier hat alle Hebel in Bewegung gesetzt. Ich kann mich an keinen Haftprüfungstermin am Sonntag erinnern."

„Da spricht die Erfahrung von unzähligen Dienstjahren."

„Mach dich nicht über mich lustig. Die Staatsanwältin hat unseren Bericht gelesen. Sie hat noch einige Fragen zu Details und möchte meine Meinung hören. Kommst du mit?"

„Muss das sein? Ich könnte einen Kuchen backen. Mein Rotweinkuchen ist legendär. Rezept von der Oma."

„Ich entdecke täglich neue Seiten an dir. Und woher nimmst du die Zutaten?“

„Liegt alles unten im Auto. Extra eingekauft.“

„Einverstanden. Wehe dein Kuchen schmeckt nicht.

Susanne Dobler griff im Flur nach ihrem Schlüsselbund.

„Übrigens, Bellinger ist der Richter“, sagte sie und verließ die Wohnung.

Obwohl am frühen Morgen leichter Frost geherrscht hatte, kletterte das Thermometer gegen Mittag auf über zehn Grad. In die Statistiken würde der 7. April als ein Tag mit überdurchschnittlich viel Sonnenschein eingehen. Über elf Stunden in Mannheim. Keine Spur von Regen. Nur auf Rügen, auf dem Fichtelberg und auf der Zugspitze wurden einige Tropfen Regen verzeichnet. Kurz vor 17 Uhr war es schon wieder etwas kühler geworden. Die Straßencafés in den Planken hatten sich geleert und die Staatsanwältin Theresa Brandes wartete mit hochgeschlagenem Mantelkragen auf dem Gehweg vor dem Landgericht.

„Entschuldigen Sie, dass ich Sie am Sonntag stören musste“, sagte sie und streckte der Kommissarin die Hand entgegen.

Rechtsanwältin Tessier rauschte an ihnen vorbei, ohne Dobler und die Staatsanwältin eines Blickes zu würdigen. Theresa Brandes verzog das Gesicht, sagte aber nichts.

„Für mich ist das nicht alltäglich", sagte sie. „Es gab noch nicht viele Haftprüfungstermine an einem Sonntag in meiner Karriere und die geht schon einige Jahre. Kommenden Juli werde ich immerhin 58."

Dobler überlegte kurz, ob sie einen Satz über das Aussehen der Staatsanwältin verlieren sollte. Sie ließ es bleiben. Im Beratungszimmer deutete die Staatsanwältin auf einen Stuhl, setzte sich Dobler gegenüber, zog eine Akte aus ihrer Tasche und blätterte vor und zurück. Ihre Brille schob sie nach vorne auf die Nasenspitze.

„Ah, hier", sagte die Staatsanwältin schließlich und fragte Dobler nach dem Abend, als Helga Hollmann sterben musste.

„Mit einem Küchenmesser also", murmelte sie vor sich hin. „Welche Anstrengungen hat er unternommen, um die Tat zu vertuschen?"

Dobler erzählte alles, was ihr einfiel, berichtete von den Recherchen des Journalisten, der eine Wiederaufnahme des Falls erst ins Rollen gebracht hatte.

„Schlampig ermittelt damals, überaus schlampig. Eine Schande! Wer war verantwortlich? Schindler? Das wundert mich, ehrlich gesagt."

Die Staatsanwältin rückte ihre Brille auf der Nase zurecht.

„Dr. Hollmann lässt die Angehörigen 20 Jahre im Unklaren, starkes Stück", sagte sie. „Selbst beim Tod des Schwiegervaters hat er geschwiegen. Dazu gehört eine Menge Unverfrorenheit."

Theresa Brandes klappte die Akte zu.

„Und, was meinen Sie?“

„Vorsatz oder Affekt? Ich weiß es nicht“, sagte Dobler. „Er wusste vor dem Abend, dass seine Frau sich von ihm trennen wollte. Da bin ich mir sicher. Beweisen können wir es ihm nicht.“

Theresa Brandes schaute auf die Uhr. Sie nahm ihre Brille ab.

„Gleich halb sechs, kommen Sie.“

Als die Staatsanwältin und die Kommissarin das Zimmer des Richters betraten, wurden Werner Hollmann gerade die Handschellen abgenommen und die Rechtsanwältin warf lachend ihren Kopf zurück. Richter Bellmann stimmte in das Lachen ein. Zu Beginn betonte der alte Richter, dass es unüblich sei, an einem Sonntag zu tagen, aber die „verehrte Frau Kollegin“ werde sicher triftige Gründe zum Vortrag bringen. Dobler dachte noch über die Formulierung nach, da legte die Rechtsanwältin schon los. Und sie holte weit aus. Erzählte vom Beginn der großen Liebe zwischen Werner Hollmann und seiner Helga, schilderte die Liebesheirat und den Schock der Fehlgeburt. Malte aus, wie schwer Werner Hollmann vom Entschluss seiner Frau, ihn zu verlassen, getroffen wurde.

„Bis ins innerste Mark getroffen! Zutiefst verletzt.“

Nicht tief verletzt, dachte Dobler, zutiefst.

Der Richter blätterte in der vor ihm liegenden

Akte, machte sich Notizen, nickte ab und zu und suchte immer wieder den Blickkontakt mit der Rechtsanwältin. Dobler hörte nur mit halbem Ohr zu, dachte an jenen Freitagabend im *Lemberg* zurück. An diesem Abend hatte sie ihren Kollegen Christian Gernhardt näher kennengelernt. Waren wirklich schon zwei Wochen vergangen? Zwei Wochen, in denen sich ihr Leben verändert hatte. Karlotta Tessier sprach gerade vom umfassenden Geständnis, das ihr Mandant abgelegt hatte.

„Können Sie das bestätigen, Frau Kommissarin?“, fragte der Richter.

„Wie bitte?“

„Dass Herr Hollmann umfassend gestanden hat?“

„Es gibt ein Geständnis. Ob das umfassend ist, kann ich nicht beurteilen.“

In einer Statistik der beliebtesten Worte würde bei der Tessier das Wörtchen „umfassend“ weit vorne landen, dachte Dobler.

Die Rechtsanwältin war inzwischen bei Verdunkelungsgefahr, die nicht mehr bestand, dann bei Fluchtgefahr, die nie existiert hatte, und spielte, eine halbe Stunde war vergangen, ihren letzten Trumpf aus. Die Gesundheit ihres Mandanten.

„Mein Mandant hat vor Kurzem erfahren, dass er an Prostatakrebs leidet. Nächste Woche beginnt eine Therapie.“

Richter Bellinger schraubte die Verschlusskappe auf seinen Füller, legte ihn vor sich auf die Tischplatte und fragte die Rechtsanwältin: „Können Sie diese Aussage belegen?“

Wortlos zog die Tessier ein Blatt Papier aus ihrer Tasche und legte es dem Richter auf den Tisch. Während es aussah, als lerne der Richter Hollmanns ärztliches Attest auswendig, wies die Verteidigerin darauf hin, dass es sich bei der vorliegenden Straftat um einen Totschlag im Affekt handele. Der, da erzähle sie den Anwesenden nichts Neues, verjähre nach 20 Jahren.

„Die Tat wurde mutmaßlich und unstrittig am 31. März 1993 begangen. Werner Hollmann wurde am 5. April 2013 verhaftet, fünf Tage nach Ablauf der Verjährungsfrist. Mein Mandant hätte somit nicht in Gewahrsam genommen werden dürfen. Aus all den genannten Gründen beantrage ich, den Haftbefehl unverzüglich aufzuheben.“

Die Rechtsanwältin machte eine Pause.

„Ein Haftbefehl ist aufzuheben“, fuhr Dr. Karlotta Tessier fort, „sobald die Voraussetzungen der Untersuchungshaft nicht mehr vorliegen. In Betracht kommt namentlich die Aufhebung eines Haftbefehls, wenn die Eröffnung des Hauptverfahrens unmöglich ist. Über mögliche Schadensersatzforderungen für die widerrechtliche Untersuchungshaft werde ich nach Rücksprache mit meinem Mandanten entscheiden.“

„Frau Staatsanwältin“, forderte Richter Bellinger Theresa Brandes auf. Die fasste sich kurz, sagte, dass die Ermittlungen noch nicht abgeschlossen seien, dass nach wie vor die Möglichkeit einer Mordanklage bestehe, wies auf die Tatwaffe hin, auf das Verhalten des Beschuldigten unmittelbar nach der Tat, auf die Verdunklung, die Hollmann über viele Jahre aktiv gepflegt habe.

„Ich beantrage, den Haftbefehl nicht aufzuheben. Angesichts des Gesundheitszustandes des Beschuldigten halte ich ein Aussetzen des Haftbefehls unter bestimmten Auflagen für vertretbar."

Sie saßen im *Café Prag*, das aussah, als sei es aus der Zeit gefallen. Nostalgie pur, dachte Dobler, die wusste, dass es Lauers Lieblingscafé war. Sie war aber noch nie hier gewesen. Eigentlich wäre sie nach dem Haftprüfungstermin am liebsten nach Hause verschwunden, aber sie stimmte zu, als Theresa Brandes vorschlug, noch einen Kaffee zusammen zu trinken. Jetzt saß diese vor ihrem Sprizz, es war der zweite, und Dobler löffelte die aufgeschlagene Milch von ihrem Cappuccino.

Sprizz, ist doch schon aus der Mode, dachte sie.

Bellinger hatte den Haftbefehl nicht aufgehoben, aber ausgesetzt. Ohne irgendwelche Auflagen. Am Ende hatte Richter Bellinger Werner Hollmann die Hand gereicht und ihm „gute Besserung" gewünscht.

Die Staatsanwältin leerte ihr Glas und winkte dem Wirt.

„Adonis, noch einen!"

Der sieht wirklich so aus, dachte Dobler.

„Da bringt einer seine Frau um. Meiner Meinung nach, geplant. Mit Vorsatz und Überlegung. Beseitigt die Leiche fachmännisch. Spielt der Polizei und den Angehörigen ein Märchen vor. Vertuscht seine Tat perfekt. 20 Jahre und 5 Tage. Und kommt ungeschoren davon."

„Meinen Sie?", fragte Susanne Dobler.

„Ich weiß nicht, welcher Staatsanwalt den Fall in die Finger bekommt. Das ist im Grunde egal. Das läuft auf Totschlag hinaus. Und wenn sich doch einer findet, der eine Mordanklage bastelt, wird es in Mannheim keinen Richter geben, der das Verfahren eröffnet. Dafür steht alles auf zu wackligen Beinen. Totschlag. Verjährung. Akte sauber schließen. Keine Arbeit. Keinen Ärger."

„Das mit der Krebserkrankung, glauben Sie, dass das stimmt?", fragte Dobler. „Der machte am Freitag einen fitten Eindruck."

„Krebs kann heimtückisch sein. Im Anfangsstadium sieht man es dir nicht an. Auch mich hat es erwischt, keine fünf Jahre ist es her. Mammakarzinom."

Adonis stellte den Sprizz auf den Tisch.

„Darf ich Ihnen noch etwas bringen?"

Dobler winkte ab.

„Und seitdem?"

„Kein Rückfall, toi, toi, toi. Aber ich texte dich hier zu. Dabei wärst du doch jetzt lieber bei deinem Freund."

Erst als Dobler vor dem *Café Prag* stand und ihr Fahrrad aufschloss und an den Rotweinkuchen dachte, wurde ihr bewusst, dass Lauers Lieblingsstaatsanwältin sie gerade geduzt hatte.

Montag, 8. April 2013

40

Lauer hatte am Vorabend nicht einschlafen können, hatte sich hin- und hergewälzt. Eine Schlaftablette hatte keine wirkliche Linderung gebracht. Er war nur in einen Halbschlaf gefallen. Dieter Schwarze und der alte Basler Kommissär redeten auf ihn ein.

Nichts ist, wie es scheint. Himmel und Hölle vertauscht. Ein endloser Tunnel und kein Licht am Ende. Ein schwarzer Hund, der hinter einem herhechelt. Lauer spürte den Atem, die Zähne, die sich in sein Bein gruben. Er schreckte hoch, bemerkte den Kater, der nicht mehr wie üblich unten zu seinen Füßen lag. Der Kater war hochgekrochen, hatte sich in seine Achselhöhle gekuschelt, hatte angefangen, mit den Vorderfüßen zu stampfen, anfangs mit eingezogenen Krallen, das Stampfen war schneller geworden, der Kater fuhr die Krallen aus. Lauer drehte sich weg, nicht ohne einen Blick auf den Radiowecker zu werfen. Viertel vor drei. Die Nacht war noch lange nicht vorbei. Er machte die Augen zu.

Fixiert sein auf eine einzige Möglichkeit. Alles andere übersehen. Der Tunnelblick. Lauer zog sich die Decke über die Schulter. Die Unruhe vergraulte den

Kater, der sich wieder ans Fußende verzog. Nichts ist, wie es scheint. Alles infrage stellen. Bei null anfangen. In regelmäßigen Abständen einen Blick auf den Wecker werfen. Zum letzten Mal um zehn nach fünf. Dann fiel er in tiefen Schlaf.

Punkt sechs Uhr beendete der Nachrichtensprecher von SWR 2 den kurzen Schlaf von Leo Lauer. Das Wetter würde heute durchwachsen werden, erst Sonne, dann Regen, morgens vier Grad, tagsüber Anstieg auf elf Grad. Nach den Nachrichten blieb Lauer zu lange liegen, duschte zu ausgiebig, hatte nur noch Zeit für einen schnellen Espresso. Er musste aufpassen, dass dies nicht einriss. Das Frühstück war ihm immer heilig gewesen. Den Rhein-Neckar-Anzeiger zog er aus dem Briefkasten, warf ihn auf den Beifahrersitz und vergaß ihn dort, als er seinen Wagen im Hof des Polizeipräsidiums abgestellt hatte.

„Ich kann es nicht glauben!"

Clement deutete mit dem Zeigefinger auf den vor ihm liegenden Rhein-Neckar-Anzeiger.

„Unsere Leute sorgen dafür, dass dieser Hollmann hinter Gitter kommt."

„Mit 20 Jahren Verspätung", sagte Irene Meyers.

Clement ignorierte den Einwand.

„Wir liefern gute Arbeit ab. Und dieser Richter macht alles zunichte."

„Die Entscheidung von Richter Bellinger bewegt

sich im rechtlich zulässigen Rahmen“, sagte Christian Gernhardt.

„Es ist nicht klar, ob Hollmanns Tat als Mord oder Totschlag zu werten ist“, bekräftigte Susanne Dobler. „Das zu entscheiden, ist nicht unsere Aufgabe. Es gibt Gewaltenteilung in unserem Land. Er hat die Tat gestanden. Es besteht keine Fluchtgefahr. Und er ist schwer erkrankt.“

„Trotzdem“, beharrte Clement. „Wenn der Zahnarzt Glück hat, kommt er ungeschoren davon.“

„Das hört sich wirklich nach Hanke an“, sagte Meißner leise zu Lauer. An alle gewandt sagte er: „Hätte die Polizei zügig ermittelt, wäre vor 20 Jahren nicht wichtige Zeit vertrödelt worden, dann wäre Hollmann rechtzeitig verhaftet worden. Die Frage der Verjährung hätte keine Rolle gespielt. Hier stellt sich die Frage, warum dauerte es so lange, bis das Verfahren wieder aufgenommen und die Leiche von Helga Hollmann exhumiert wurde?“

„Was reden Sie da, Meißner?“

Clement war aus dem Konzept gebracht.

„Ich habe nur eine Passage aus dem Kommentar von Roland Hanke im Rhein-Neckar-Anzeiger vorgelesen.“

„Aber mit der Exhumierung, das muss ich zugeben, hat dieser Journalist recht. Warum hat das so lange gedauert?“, sagte Clement und es klang nachdenklich.

„Ich darf daran erinnern", sagte Lauer, „dass wir am 28. März beschlossen haben, die Exhumierung zu beantragen. Helga Hollmann starb, wie wir das heute wissen, am 31. März 1993. Drei Tage nach unserem Antrag hätte bereits das Ergebnis der DNA vorliegen müssen. Wie soll das gehen? Zumal die Leiche ja in Rheinland-Pfalz exhumiert werden musste."

„Das konnte nicht schneller gehen", sagte Dobler. „Außer Kollege Gernhardt und ich hätten in einer Nacht- und Nebel-Aktion die Leiche mit dem Campingspaten meines Vaters ausgebuddelt."

„Bleiben wir sachlich", sagte Clement. Am Tonfall merkten alle, dass er das Sagen hatte. „Unsere Leute haben gute Arbeit geleistet. Dabei bleibe ich. Alles Weitere liegt nicht in unserer Hand. Da ist die Staatsanwaltschaft gefragt. Und ob es zu einer Klageerhebung wegen Mord kommt oder ob die Tat als Totschlag gewertet wird, das entscheiden unsere Gerichte. Und da liegt die Entscheidung in guten Händen."

Hat gerade noch die Kurve gekriegt, dachte Lauer.

„Dieser Italiener!"

Clement zeigte wieder auf den Rhein-Neckar-Anzeiger.

„Wie kommt der dazu?"

Lauer schaute Meißner fragend an. Der schob ihm die Zeitung, die er vor sich liegen hatte, zu und deutete auf einen Artikel auf der Mitte der Seite. Lauer fing an zu lesen.

Dreifachmord im Rheinauer Wald

Bruder wirft Mannheimer Polizei Verschleierung vor.

Der Bruder des erschossenen italienischen Pizzabäckers erhebt massive Vorwürfe gegen die Ermittlungsbehörden der Quadratestadt. Die Ermittler würden sich mit Händen und Füßen dagegen wehren, einen Täter aus dem eigenen Land zu finden.

Die Tat ist an Grausamkeit kaum zu überbieten. Ein Pizzabäcker und seine Ehefrau werden eiskalt durch Kopfschüsse getötet. Die zehnjährige Tochter überlebt nach dramatischen Notoperationen schwer verletzt. Die jüngere Tochter des ermordeten Ehepaars überlebt zu Füßen der toten Mutter und wird erst später von der Polizei entdeckt. Ein Radfahrer, der nach Auffassung der Polizei zufällig am Ort des Geschehens auftauchte, wird ebenfalls erschossen.

Letzte Woche wurde Calogero R., der Bruder des Erschossenen, erst als Tatverdächtiger festgesetzt, kurz darauf gegen Auflagen auf freien Fuß gesetzt. Jetzt hat sich Calogero R. dieser Zeitung gegenüber geäußert.

„Die Mannheimer Polizei versucht, die wahren Hintergründe der Tat zu verschleiern“, sagt Calogero R. Er ist überzeugt, dass sich die Mannheimer Polizei viel zu schnell auf das Umfeld der italienischstämmigen Familie Russo konzentriert hat.

Erster Hauptkommissar Roman Clement, Leiter des Dezernates 11, wies auf Anfrage dieser Zeitung die Vorwürfe zurück.

„Nach unseren Ermittlungen war der Radfahrer zufällig am Tatort. Wir haben das Umfeld des Radfahrers durchleuchtet und keinen Zusammenhang mit den Morden gefunden."

Auch den Vorwurf, die Behörden würden die Ermittlungen verschleiern oder schleifen lassen, wies Clement zurück. Manches weise darauf hin, dass familiäre Streitigkeiten bei dem Geschehen eine Rolle spielen könnten.

„Die Mannheimer Polizei wird alles dafür tun, die Tat auf dem Parkplatz im Rheinauer Wald voll und ganz aufzuklären, egal wie lange das dauert."

Lauer schob die Zeitung zu seinem Kollegen zurück.

„Und es gibt kein belastendes Material gegen den Bruder?"

„Nichts."

„Absolut nichts", verstärkte Meyers Meißners Aussage.

Clements Worte vom letzten Freitag klangen Lauer noch in den Ohren.

„… dass der Bruder als Täter verdächtig ist, … sehe ich als selbstverständlich an, dass wir in diese Richtung weiter ermitteln … Keine weitere Diskussion."

Hoffentlich käut er nicht diese Floskeln wieder, dachte Lauer. Er beugte sich zu Irene Meyers.

„Ich habe am Freitag ganz verschwitzt, dass ich mich ja um den Freund von Thomas Vogeler kümmern wollte, zusammen mit dir. Hast du was unternommen?"

Meyers schüttelte den Kopf und legte den Zeigefinger auf den Mund.

„Lauer, wenn Sie was zu unserer Besprechung beitragen wollen, bitte so laut, dass wir es alle verstehen. Ansonsten …"

„Vielleicht stimmt es ja, was der Bruder der Polizei vorwirft."

Es wurde still im Zimmer.

„Wie meinen Sie das, Lauer?"

„Dass wir voreingenommen ermittelt haben. Nicht, dass wir bewusst etwas vertuschen oder verschleiern wollten, wir haben uns von Anfang an festgelegt, obwohl wir das immer lautstark bestritten haben. Wir waren auf die italienische Familie fokussiert. Ihr galt dieser Anschlag. Der Radfahrer ein Kollateralschaden. Die Mafia. Als es dafür keine Belege gab, haben wir unser Augenmerk auf den Bruder gerichtet. Erbstreitereien. Auch als sich abzeichnete, dass uns dies nicht weiterbringen würde, haben wir unsere Scheuklappen nicht abgelegt. Ich sehe Parallelen zu dem Fall von Helga Hollmann. Damals hat die Polizei dem Ehemann einfach geglaubt. Die Frau hat einen Liebhaber. Die Frau ist ab ins Ausland. Folglich kein Verbrechen. Keine Ermittlungen. Wir haben uns darauf versteift, dass die italienische Familie Ziel dieses Mordanschlags war. Wir sind mit Tunnelblick in diesem Fall vorwärtsgestolpert, wobei das Wörtchen ‚vorwärts' eher übertrieben klingt. Wir müssen einen radikalen Schnitt machen, wenn wir den Dreifachmord aufklären wollen. Alle Systeme auf null. Von vorne anfangen. Nichts ausschließen."

Während Lauer sprach, stand Clements Mund leicht offen. Dann holte er tief Luft.

Bin echt gespannt, wie er meinen Vorstoß abschmettert, dachte Lauer.

Als von allen Seiten zustimmendes Nicken kam, schloss Clement den Mund, schluckte mehrmals und bewegte den Kopf vor und zurück.

Es arbeitet in ihm, dachte Lauer.

„Was heißt das genau?", fragte Clement schließlich.

„Dass wir die Behauptung prüfen, der Radfahrer sei das Ziel des Anschlags, die italienische Familie sei nur zufällig vorbeigekommen."

„Ich erinnere mich an diese Journalistin, die auf der ersten Pressekonferenz diese Theorie ausgebreitet hat", sagte Clement, „soll die jetzt …"

„Weil uns diese Dame unsympathisch ist", sagte Meyers, „muss es ja nicht heißen, dass alles, was sie von sich gibt, unsinnig ist. Ich finde Lauers Vorschlag bedenkenswert. Nichts bewegt sich in unserem Fall. Wir brauchen neue Impulse."

Lauer lehnte sich auf seinem Stuhl zurück.

„Gut, wir müssen nach jedem Strohhalm greifen. Vielleicht bringt es uns ja weiter. Und wenn nichts dabei herauskommt, halte ich meinen Kopf hin. Das ist alles in Ordnung."

Wie meint Clement das jetzt?, fragte sich Lauer.

„Schauen wir uns diesen Zwen Fleischer genauer an", sagte Clement. „Ein Motiv hätten wir, enttäuschte Liebe. Ein starkes Motiv."

Wie der das Wort Liebe betont, dachte Lauer, das Naserümpfen ist unüberhörbar.

„Auf jeden Fall, müssen wir mehr über diesen Fleischer herausfinden. Verteilen wir die Aufgaben. Und dann auf, an die Arbeit, Leute."

Wenn der sich zuhören müsste, dachte Lauer und sah, wie Dobler Gernhardt einen Blick zuwarf.

„Wer ist Zwen Fleischer?", fragte Irene Meyers, die Lauer und Julian Meißner in deren Büro gefolgt war.

„Du bist doch mit Susanne bei den Vogelers gewesen, Julian", sagte Lauer. „Hast du eine Nummer von ihnen?"

Meißner blätterte in seinem Notizblock. Der Anruf bei den Eltern von Thomas Vogeler. Eine Sache von keiner Minute. Frau Vogeler war am Apparat.

„Der Freund von Thomas? Meinen Sie Sven Metzger? Mit dem zusammen hat er uns auf Mallorca besucht."

Meißner fragte nach der Adresse.

„Tut mir leid. Ich weiß nur, dass er in Mannheim wohnt."

„Sven Metzger", sagte Meyers. „Wirklich originell!"

„Metzger wohnt in Feudenheim", sagte Meißner kurze Zeit später.

41

Unterwegs nach Feudenheim. Den Hauptfriedhof links liegen lassen, das *Maruba* rechts. Dahinter, auf der anderen Seite des alten Neckararmes der Fernmeldeturm. Die Tankstelle vor dem Ortseingang. Auf der Hauptstraße gleich nach der Ortseinfahrt, hinter dem früheren Bunkergelände, in dem in den 90er-Jahren Flüchtlinge aus dem ehemaligen Jugoslawien untergebracht worden waren und auf dem später ein Komplex mit Eigentumswohnungen entstanden war, die Jugendstilvilla, in der Sven Metzger gemeldet war.

Irene Meyers drückte mehrmals auf die Klingel, bis endlich ein verschlafenes „Ja, bitte?" über die Gegensprechanlage ertönte. Im Haus herrschte penible Sauberkeit. Ein Liebhaber von Antiquitäten musste bei der Einrichtung seine Finger im Spiel gehabt haben. Sven Metzger, der sie an der Tür in Empfang genommen hatte, war Mitte 20 und in keinem guten Zustand. Ringe unter den geröteten Augen. Fettige, abstehende Haare. Unrasiert, doch das war für Lauer, der höchstens ein Mal pro Woche zu Rasierpinsel und Klingen griff, kein Kriterium. Jeans und Wollpullover sahen speckig aus. Metzger führte sie die Treppe hoch, vorbei an einem Zimmer mit antiquarischen Büchern und einem Ohrensessel aus weinrotem Leder.

Ein richtiger Großvatersessel, dachte Meyers.

Weder die Bücher noch der Ohrensessel erregten Lauers Aufmerksamkeit, sondern die unzähligen Briefmarken an der Wand, hinter Glas gerahmt.

„Mein Großvater handelt in den Quadraten mit Briefmarken. Das wirft zwar kaum etwas ab und mein Großvater hat das Rentenalter lange erreicht, aber er braucht die Beschäftigung."

Metzger führte sie in sein Zimmer im ersten Stock. Auf einem Schild an der Tür stand: „Betreten auf eigene Gefahr". Wie wahr, dachte Lauer, als er und Meyers über die Schwelle traten und von einem Moment auf den anderen aus einer beschaulichen, bürgerlichen Idylle in eine Messie-Behausung katapultiert wurden. Essensreste verteilt auf Tisch und Boden, Pizzakartons, leere Bier- und Wodkaflaschen. Dazwischen aufgeschlagene Bücher, Schulbücher, wie Meyers bemerkte, die einen Blick darauf warf.

„Entschuldigen Sie die Unordnung", sagte Metzger und räumte die einzigen Stühle, die im Zimmer standen, von Zeitschriften, Pizzakartons und Kleidungsstücken frei. Er riss die beiden Fenster auf. Die kalte Luft strömte mit Macht ins Zimmer. Er selbst setzte sich auf sein Bett.

„Sie kommen wegen Thommie. Schrecklich, was mit ihm passiert ist."

Genau die gleiche Formulierung hatten Lauer und Meyers von Pia Hanson, der Schülerin, gehört.

„Das hat mich aus der Bahn geworfen", sagte Metzger. „Ich kann keinen klaren Gedanken mehr fassen. Ich muss jede Sekunde an ihn denken."

„Wie nahe standen Sie beide sich?", fragte Meyers, die sich nicht auf den Stuhl gesetzt hatte.

„Ich habe den liebsten Menschen der Welt verloren."

Metzger zog die Nase so laut hoch, dass Lauer ihm am liebsten ein Papiertaschentuch gereicht hätte.

„Er hatte Schluss gemacht mit Ihnen", sagte Meyers.

„Da sind Sie nicht auf dem Laufenden", sagte Metzger, drehte sich um, griff nach einem zerknüllten Taschentuch und schnäuzte sich.

Endlich, dachte Lauer.

„Wir haben uns versöhnt. Am Abend, bevor er ..."

Metzger brach ab und redete gleich weiter.

„Und am nächsten Morgen ... Ich darf nicht daran denken."

„Warum hatte sich Herr Vogeler denn von Ihnen getrennt?"

„Der klassische Trennungsgrund bei Schwulen. Ich wollte, dass er zu mir steht, auch in der Öffentlichkeit. Thommie wollte, dass alles im Geheimen abläuft. Er hatte Angst vor der Reaktion der Kollegen, der Eltern, der Schüler. Vor allem vor den Schülern hatte er Angst. Sie wissen nicht, wie gemein die sein können."

So hat es Pia auch erzählt. Klingt plausibel, dachte Lauer.

„Und nach der Versöhnung?", fragte Meyers.

„Es gibt kein Danach, Thomas ist tot, brutal ermordet von einem Wahnsinnigen."

„Wie kommen Sie darauf?"

„Wahllos Menschen umbringen, auf ein kleines Mädchen schießen, das kann nur ein Wahnsinniger gewesen sein."

„Sie haben meine Frage nicht verstanden, Herr Metzger. Sollte es nach der Versöhnung im Geheimen weitergehen mit Ihnen beiden?"

„Er wollte zu mir stehen. Wollte sich zu mir bekennen. Das hat er mir versprochen. Hoch und heilig. Das macht alles ja so tragisch. Wenn es diese Versöhnung nicht gegeben hätte, ich hätte das irgendwann gepackt. Aber jetzt, nachdem wir uns versöhnt haben …"

Er kramte in einer Kommode links neben dem Bett, zog eine Packung Tempos heraus und schnäuzte sich ein zweites Mal.

„Alles war auf einem guten Weg. Mit 18, kurz vor dem Abi, habe ich die Schule geschmissen. Hab jahrelang nur gechillt und gekifft, hatte einen Dauerdurchhänger. Dann hab ich vor eineinhalb Jahren mit dem Abendgymnasium angefangen, Abendakademie.

Als ich Thomas letzten Januar kennenlernte, wusste ich endgültig, dass ich es schaffen würde. Jetzt ist alles umsonst."

Sven Metzger stand vom Bett auf und stellte sich mitten ins Zimmer.

„Ich will offen mit Ihnen reden. Sie werden es ja herausfinden. Als ich 17 Jahre alt war, hatte ich eine Anzeige am Hals. Ein Mitschüler hatte mich bei der Schulleitung verpfiffen. Ich hätte ihm Gras verkaufen wollen. Der Rektor hat zwei Gramm bei mir gefunden. Das war nur für den Eigengebrauch. Niemand hat mir geglaubt. Mann, ich wollte niemandem Stoff andrehen. Der hat mich angebettelt, ich soll ihm was abgeben. Hab ich nicht gemacht. Trotzdem gab es eine Anzeige bei der Polizei. Die sind bei meinem Großvater mit Spürhunden aufgetaucht. Alle Nachbarn haben das mitgekriegt. Großvater hat sich geschämt. Gefunden haben die nichts. Zu 20 Arbeitsstunden in einem Pflegeheim wurde ich verurteilt. Und der Richter erteilte mir einen strengen Verweis. Und als Krönung schmiss mich der Rektor des Feudenheim Gymnasiums von der Schule. ‚Dealer sind bei uns nicht geduldet, Metzger!' Und ich musste mir eine andere Schule suchen."

„Wo waren Sie am Freitagmorgen, dem 22. März?", fragte Irene Meyers.

„Ich war den ganzen Tag hier. Meinem Großvater ging es nicht gut. Akute Bronchitis. Sein Briefmarkengeschäft blieb geschlossen an diesem Tag. Sie können ihn fragen."

„Worauf Sie sich verlassen können", sagte Lauer.

Sie waren am Gehen, als Lauer an der Tür stehen blieb und sich umdrehte. „Ich hätte da noch eine Frage. Haben Sie ein Motorrad?"

„Nie eins besessen."

„Und einen Motorradführerschein?"

„Ich habe nicht mal einen Autoführerschein."

„Und, Leo, was meinst du?"

Lauer und Meyers saßen in ihrem Dienstmercedes. Wenn die Sonne auf die Windschutzscheibe fiel, wurde es im Innern richtig warm, obwohl draußen keine zehn Grad waren.

„Na ja, so könnte es sich abgespielt haben."

„Ich bin hin- und hergerissen. Entweder geht Metzger der Tod von Thomas Vogeler wirklich nahe oder wir sind gerade Zeuge eines oscarreifen Bühnenauftritts geworden."

42

Zurück in L 6 erwartete die beiden Kommissare eine Überraschung. Auf dem Stuhl vor Frau Werners Schreibtisch saß Pia Hanson, die fleißige Gymnasiastin, und hielt einen Becher in den Händen. Dass es kein Kaffee war, roch selbst Lauer, der nicht mit einem ausgeprägten Geruchssinn gesegnet war.

„Die junge Dame möchte dringend mit Ihnen beiden sprechen. Dafür hat sie extra die letzten beiden Schulstunden versäumt."

„Nur Ethik und BK. Meiner Mutter dürfen Sie nichts sagen."

Lauer schloss die Tür, zog einen Stuhl vor seinen Schreibtisch und setzte sich Pia gegenüber. Meyers setzte sich an Meißners Schreibtisch.

„Was ist wichtiger als Ethik und BK?", fragte Lauer.

„Ich habe an diesem Donnerstag, als Sie bei uns waren, nicht ganz die Wahrheit gesagt."

Nicht ganz die Wahrheit, schöne Formulierung, dachte Lauer.

„Weil du uns den richtigen Namen des Freundes verschwiegen hast?", ging Meyers dazwischen.

„Unter Zwen Fleischer hat er auf Facebook gepostet. Er hieß anders. Metzger, Sven Metzger. Aber darum geht es gar nicht", sagte Pia, verdrehte die Augen und lachte heraus. Es sollte ihr einziges Lachen während dieser zweiten Begegnung sein.

„Du hast den richtigen Namen gekannt. Warum hast du uns das nicht gesagt, als wir bei dir zu Hause waren?"

Meyers' Stimme hörte sich ungeduldig an.

„Sie haben mich nicht gefragt."

Es klang trotzig und passte nicht zum Auftreten der Gymnasiastin.

„Es geht um Mord“, sagte Meyers.

„Was liegt dir auf dem Herzen?“, überging Lauer den Einwurf seiner Kollegin.

„Natürlich wollte Thomas nicht, dass er mit seinem Freund vor der Schule gesehen wurde. Es gab noch einen anderen Grund.“

Pia schaute auf den Tisch und schwieg.

„Jetzt lass dir nicht jedes einzelne Wort aus der Nase ziehen.“

Meyers sieht wohl gerade ihre eigene Tochter vor sich sitzen, ging es Lauer durch den Kopf.

„Thomas hatte was dagegen, dass Sven den Schülern vor der Schule Gras verkaufte.“

„Was machte Sven Metzger vor der Schule?“, fragte Lauer nach.

„Er bot den Schülern Gras an. Viele haben regelmäßig was gekauft. Thomas wollte das nicht, zumal unsere Rektorin mit einer Anzeige gegen Sven Metzger gedroht hat.“

„Woher weißt du das?“

„Thomas hat es mir erzählt.“

„Kam es deshalb zum Bruch zwischen den beiden?“

„Das kann gut sein, genau weiß ich das nicht.“

„Und du, hast du von Metzger was bekommen?“

Pia nickte.

„Wie oft?“, fragte Meyers.

„Zwei oder drei Mal.“

„Und das wusste euer Lehrer?“

„Klar, hab ich doch gesagt.“

„Und, was meinte er?“

„Begeistert war er nicht. Ich hab zu ihm gesagt, Sven Metzger nutzt dich aus. Der ist nur mit dir befreundet, damit er an die Schüler rankommt und sein Zeug verkaufen kann.“

„Was hat er gemeint?“

„Er hat mir versprochen, mit ihm zu reden.“

Pia Hanson stand im Türrahmen zu Frau Werners Zimmer, als sie sich umdrehte und Lauer anschaute.

„Ich …“, fing sie an und machte mit der Hand eine Bewegung, die sagen wollte, was soll's, eh egal, ihr versteht mich doch nicht.

„Jetzt sag schon“, sagte Meyers und ihre Stimme klang nun sanft.

„Wenn Sie meiner Mutter nichts …“

„Wir halten dicht, das verspreche ich dir.“

Pia bedankte sich bei Frau Werner für den Kakao und verließ das Büro im dritten Stock. Meyers und Lauer saßen da und schwiegen.

„Nicht bloß Eifersucht als Motiv“, bemerkte Meyers schließlich. „Auch Angst vor einer Anzeige. Irgendwie passt alles zusammen.“

„Ist Metzger vorbestraft?“, fragte Lauer.

„Einen Moment“, sagte Meyers und tippte auf Meißners Tastatur ein. Es dauerte einige Minuten, bis sie sich Lauer zuwandte.

„Vorbestraft ist er nicht. Vor gut einem Jahr ist er bei einer Drogenrazzia verhaftet worden, hat eine Nacht in Haft verbracht, kam frei, ein Verfahren gegen ihn wurde nicht eröffnet. Und das, was er uns erzählt hat, der Schulausschluss und die Sozialstunden, als er 17 war. Sonst habe ich wirklich nichts gefunden."

Lauer kratzte sich am Kinn.

„Ist das der Durchbruch? Oder sollte ich besser sagen, die Wende?"

„Ich weiß es nicht."

„Alles vage noch. Vermutungen. Nur eine Spur. Keine Beweise."

„Metzgers Alibi?", fragte Lauer.

„Müssen wir überprüfen. Auf jeden Fall müssen wir mit dem Großvater sprechen. Und Metzger sollten wir uns noch mal vorknöpfen. Am besten heute noch."

Meyers' Handy klingelte. Gleichzeitig klingelte das Telefon auf Lauers Schreibtisch.

„Ja, ja", sagte Meyers.

„Ja", sagte Lauer.

„Wo bist du?"

„Heute noch? Mit allen Spesenbelegen?"

„Bleib, wo du bist."

„Das kann doch nicht Ihr Ernst sein."

„Ich komme! In fünf Minuten."

„Wie Sie wünschen."

Meyers griff nach ihrem Mantel, den sie über Meißners Schreibtischstuhl geworfen hatte.

„Meine Tochter. Ich treffe mich mit ihr auf den Kapuzinerplanken. Sie hat sich nicht gut angehört."

„Clement", sagte Lauer. „Will heute noch den Bericht über meine Dienstreise nach Basel, mit Spesenabrechnung und allem."

Der Bericht über seine Dienstreise nach Basel. Besser: die Familienzusammenführung. Lauer starrte auf den leeren Bildschirm. Er fand keinen Anfang. Schweifte mit seinen Gedanken ab. Sah Sven Metzger vor sich. Die geröteten Augen. Die Unordnung in seinem Zimmer. Das Alibi, das er präsentiert hatte. Lauer war sich sicher, dass der Großvater das Alibi seines Enkels bestätigen würde.

43

Als Meißner das Büro betrat, war Lauer mit seinem Bericht über seinen Ausflug in die Schweiz und den Dreifachmord von Pratteln noch keinen Schritt weiter gekommen. Clement hatte vor fünf Minuten zum zweiten Mal angerufen und zur Eile gedrängt. Heute noch. Mit allen Belegen. Nur zwei Tankquittungen waren angefallen, die lagen zu Hause auf Lauers Küchentisch. Er würde sie morgen früh nachreichen.

Lauer informierte seinen Kollegen über das Gespräch mit Sven Metzger und die Aussage von Pia Hanson.

Als der von der Drohung der Rektorin erfuhr, griff Meißner nach seinem Handy. Lauer konnte alles verstehen, was Meißner sagte, obwohl er ausgesprochen leise sprach. Er artikulierte deutlich, redete langsam, viel langsamer als üblich, schwieg oft, ließ die Rektorin zu Wort kommen. Behinderung laufender Ermittlungen, dieses Wort kam öfter vor. Meißner beendete das Gespräch und warf sein Handy gekonnt in den Ablagekorb auf seinem Schreibtisch. Das Handy landete weich auf dem Aktenstapel. Ein perfekter Wurf.

„Verflucht! Das, was wir gerade erst erfahren haben, hätten wir vor genau zwei Wochen wissen können. Warum hat mich diese Rektorin nicht ..."

Meißner holte tief Luft.

„Weißt du, von was sie geredet hat? Vom guten Ruf der Schule. Gebetsmühlenartig."

Meißner fischte kurz darauf sein Handy aus dem Ablagekorb und schaute auf das Display.

„Was? Schon so spät", sagte er. „Meine Frau hat einen Arzttermin. Ich muss die Kinder hüten. Bin spät dran."

An der Tür drehte er sich um.

„Du musst dran bleiben an diesem Sven Metzger. Unbedingt. Heute noch, Leo."

Dranbleiben! Unbedingt, dachte Lauer. Die haben alle gut reden. Immer einen guten Ratschlag auf den

Lippen. Und weg sind sie. Und ich soll auch noch diesen verflixten Bericht für Clement fertigmachen. Metzger noch einmal auf den Zahn fühlen oder den Chef zufriedenstellen?

„Das ist hier die Frage."

Lauer sprach den Satz laut aus mit einer Portion Pathos in der Stimme, gerade als die Tür aufging und Kollegin Dobler den Kopf hereinstreckte.

„Ich mache heute ein bisschen früher Schluss", sagte sie.

„Langsam, langsam", sagte Lauer. „Ich brauche deine Hilfe. Dringende Vernehmung im Dreifachmord. Heiße Spur. Vielleicht der Durchbruch."

„Leo, muss das sein? Ich wollte noch mit Christian ..."

„Es muss sein, Susanne. Ich kann nicht weg. Eiliger Bericht für Clement. Und, ja, es ist ganz dringend. Nimm doch Gernhardt einfach mit!"

Die Kommissarin gab ihren Widerstand auf.

„Hauptstraße, Feudenheim. Ich habe dir die Adresse aufgeschrieben, Sven Metzger. Und hier noch, einen Moment."

„Ich weiß", sagte Dobler. „Zwen Fleischer, Thomas Vogelers Freund."

Lauer bearbeitete die Tastatur. Endlich fand er, was er gesucht hatte.

„Hier, da solltet ihr auch noch vorbeischauen. Quadrate-Briefmarken Metzger, S-Quadrat. Es geht um das Alibi des jungen Mannes. Freitag, 22. März

2013. In der Zeit von acht bis zwölf Uhr. Danke, Susanne. Du hast was gut bei mir."

Susanne Dobler und Christian Gernhardt standen vor der Villa in der Hauptstraße in Feudenheim. Standen vor dem schlichten Klingelschild am Gartentor. „Metzger" stand dort. Sonst nichts.

„Schön hier", sagte Dobler und drückte zum dritten Mal auf den Klingelknopf, dieses Mal lang anhaltend. Nichts passierte. Gernhardt drückte auf die Klinke des Gartentors. Nicht abgeschlossen. Er betrat das Grundstück.

„Das kannst du nicht machen", rief sie ihm nach.

„Bleib einfach draußen stehen. Wenn was ist, pfeifst du."

Dabei kann ich nicht pfeifen, dachte sie, sagte es aber nicht, aus Angst, die Nachbarn könnten auf sie aufmerksam werden. Gernhardt war an der Haustür angelangt, rüttelte daran, schüttelte den Kopf und ging um das Haus herum in den Garten. Dobler schaute sich um. Die Hauptstraße in Feudenheim war menschenleer. Ab und zu fuhr ein Auto vorbei, meist zu schnell, wie Dobler empfand, aber sie konnte sich täuschen. Sie kramte ihr Handy heraus, schaute, was ihre Bekannten in der letzten Stunde auf Facebook geschrieben hatten, nur um nicht untätig hier am Gartentor zu stehen. Wie auf dem Präsentierteller. Doch niemand kam vorbei, niemand sprach sie an.

Wo bleibt Christian nur, dachte sie. Dann öffnete sie ihr Mailprogramm. Sie war so in eine Mail ihrer Schwester vertieft, dass sie gar nicht bemerkte, dass ein Streifenwagen neben ihr hielt.

„Ist ausgeflogen, der Vogel“, rief Gernhardt vom Haus her.

„Darf man fragen, was Sie hier zu suchen haben?“

Die Stimme des Streifenpolizisten klang neutral. Dobler schreckte hoch. Bevor sie reagieren konnten, kam Gernhardt zur Straße vor und hielt dem Polizisten seinen Ausweis unter die Nase.

„Alles im grünen Bereich, Kollege. Kripo, wir müssen den Bewohner dringend befragen. Gefahr im Verzug.“

Der Polizist legte die Hand an die Mütze.

„Nachbarn haben angerufen. Jemand mache sich an der Terrassentür zu schaffen. Verdacht auf Einbruch. Die vielen Einbrüche in der letzten Zeit.“

„Die Terrassentür ist nur angelehnt“, sagte Gernhardt. „Schauen Sie doch mal nach.“

„Machen wir“, sagte der Polizist.

Sie waren am Auto, als Gernhardt sagte: „Ich habe eine Idee. Gleich da vorne gibt es ein kleines Café. Wir gehen zu Fuß. Da gibt es Donauwelle, selbst gemacht, ich kann dir sagen.“

„Kommt nicht infrage“, sagte Dobler. „Die Arbeit wartet. Briefmarkengeschäft, Alibi überprüfen. Oder hast du das vergessen?“

Gernhardt wendete auf dem Parkplatz vor der Bäckereifiliale.

„Hier war früher eine Schülernachhilfe untergebracht. Mein kleiner Bruder durfte hier seine schulfreie Zeit verbringen. Genützt hat es nichts. In der zehnten Klasse blieb er hängen. Mein Vater …"

„Hast du eben im Garten was Interessantes gesehen?"

Dobler hatte kein Interesse an einem Schwank aus Gernhardts Leben, zumindest im Augenblick nicht.

„Was heißt hier, im Garten? Ich habe kurz ins Haus geschaut."

„Du warst …"

„Du weißt ja, die Terrassentür war angelehnt."

„Und, was hast du gesehen?"

„Schöne alte Möbel."

„Und weiter?"

„Von Sven Metzger keine Spur."

„Das war leichtsinnig", sagte Dobler.

Gernhardt lachte und schüttelte den Kopf.

„Das ist nicht zum Lachen. Du hast gesehen, wie aufmerksam hier die Nachbarn sind. Und der Streifenwagen war gleich da. Das hätte ins Auge gehen können."

Natürlich fanden sie in den Quadraten keinen Parkplatz. Nach 20 Minuten vergeblicher Suche fuhr Gernhardt Richtung Neckar und hatte in der Nähe des Gewerkschaftshauses Glück.

„Gratulation, Christian. 45 Minuten von Feudenheim in die Quadrate. Die Rumkurverei bei der Parkplatzsuche eingerechnet. Da hätten wir uns zu Fuß auf den Weg machen können", lästerte Dobler. „Viel länger hätten wir nicht gebraucht."

„Quadrate Briefmarken Metzger" war in Frakturschrift auf dem Emailleschild neben der Eingangstür zu lesen.

„Leipziger Fraktur", sagte Gernhardt.

„Was redest du da?"

„Na, die Schriftart auf dem Schild."

Manchmal wurde sie nicht schlau aus ihrem Kollegen.

Im Geschäft war es dunkel. Sie waren die einzigen Besucher. Es dauerte einige Zeit, bis sich der Vorhang des angrenzenden Raumes bewegte und vor ihnen ein Mann erschien. Höchstens 1,60 Meter groß, schätzte Dobler. Sie konnte sich täuschen, weil der Mann so gebückt ging. Gernhardt hielt ihm seinen Ausweis hin, stellte sich und seine Kollegin vor. Der Mann ließ sich auch Doblers Ausweis zeigen und studierte beide genau, wobei er sie nahe vor die Brille mit den dicken Gläsern hielt. Endlich gab er die Ausweise zurück.

„Es sind so viele Betrüger unterwegs."

Es klang nicht resignierend. Es sollte eine sachliche Feststellung sein.

„Sie wünschen?"

„Es geht um Ihren Enkel."

„Sven? Hat er was ausgefressen? Er ist im Grunde ein guter Junge."

„Es geht um den 22. März."

„Der Freitag? Da war ich krank, Bronchitis. Sven war den ganzen Tag bei mir, hat mich gepflegt."

„Sie erinnern sich so genau?"

„Es kommt nicht oft vor, dass ich krank bin und das Geschäft geschlossen bleiben muss."

„Wissen Sie, wo sich Ihr Enkel im Moment aufhält?"

„Er wird bei der Abendakademie sein. Sven hat sich entschlossen, das Abitur nachzuholen. Vor Jahren hat er die Schule abgebrochen. Was bin ich froh, dass ich ihn überzeugen konnte, seinen Abschluss doch noch zu machen."

Dobler schlug vor, schnell bei der Abendakademie vorbeizuschauen und nachzufragen, ob Sven Metzger sich dort aufhielt. An der Info erfuhren sie, dass der heutige Kurs zu Ende war, der Kursleiter das Gebäude schon verlassen hatte.

„Wenn Sie morgen Vormittag vorbeischauen und die Verwaltung besetzt ist, bekommen Sie die gewünschten Informationen", sagte der junge Mann an der Info.

„Und jetzt?", fragte Gernhardt, als sie aus der Abendakademie herausgingen.

„Wir können noch einmal in Feudenheim nachschauen“, antwortete Dobler. „Vielleicht ist Metzger inzwischen dort aufgetaucht.“

„Das ist doch viel zu unsicher. Das hat bis morgen Zeit.“

Gernhardt faltete die Hände wie zum Gebet.

„Ich habe eine andere Idee. Wir machen es uns bei dir gemütlich.“

Dobler ließ sich überreden.

„Die Antwort des Großvaters schien mir doch reichlich schnell zu kommen, als du nach dem Alibi gefragt hast“, sagte sie, als Gernhardt nach zehn Minuten noch immer keinen Parkplatz in der Nähe ihrer Wohnung gefunden hatte.

Dienstag, 9. April 2013

44

Die Tür der Kommissare wurde aufgerissen, sodass der Luftzug die Papiere in den Ablagekörben aufwirbelte. Lauer und Meißner schauten erschrocken auf. Der Mann, der diesen Wind entfacht hatte, stieß seine rechte Faust senkrecht nach oben.

„Ja!“, rief der Mann vor ihnen. Dieser Mann war Clement.

Clement geht ja mal aus sich heraus, dachte Lauer.

„Wir haben ihn.“

Lauer und Meißner sahen sich an.

„Um 15 Uhr Pressekonferenz. Ich brauche Sie beide dabei.“

„Jetzt mal langsam und zum Mitschreiben“, sagte Meißner. „Wen haben wir? Und warum Pressekonferenz?“

„Wen? Wen wohl? Den Dreifachmörder. Wen sonst?“

Als Lauer und Meißner nichts sagten, fuhr ihr Vorgesetzter fort: „Heute Morgen, als ich ins Präsidium kam. Unten an der Pforte, der Mann. Er wolle sich stellen. Wohin er da müsse? Bei mir war er genau richtig. Ich habe ihn mitgenommen in mein Büro.“

„Und da hat er gestanden?“

„Ja! Umfassend!“

„Und was, bitte schön?“, fragte Lauer.

„Was? Den Dreifachmord, was sonst?“

So, wie Clement die letzten Worte ausgesprochen hatte, blieb nur eine Schlussfolgerung: Ich, Roman Clement, Erster Kriminalhauptkommissar, Leiter des Dezernates 11, habe den Dreifachmörder dingfest gemacht!

Lauer und Meißner schauten sich an. War es möglich, dass sich ihr Chef gerade einen Scherz erlaubte?

„Und? Irgendwelche Beweise?“

„Ein Geständnis an sich ist Beweis genug. Der Mann präsentierte mir darüber hinaus noch die Tatwaffe.“

Clement ballte wiederum die Faust.

„Pressekonferenz. Jetzt werden wir es der Presse zeigen. Der Mann ist im Vernehmungszimmer. Lauer! Meißner! Übernehmen Sie!“

Der alte Mann hockte zusammengesunken auf seinem Stuhl im Vernehmungszimmer. In der Ecke saß eine junge Frau, vor sich einen Laptop. Eine Schreibkraft, die, das wusste Lauer, neu im Präsidium war. Den Namen kannte er nicht.

„Das soll unser Dreifachmörder sein?“, flüsterte Lauer Clement zu.

Lauer versuchte sich vorzustellen, wie der alte Mann vom Auto der Russos zu dem Radfahrer hetzte und zurück, in der Hand seine Luger, wie er mitten in die Stirn zielte, kaltblütig abdrückte. Es überstieg sein Vorstellungsvermögen.

„Ich kann es mir nicht vorstellen."

Clement zog Lauer am Arm aus dem Zimmer. Draußen im Flur baute er sich vor ihm auf, stemmte die Arme in die Hüften.

„Wissen Sie, was mir an Ihnen gewaltig auf die Nerven geht? Dass Sie alles immer madigmachen. Sie sind ein Querulant, Lauer. Das musste mal gesagt werden!"

„Dann ist es ja gut, dass es jetzt heraus ist", sagte Lauer und ging zurück ins Vernehmungszimmer.

„Bleiben Sie doch bitte sitzen, Herr …", begrüßte Lauer den alten Mann.

„Metzger, Alfons Metzger."

Lauer stutzte einen Moment. Kann das Zufall sein?, fragte er sich.

„Ich fand das auch komisch", sagte Julian Meißner später. „Aber in Mannheim gibt es fast 40 Metzgers, 39, um genau zu sein."

Ein wandelndes Lexikon ist mein Kollege, war Lauers Gedanke.

„Könnte ich eine Tasse Kaffee bekommen?"

„Ich kümmere mich darum", sagte Meißner und verließ den Raum. Clement stand immer noch im Flur.

„Was Herr Metzger mir erzählt hat, das ist aber alles wasserdicht", sagte Clement. „Der Tathergang stimmt, wo die Waffe herstammt, alles hat Hand und Fuß. Täterwissen. Das müssen Sie zugeben, Meißner."

„Ich kann es mir beim besten Willen nicht vorstellen."

„Noch so ein Querulant", murmelte Clement vor sich hin.

„Wie bitte?"

„Nichts, nichts. Was gibt es denn?"

„Herr Metzger möchte einen Kaffee."

„Ich kümmere mich drum", sagte Clement.

„Nicht nötig."

Meißner, der wusste, wie unterirdisch der Automatenkaffee schmeckte, zog sein Handy aus der Tasche und bestellte bei Frau Werner einen Kaffee, frisch, schwarz, richtig stark. Dann ging er ins Vernehmungszimmer zurück und setzte sich neben Lauer.

„Herr Metzger, warum haben Sie uns aufgesucht?", fragte Lauer den alten Mann.

„Das habe ich Ihrem Kollegen gesagt."

„Unserem Vorgesetzten, Herrn Clement?"

„Clement, so heißt er. Ich habe dem gesagt, dass ich für die Morde auf dem Spielplatz im Rheinauer Wald verantwortlich bin. Ich habe mir so ein Vernehmungszimmer anders vorgestellt."

„Wie meinen Sie das?"

„Ich habe verspiegelte Scheiben erwartet, ein Aufnahmegerät, das rot blinkend vor mir steht. Wie das im Fernsehen so üblich ist."

„Das hier ist aber das wirkliche Leben", sagte Meißner und sah aus den Augenwinkeln, dass die junge Frau in der Ecke ihren Mund zu einem Lächeln verzog.

„Können Sie denn mit einer Waffe umgehen?", fragte Lauer.

„Ich bin Mitglied im Schützenverein, Schützengesellschaft 1744, vorne am Neckarplatt. Bis vor zwei Jahren war ich aktiv."

„Und die Tatwaffe?"

„Die habe ich Ihrem Kollegen gegeben."

„Unserem Vorgesetzten."

„Die Untersuchung wird zweifelsfrei den Nachweis bringen, dass vor Kurzem aus der Waffe geschossen worden ist, dass die Patronen, die am Tatort gefunden wurden, durch den Lauf meiner Luger geflogen sind."

„Die Waffe ist registriert?"

Herr Metzger schüttelte den Kopf.

„Woher haben Sie die Waffe?"

„Von meinem Vater, der war Schweizer, diente bei der Schweizer Armee. Ein Erinnerungsstück, nicht legal, das muss ich einräumen."

„Können Sie uns den Ablauf der Tat schildern?"

„Selbstverständlich, ich war es ja. Zuerst habe ich den Pizzabäcker erschossen, zwei Schüsse, mitten in die Stirn. Dann ist das Mädchen weggelaufen. Ich hatte Angst, dass sie mich erkennt. Ich bin erleichtert, dass das Kind noch lebt. Als das Mädchen am Boden lag, sah ich den Radfahrer, der gerade in seiner Lenkradtasche herumkramte. Der sucht sein Handy, dachte ich. Der will die Polizei rufen. Das muss ich verhindern. Also habe ich auf ihn geschossen."

„Genauer, beschreiben Sie ganz genau, wie Sie Thomas Vogeler erschossen haben."

„Ich habe einfach abgedrückt. Mehrmals. An mehr kann ich mich nicht erinnern."

„Und, wie ging es weiter?"

„Ich hörte Geschrei aus dem Auto. Die Frau des Pizzabäckers. Auf dem Rücksitz. Sie schrie wie eine Wahnsinnige."

„Und da haben Sie die Frau auch noch hingerichtet?"

„Es war eine Hinrichtung, ich muss Ihnen zustimmen. Zwei Schüsse in die Stirn."

„Und das Mädchen, die dreijährige Emely, die zu Füßen ihrer gerade erschossenen Mutter kauerte?"

„Davon weiß ich nichts. Kann ich jetzt meinen Kaffee haben?"

„Der muss gleich kommen", sagte Meißner.

„Und warum, Herr Metzger, haben Sie drei Menschen getötet und ein zehnjähriges Mädchen beinahe?", fragte Lauer.

„Es leuchtet nicht ein", sagte Meißner. „Täterwissen, dass ich nicht lache. Stand doch alles in der Zeitung."

„Ich wurde erpresst", antwortete Herr Metzger.

„Sie tischen uns doch Märchen auf. Wen decken Sie? Sind Sie mit Sven Metzger verwandt? Wo bleibt denn nun der Kaffee?“, sagte Lauer.

Meißner streckte den Kopf aus der Tür und sah am Ende des Flurs Clement.

„Könnten Sie in unserem Büro anrufen und Frau Werner Bescheid sagen? Der Kaffee! Die sollen ihn einfach reinbringen.“

Clement war so verdutzt, dass er sein Handy aus der Tasche zog. Meißner verschwand im Vernehmungszimmer.

„Erpresst? Von wem denn?“

„Von diesem Russo und seiner Bande, von wem denn sonst? Von der Mafia.“

„Warum sollte die Mafia sich für einen alten Mann interessieren?“

„Schutzgeld. Sie müssen wissen, dass ich Geschäftsmann bin. Ja, ich habe ein …“

Weiter kam der alte Mann nicht. Die Tür ging auf, Susanne Dobler kam herein, in der Hand ein Tablett mit drei Tassen Kaffee, einem Milchkännchen und einer Zuckerdose.

„Ich bin gleich wieder verschwunden. Ich war gerade zufällig in eurem Büro. Es gibt interessante Neuigkeiten.“

Sie stellte eine Tasse vor Herrn Metzger hin.

„So sieht man sich wieder“, sagte sie und wandte sich dann an die beiden Kommissare. „Könnt ihr mal kurz rauskommen?“

„Du kennst den Herrn?“, fragte Lauer im Flur.

„Klar, gestern haben wir noch mit ihm gesprochen. Das ist Herr Metzger, der Opa von Sven Metzger. Warum ist er hier?“

„Also doch!“, sagte Meißner.

„Er hat den Dreifachmord gestanden und uns die Tatwaffe übergeben“, sagte Lauer.

„Wieso habe ich davon nichts mitbekommen?“, fragte Susanne Dobler. „Gestern hat der alte Herr mich und Gernhardt ganz schön angelogen.“

„Das musst du erklären“, sagte Meißner.

„Will ich ja gerade.“

„Herr Metzger, warum haben Sie unseren Kollegen gestern nicht die Wahrheit gesagt?“

Meißner ließ dem alten Mann keine Zeit, sich eine Antwort zurechtzulegen.

„Ihr Enkel war zwar bei der Abendakademie in dem Vorbereitungskurs für das Abitur angemeldet, aber er ist seit Wochen nicht mehr zum Unterricht erschienen. Er ist längst vom Kurs abgemeldet. Das müssen Sie doch gewusst haben.“

Herr Metzger schaute auf die Tischplatte vor sich.

„Sie müssen mir das glauben, ich bin erpresst worden. Ich habe doch ein Geschäft.“

Meißner packte Lauer am Arm.

„Wir sollten das hier beenden. Ich glaube, in Feudenheim werden wir dringender gebraucht. Leo, informiere Clement. Der soll sich um den alten Mann kümmern. Ich organisiere einen Dienstwagen, Susanne bleibt so lange bei Herrn Metzger."

„Herr Metzger hat mit den Morden nichts zu tun", sagte Lauer zu seinem Vorgesetzten. „Kümmern Sie sich bitte um ihn. Wir brauchen ihn später fürs Protokoll. Wir müssen uns um sein Enkelkind kümmern. Sven Metzger ist dringend tatverdächtig. Für ihn hat Herr Metzger ein falsches Geständnis abgelegt."

„Und meine Pressekonferenz?"

„Die müssen Sie wahrscheinlich nicht absagen, höchstens verschieben."

45

Susanne Dobler informierte Christian Gernhardt und Irene Meyers unterwegs vom Auto aus. Meyers versprach, so schnell wie möglich zu kommen. Gernhardt hatte einen Termin bei der Staatsanwaltschaft in Ludwigshafen, um Formalitäten der Exhumierung in Höningen zu regeln. Außerdem versuchte Susanne Dobler, über die Einsatzzentrale Verstärkung nach Feudenheim zu dirigieren. Das war nicht so einfach. Auf der Frankenthaler Straße auf Höhe des Hotels Weber kurz vor dem Autobahnzubringer hatte es einen Verkehrsunfall gegeben, zwei Lastkraftwagen und sechs Personenwagen waren darin verwickelt, drei Schwerverletzte. Ein Tanklastzug, der Kerosin geladen hatte, war umgekippt, Treibstoff auf die Fahrbahn gelaufen. Die Polizei hatte zusammen mit der Feuerwehr alle Hände voll zu tun, um Schlimmeres zu verhindern. Zwei Streifenwagen waren abkömmlich und würden so schnell wie möglich kommen.

„Ohne Blaulicht, wir möchten den mutmaßlichen Täter nicht aufscheuchen."

Trotzdem hörten sie, gerade als sie auf Höhe der Esso-Tankstelle in der Feudenheimer Landstraße waren, zum ersten Mal die Sirene. Lauer wollte aufbrausen, Meißner beruhigte ihn.

„Leo, das sind nicht unsere, das ist der Notarzt."

Das Geräusch kam näher. Lauer verlangsamte die Fahrt und wich nach rechts aus. In einem Höllentempo raste der Notarztwagen an ihnen vorbei und verschwand in der Hauptstraße.

„Der fährt in unsere Richtung", sagte Dobler.

Gleichzeitig mit ihnen kam Irene Meyers am Einsatzort an. Auf dem Gehweg gegenüber Metzgers Haus in der Hauptstraße in Feudenheim hatte sich ein Auflauf gebildet. Einen Streifenwagen konnte Lauer auch entdecken. Und den Notarztwagen, der sie gerade erst überholt hatte.

„Hallo, Kollegin", begrüßte Dobler die Streifenpolizistin.

„Schießerei, da drüben im Haus", erklärte die. „Ein Mann ist verletzt. Mehr wissen wir nicht."

Sie deutete auf die Frau, die auf den Notarzt einredete. Meißner kannte die Frau. Luise Vogeler, die Mutter des erschossenen Radfahrers. Trotz ihrer geröteten Augen machte sie heute einen anderen Eindruck auf Meißner. Ruhig und gefasst.

„Wer ist im Haus, Kollegin?"

„Das wissen wir nicht. Nachbarn sagen, dass dort ein alter Mann wohnt, der in der Innenstadt ein Briefmarkengeschäft betreibt. Er soll heute Morgen wie üblich das Haus verlassen haben."

„Und sitzt jetzt im Vernehmungszimmer in L 6", sagte Lauer. „Erzählen Sie bitte weiter."

„In dem Haus wohnt noch der Enkel des alten Mannes. Die Nachbarn reden nicht gut über ihn. Faul, arrogant, lässt sich von seinem Großvater aushalten."

Die Frau trat zu den Kommissaren.

„Frau Vogeler", sagte Dobler, „was machen Sie hier?"

„Sie erinnern sich an mich. Als wir uns beim ersten Mal gesehen haben, war ich in keiner guten Verfassung."

„Das war verständlich."

„Mein Mann liegt im Flur, angeschossen. Er ist am Bein verletzt. Mehr kann ich nicht sagen. Dieser Verrückte hat mich angeschrien, gedroht, auch auf mich zu schießen. Wenn ich nicht verschwinde, sagte er, drückt er ab."

„Warum haben Sie mit Ihrem Mann Sven Metzger aufgesucht?"

„Der junge Mann war der Freund unseres Sohnes, wie Sie ja wissen. In den Faschingsferien haben die beiden uns auf Mallorca besucht. Es war ein Drama. Thomas wollte eigentlich eine Woche bleiben. Nach drei Tagen reiste er mit seinem Freund ab. Es war unerträglich."

„Was war unerträglich?"

„Das Verhalten meines Mannes. Anton kann es nicht ertragen, dass Thomas ..."

Man sah Luise Vogeler an, dass sie nach dem passenden Wort suchte.

„Dass Thomas anders war. Er hat sich in die Idee verrannt, dass der junge Mann schuld an Thomas' Tod ist. Er wollte ihn zur Rede stellen. Ich habe alles versucht, ihn davon abzuhalten. Vergeblich. Und was dabei herausgekommen ist", sie deutete auf das Haus auf der anderen Straßenseite, „das sehen Sie ja."

„Metzger ist bewaffnet", sagte Julian Meißner. „Sollen wir das SEK anfordern?"

„Bis die da sind, ist alles längst vorbei", sagte Lauer, drehte sich abrupt um und überquerte die Straße, ohne nach links oder rechts zu schauen. Das war nicht nötig. Die Streifenbeamten hatten inzwischen die Hauptstraße in beide Richtungen abgeriegelt und die Zuschauer hinter die Absperrungen gebeten.

„Was hast du vor, Leo?", rief Irene Meyers hinter

Lauer her. Der winkte nur mit der Hand hinter seinem Kopf, ohne sich umzudrehen. Vor dem Haus blieb er stehen, zog seine Pistole aus dem Halfter und legte sie auf den Pfosten neben dem Gartentor.

„Metzger, ich bin unbewaffnet. Ich komme jetzt rein und hole den verletzten Mann heraus. Ich verlasse das Haus dann wieder."

Zwei Schüsse waren die Antwort. Der eine schlug an das Geländer links vom Gartentor und erzeugte ein metallisches Kreischen, das Lauer in den Ohren wehtat. Der andere Schuss klatschte auf Lauers Pistole, schob sie an den Rand des Pfostens, von wo sie zu Boden fiel. Lauer setzte Schritt vor Schritt, näherte sich der Haustür, die einen Spalt offenstand, drückte sie auf, betrat den Flur und entdeckte Anton Vogeler am Fuß der Treppe, die linke Hand auf den rechten Oberschenkel gepresst. Er stöhnte leise und Lauer kniete sich zu ihm nieder.

„Schlimme Verletzung?"

„Halb so schlimm, nur eine Fleischwunde, hoffe ich. Mir ist schwindlig und alleine komme ich nicht hoch."

„Ich helfe Ihnen", sagte Lauer.

„Verschwinden Sie! Oder ich knalle Sie beide ab."

Lauer ließ Vogelers Arm los, stand aus der Hocke auf, ein stechender Schmerz fuhr ihm ins linke Knie, verfluchter Meniskus, dachte er, eine Erinnerung an seine Zeit als Fußballer in seinem Heimatdorf in der Pfalz.

Lauer blickte zur Treppe hoch. Dort oben stand Sven Metzger, in der Hand eine Pistole, deren Lauf genau auf ihn zielte.

„Verschwinden Sie! Oder Sie sind ein toter Mann. Auf einen mehr oder weniger kommt es nicht an."

Lauer hob die Hände.

„Du bist kein eiskalter Killer, Fleischer."

Als Lauer Meißner später davon erzählte und dieser ihn fragte, warum er den jungen Mann mit seinem Facebook-Namen angeredet habe, schaute Lauer ihn nur verständnislos an.

„Ich habe keine Sekunde darüber nachgedacht."

Sven Metzger ließ seine Pistole sinken.

„Ich bringe jetzt Herrn Vogeler raus, er braucht dringend ärztliche Versorgung. Danach komme ich zurück, unbewaffnet. Ich muss mit dir reden."

„Ich rede mit niemandem", schrie Metzger und drückte ab. Die Kugel schlug im Putz oberhalb der Haustür ein. Lauer ignorierte das, was Metzger gesagt hatte, er ignorierte den Schuss. So als ob sein Handeln die selbstverständlichste Sache der Welt wäre, ging er in die Hocke, griff nach Vogelers Arm, legte ihn sich um seine Schulter, zog den Mann hoch, das Stechen im Knie. Lauer spürte, wie unsicher Vogeler neben ihm stand. Er legte seinen Arm um Vogelers Hüfte.

„Geht es?"

Vogeler nickte und Lauer sah aus den Augenwinkeln, wie der Mann die Lippen zusammenpresste. Jedes einzelne Fußanheben, jeder Schritt, jeder Meter, den er mit Anton Vogeler im Schlepptau zurücklegte, ach was, jeder Zentimeter, alles kam ihm endlos vor. Eine Schnecke ist schneller als wir zwei, dachte er.

Endlich passierten sie das Gartentor. Lauer schaute sich um. Wo waren sie vor Metzger sicher? Die Platane links vom Haus. Hier waren sie vor Metzgers Blicken geschützt. Langsam ließ er Vogeler zu Boden sinken und lehnte ihn an den Baum. Der Notarzt und zwei Sanitäter kamen gelaufen, alle drei tief gebückt. Lauer sah nicht mehr, wie Vogeler auf die Liege gehievt und über die Straße geschoben wurde. Er schaute hinter dem Baum hervor, sah, wie Meißner hinter dem Pfosten des Gartentores kauerte.

Lauer hob die Hände hoch und ging auf das Gartentor zu.

„Ich gehe rein", flüsterte er Julian Meißner zu. Als er das Gartentor erreicht hatte, blieb er stehen.

„Metzger, ich komme wieder rein. Wir müssen reden."

Die Haustür stand noch immer offen. Vorsichtig streckte er den Kopf hinein, schaute zur Treppe hoch. Metzger war verschwunden. Lauer ging zwei, drei Schritte in den Flur. Plötzlich hörte er ein Poltern. Bevor er sich umdrehen konnte, spürte er einen stechenden Schmerz in der Brust, fiel zu Boden und ihm wurde schwarz vor den Augen. Lauer fühlte das Kratzen des Teppichs an seiner Wange. War es Sekunden später? Oder war viel mehr Zeit vergangen?

War er bewusstlos gewesen? Er konnte es nicht sagen. In der Nase hatte er einen metallischen Geruch. Wie Blut, dachte er. Bin ich verletzt? Er machte vorsichtig die Augen auf. Hob den Kopf ein wenig an. Sah den feuchten, dunklen Fleck auf dem Teppich. Er rappelte sich auf. Drückte sich mit den Händen vom Boden ab. Schaffte es, auf die Knie zu kommen. Atmete tief durch. Versuchte es zumindest. Der Schmerz in seiner Brust. Schaute noch einmal auf den Teppich vor sich. Blut. Vogelers Blut, durchfuhr es ihn. Genau an dieser Stelle hatte Anton Vogeler gelegen, bis Lauer ihn aus dem Haus gezogen hatte.

„Der hat dich voll über den Haufen gerannt", sagte Meißner, als alles vorbei war. „Ein Wunder, wie schnell du wieder auf die Füße gekommen bist."

46

Lauer konzentriert sich darauf, auf die Füße zu kommen. Dann ein Krachen, so laut, dass er denkt, es käme direkt aus seinem Kopf. Nein. Von da vorne. Ein Schuss? Er stolpert vorwärts. Geht dem Geräusch nach. Nein, kein Schuss. Eher wie das Geräusch, wenn Glas splittert. Er hält sich am Türrahmen fest. Das Wohnzimmer. Die riesige Fensterfront. Der Blick in den Garten. Auf die Terrasse. Der Sessel, der umgekippt vor der Terrassentür liegt. Das Glas der

Tür zersplittert. Sven Metzger, der mit dem Rücken zum Schwimmbecken steht, das sich direkt an die Terrasse anschließt. Lauer steigt vorsichtig durch die zersplitterte Glastür. Kommt ins Schwanken. Greift nach einem Halt. Steht auf der Terrasse. Hält seine Hand vors Gesicht. Sieht das Blut, das von seiner Handfläche tropft. Sieht Sven Metzger, der keine fünf Meter von ihm entfernt steht. Sieht nicht in die Augen von Sven Metzger. Sieht in den Lauf der Pistole, die auf ihn gerichtet ist.

„Verschwinde! Ich knall dich ab! Ich knall euch alle hier ab!"

„Es reicht! Du willst das doch alles nicht."

„Hau ab!"

Lauer bleibt unbeweglich stehen. Metzger fuchtelt mit der Pistole hin und her. Dann löst sich ein Schuss. Splittern. Das schöne Panoramafenster, denkt Lauer.

„Du willst mich nicht töten. Ich habe dir nichts getan, Sven."

„Die Drei im Wald, die haben mir alle nichts getan. Die hab ich nie zuvor in meinem Leben gesehen."

„Thomas Vogeler, der hat dir was getan. Du hast ihn geliebt. Er hat mit dir Schluss gemacht. Er hat gedroht, dich anzuzeigen. Ich kann verstehen, wie du dich fühlst."

„Thommie!"

Metzgers Schrei kommt von tief innen. Lauer geht

einen Schritt auf ihn zu. Streckt ihm die Hand entgegen.

„Es ist vorbei, Sven. Alles ist vorbei. Gib mir die Waffe."

„Bleiben Sie stehen, verdammt, Sie sollen stehen bleiben. Oder …"

„Was oder? Du wirst mir nichts tun, Sven. Es ist vorbei. Gib mir deine Pistole."

Lauer geht einen weiteren Schritt auf Sven Metzger zu. Lauer sieht in Metzgers Augen.

„Hände über den Kopf!"

Meißners Stimme. Verdammt, was hat der hinter dem Kirschlorbeer zu suchen? Meyers, halb verdeckt vom Blumenkübel. Die Waffe im Anschlag.

„Verschwindet!"

Lauer artikuliert das Wort, aber es verlässt nicht seinen Mund. Alles geht viel zu schnell.

Metzger wendet sich Meyers zu, reißt die Waffe hoch. Zielt. Er zielt! Dieses Mal zielt er genau. Er drückt ab. Lauer hört den Knall. Leise. Weit weg. Er sieht Meyers. Die reißt den Arm hoch. Ihre Dienstwaffe fliegt in hohem Bogen hinter sie. Sie greift sich mit der Hand an die Schulter. Oder an die Brust. Sie fällt auf den Rücken. Lauer sieht, wie Blut zwischen Zeige- und Mittelfinger hervorquillt.

Lauer möchte losrennen. Meyers in den Arm nehmen. Er kann sich nicht bewegen. Er steht da. Sieht

Meyers neben dem Blumenkübel liegen. Hört Metzgers Schrei.

„Thommie!"

Lauer dreht den Kopf. Sieht den jungen Mann vor sich. Der reißt den Mund auf. Er sieht den Lauf der Pistole, der sich in den Mund schiebt. Lauer sieht nur den Lauf. Sieht nur den Mund. Lauer schließt die Augen. Hört den Schuss. Dann ein Platschen. Lauer traut sich kaum, die Augen zu öffnen. Hört Stimmen. Alles gedämpft. Alles weit weg. Sieht zwei nackte Füße vor sich. Zwei Beine in Jeans. An einem Knie aufgerissen. Sieht das Wasser des Pools. Hellrot verfärbt.

Meyers! Lauer humpelt zum Blumenkübel. Nimmt Meyers' Kopf in die Hände. Irene Meyers sieht ihn an. Verzieht den Mund.

„Leo", formen ihre Lippen. Lauer hört keinen Ton. Meyers' Kopf sackt zur Seite. Hände greifen nach Lauer. Er wird nach hinten gezogen. Auf etwas Weiches gelegt.

„Es ist vorbei."

Doblers Stimme.

„Alles wird gut, Leo."

Lauer versinkt in der Dunkelheit.

47

Am späten Nachmittag der Schlagabtausch zwischen Clement und Annette Bissell, der Journalistin des Rhein-Neckar-Anzeigers. Die Pressekonferenz musste zwei Mal verschoben werden, weil der Gang der Ereignisse die Informationen, die sie an die Presse weitergeben wollten, immer wieder über den Haufen geworfen hatte. Endlich konnte Clement sie um 17:53 Uhr eröffnen.

„Warum wurde so lange die falsche Spur verfolgt?“, fragte Bissell Clement, nachdem der den Ablauf der Geschehnisse in der Hauptstraße in Feudenheim geschildert und Informationen zu Sven Metzger gegeben hatte.

„In einer polizeilichen Ermittlung gibt es keine falschen und richtigen Spuren. Zu Anfang gibt es meist eine Vielzahl von Spuren. Erst in mühsamer Kleinarbeit stellt sich heraus, welche Spuren sich ins Nichts verlaufen und welche Spuren uns unserem Ziel, den Täter dingfest zu machen, näherbringen.“

Lauer stand auf, holte tief Luft und setzte sich dann wieder. Seine Seite tat ihm weh. Er hatte sich geweigert, sich ins Krankenhaus einliefern zu lassen. Lediglich in eine Untersuchung des Notarztes hatte er eingewilligt. Der hatte ihn abgetastet, eine Prozedur, die Lauer, ohne mit der Wimper zu zucken, über sich hatte ergehen lassen.

„Rippenprellung wahrscheinlich", hatte der Arzt getippt. „Eine genaue Diagnose ist erst durch eine Röntgenaufnahme möglich."

„Nicht nötig", hatte Lauer entgegnet.

Erst drei Tage später, als der Schmerz in der Brust nicht nachließ, ging Lauer endlich zum Arzt. Bruch zweier Rippen lautete die Diagnose nach dem Röntgen.

„Wie kann es sein, dass der Dreifachmörder so lange frei herumlaufen konnte?"

Annette Bissell ließ nicht locker.

„Jede Ermittlung braucht ihre Zeit. Manche Fälle lassen sich leicht und schnell aufklären. Dem Dreifachmord liegt ein komplexer Sachverhalt zugrunde mit vielen Spuren, die in die Irre führten. Es ist uns gelungen, den Gordischen Knoten zu entwirren und den Mörder zu finden."

Den Gordischen Knoten entwirren? Lauer fand den Vergleich nicht passend. Egal, es hörte sich gut an. Es blieb dabei, Clement wäre als Politiker eine Idealbesetzung.

„Warum hat die Polizei den Mörder nicht am Selbstmord gehindert?"

Spätestens bei dieser Frage hätte Lauer die Fassung verloren, wäre er vorne auf dem Podium platziert gewesen. Nicht so Clement. Mit engelhafter Geduld rekapitulierte er zum zweiten Mal die Minuten vor Metzgers Selbstmord mit allen Details.

Ihr Chef zog sich erstaunlich gut aus der Affäre, fand Lauer. Und ärgerte sich gleich darauf über seine eigenen Gedanken.

Mittwoch, 10. April 2013

48

„Auf Metzgers Handy habe ich eine interessante App gefunden."

Onur Tanaoğlu hielt ein Smartphone in die Runde. Lauer glaubte, ein iPhone zu erkennen, war sich aber nicht sicher.

„Private Diary", eine Art Tagebuch. Metzger hat in diesem Tagebuch seine Beziehung zu Vogeler ausführlich beschrieben. Vom Kennenlernen Anfang Januar, vom ersten Verliebtsein. Sätze wie: ‚Dich will ich. Keinen anderen. Mein Leben lang'. Liebesquatsch. Oder: ‚Unsere Liebe ist ein Traum.' Gefühlskäse. Im Februar kommt es zu ersten Unstimmigkeiten. ‚Warum stehst du nicht zu mir?', fragt Metzger in einem Eintrag. Anfang März spitzt sich der Konflikt zu. Metzger wirft Vogeler vor, dieser treffe sich mit ihm nur im Verborgenen. Am 17. März notiert Metzger: ‚Jetzt ist Schluss, sagst du. Glaubst du, du kannst mich einfach wegschicken? Ich spiele nicht nach deinen Regeln.' Zwei Tage vor der Tat schreibt er: ‚Ich spiele mein Spiel. Du wirst dich wundern.' Metzger kam vermutlich nicht damit klar, dass Vogeler die Beziehung geheim halten wollte. Die Trennung ging eindeutig von Vogeler aus. Nicht verkraftet hat Metzger, dass Vogeler ihm anscheinend mit einer Anzeige drohte. Dies könnte der Auslöser für die Tat gewesen sein."

Tanaoğlu griff nach einem Stapel Blätter, der vor ihm lag.

„Anfang April geht Metzger davon aus, dass sein Großvater Verdacht geschöpft hat. Die Tatwaffe, die seinem Großvater gehörte, ist verschwunden. Metzger glaubt, dass sein Großvater die Luger an sich genommen hat. Metzger beschließt, sich eine neue Waffe zu besorgen. Den letzten Eintrag habe ich für alle kopiert. Am besten schaut sich das jeder selbst an."

Tanaoğlu reichte den Stapel mit den Kopien an seinen Nebenmann weiter. „Bitte weitergeben."

Sonntag, 7. April 2013. Zum Glück steigen die Umsätze wieder. Der Dauerstress mit Thommie. Eine Katastrophe. Bin total eingebrochen mit meinen Verkäufen. Jetzt laufen die Geschäfte wieder wie geschmiert. Die lasse ich mir nicht vermasseln. Nicht von Großvater. Nicht von der Polizei. Von niemandem lasse ich mir die Geschäfte vermasseln! Laslo ist wieder zufrieden mit mir. Hätte nicht gedacht, dass es so einfach ist, sich eine Knarre zu besorgen. Gestern ein Anruf bei Laslo. Der vermittelt den Kontakt. Kassiert dafür eine dicke Provision. Gibt mir eine Prepaidnummer. Ich sage dem Typen am anderen Ende, was ich will.

„Okay", sagt der, „kein Problem."

„Und der Preis?", frage ich.

„320 Euro für eine Makarow, 8 Schuss Munition inklusive."

„Okay", sage ich.

Und sage, dass ich die Ware bis Sonntag brauche.

„So schnell? Ist schon morgen!", sagt der andere. „Kostet 50 Extra."

Ich akzeptiere. Was soll ich machen?

„Melde mich, wenn die Ware da ist", sagt der noch. Ende der Verbindung.

Acht Schuss, genau so viel passt ins Magazin, acht Schuss. Eine Makarow. Haben die Russen den Deutschen geklaut. Bei Kriegsende. Kopie der Walther PP. Polizeipistole. Ironie des Schicksals. Ich, Sven Metzger, Kleindealer mit Ambitionen, ich mit einer Polizeipistole. Zwei Stunden später rufe ich die Nummer, die mir Laslo gegeben hat, noch einmal an. Will mehr Munition bestellen. Ich höre nur die Bandansage.

„Diese Nummer ist nicht vergeben."

Sonntagmorgen, kurz vor zehn. In aller Herrgottsfrühe. Es klingelt bei mir. Unterdrückte Nummer. Die Makarow ist da.

„50 Patronen?", frage ich.

„Kostet 100 mehr."

So viel kann ich nicht zusammenkratzen. Beim besten Willen nicht. Und Laslo will 30 Prozent Provision.

„Dann nicht", sage ich, „acht Patronen reichen."

Acht Schuss, nicht viel. Sie müssen reichen. Ich muss sie mir gut einteilen. Den letzten Schuss hebe ich auf. Zur Sicherheit.

„Heute Abend“, sagt der Typ. „23 Uhr. Busbahnhof. Unterführung. Kann auch schallgedämpft liefern“, sagt der noch.

„Nein“, sage ich, „muss nicht sein.“

War ein schöner Tag heute. Der Sonntag. Hab kaum was mitgekriegt. Viel Sonne. Nicht warm, gut. Musste immer an die Makarow denken. Nur zehn Grad. Spürte sie in meiner Hand. Aber Sonne. Umso ungemütlicher der Busbahnhof hinterm Hauptbahnhof. Der Wendehammer. Die Unterführung. Links der versiffte Parkplatz. Es geht alles schnell. Der Typ mit dicker Sonnenbrille, natürlich, drückt mir ein Päckchen in die Hand. Meine Makarow. Verpackt in einem dreckigen Geschirrtuch.

„Die Patronen?“, frage ich.

„Im Magazin“, sagt er und streckt die Hand aus. Ich gebe ihm die Geldscheine. Der zählt sie zwei mal durch.

„Viel Spaß mit dem Spielzeug“, sagt er und ist schon auf dem Weg zu seinem Auto.

Zu Hause in meinem Zimmer packe ich meinen Schatz aus. Meine Makarow! Gut liegt sie in der Hand! So massiv. So solide. Wertarbeit. Damit fühle ich mich stark.

„Laslo?“, fragte Clement, nachdem alle Metzgers Eintrag gelesen hatten.

„Um wen es sich bei Laslo handelt, können wir im Moment noch nicht sagen. Metzger, das geht aus den Aufzeichnungen hervor, war Kleindealer. Also denke ich, dass Laslo Metzger beliefert hat, ein dickerer Fisch also“, sagte Tanaoğlu.

„Wir werden die Aufzeichnungen genau unter die Lupe nehmen müssen“, sagte Clement. „Es gibt noch Fragen zu klären. Vielleicht ergeben sich Anhaltspunkte für weitere Ermittlungen. Finden sich in den Einträgen Hinweise auf den Tatort? Es kann doch kein Zufall sein, dass sich Vogeler und Metzger ausgerechnet auf diesem Parkplatz im Wald begegnet sind.“

„In den Einträgen der App habe ich nichts gefunden“, antwortete Tanaoğlu. „Aber es gibt eine SMS auf Metzgers Handy an Vogeler, abgeschickt am Vorabend des Mordes. Er fordert Vogeler auf, am Freitagvormittag zum Pavillon zu kommen. ‚Sonst geht die Bombe hoch‘, heißt es da wörtlich.“

Clement kratzte sich am Kinn.

„Wir brauchen keine Fantasie, um zu wissen, was er damit meinte“, sagte er schließlich.

Tanaoğlu legte Metzgers Handy vor sich auf den Tisch.

„Ach, was ich vergessen habe: Die gleiche Tagebuch-App befand sich auf Vogelers Handy. Nur Metzger hat Beiträge verfasst. Die Daten bei dieser App werden in einer eigenen Cloud gespeichert. Vogelers und Metzgers Handys waren bis zum 20. März synchronisiert. Vogeler hat die App am 20. März, zwei Tage vor seinem Tod, von seinem Handy entfernt. ‚Du wirst dich wundern!‘ Diese Drohung vom

20. März ist der letzte Eintrag, den Vogeler von Metzger gelesen hat."

„Danke, Kollege Tanaoğlu", sagte Clement. „Der Dreifachmord darf damit als gelöst betrachtet werden. Detailfragen sind noch zu klären, ich gehe davon aus, dass Metzger für die Morde verantwortlich ist. Durch seinen Selbstmord hat er sich der Bestrafung entzogen. Gute Arbeit, Kolleginnen und Kollegen. Die italienische Familie hatte in Wirklichkeit das Pech, zur falschen Zeit am falschen Ort zu sein, nicht der Radfahrer."

„Wie diese Journalistin schon am Dienstag nach der Tat vermutet hatte", sagte Christian Gernhardt.

„Sie formulieren es treffend, Gernhardt. ‚Vermutet hatte'! Sie hatte keine Beweise für ihre Behauptung vorgelegt. Vermutungen. Ein Schuss in den Wind. Wir liefern die Fakten!"

„Gibt es Neuigkeiten aus dem Krankenhaus?", fragte Clement.

„Es gibt Neuigkeiten", sagte Susanne Dobler. „Anton Vogelers Verletzung ist unproblematisch. Der Knochen ist nicht verletzt. Eine Fleischwunde, er hat zwar viel Blut verloren, wahrscheinlich mehr als einen Liter, in zwei, drei Tagen kann er das Krankenhaus verlassen. Bei unserer Kollegin sieht es nicht so gut aus. Irene Meyers wurde an der Schulter getroffen. Die Kugel hat den Schulterknochen gestreift, was dazu geführt hat, dass kleine Teile des Knochens abgesplittert sind. Eine Operation noch gestern am frühen Nachmittag war nötig. Die OP war schwierig, ist aber gut verlaufen. Heute Nachmittag soll unsere Kollegin von der Intensiv- auf die Normalstation verlegt werden. Über Besuch freut sie sich."

Lauer war erleichtert. Nachdem Meyers auf der Terrasse vor dem Wohnzimmer das Bewusstsein verloren hatte, hatte er mit dem Schlimmsten gerechnet. Er war gestern Nachmittag noch vor der Pressekonferenz ins Klinikum gefahren. Hatte vor dem OP-Raum gewartet.

„Wie geht es Frau Meyers?"

„Das kann ich Ihnen leider nicht sagen. Ich weiß es nicht. Sie sind der Ehemann?"

Lauer hatte etwas Unverständliches gemurmelt.

„Sobald ich etwas erfahre, informiere ich Sie, Herr Meyers", hatte die Krankenschwester gesagt und ihm die Hand auf die Schulter gelegt.

„Danke, Schwester."

In Gedanken hatte er Meyers durch eine Glasscheibe in ihrem Bett auf der Intensivstation gesehen. Hatte sich vorgestellt, an ihrem Bett zu sitzen.

Alles wird gut, hatte er sich vorgesagt, wieder und wieder.

„Metzgers Selbstmord hätte vielleicht vermieden werden können", sagte Lauer und es klang nachdenklich.

„Wie meinen Sie das, Lauer?", fragte Clement.

„Ich hatte das Gefühl, dass ich ihn erreichen konnte. Fast hatte ich ihn so weit, mir die Waffe zu geben."

„Wirfst du den Kollegen vor, dass sie eingegriffen haben?", fragte Dobler.

„Mir ist schon klar, dass sie mir helfen wollten. Aber ein klein wenig Zurückhaltung …"

„Die Situation war nicht durchschaubar", sagte Meißner. „Du bist ins Haus und hast den verletzten Vogeler herausgeholt. Dann bist du wieder im Haus verschwunden. Unbewaffnet."

„Und, was war daran verkehrt?"

„Alles ist ohne Absprache über die Bühne gegangen", sagte Dobler. „Du allein hast entschieden, was zu tun ist. Wir anderen waren Zuschauer, Statisten."

„Es ging um jede Sekunde."

„Bei vielen unserer Einsätze geht es um jede Sekunde", sagte Meißner. „Trotzdem besprechen wir uns, entscheiden gemeinsam, was passiert. Ich wollte Kontakt mit dir aufnehmen. Und du warst unbewaffnet."

„Ich hatte Metzger versprochen, dass ich unbewaffnet komme. Und für große Worte war keine Zeit."

„Man kann sich ohne Worte verständigen", sagte Susanne Dobler. „Du hast niemanden mehr wahrgenommen. Du hast nur noch Metzger gesehen."

„Ich hatte das Gefühl, zu ihm einen Draht zu haben. Er hätte mir die Waffe gegeben. Wenn ich nur lange genug Zeit gehabt hätte."

„Oder er hätte dich getötet, so wie er Gaetano und Nuria Russo und auch Thomas Vogeler getötet hat. Vogeler, seine große Liebe. Und wie er einem zehnjährigen Mädchen in den Kopf geschossen hat. Er hatte doch nichts mehr zu verlieren. Ich habe keine Lust, mir Gedanken machen zu müssen, was ich zu deiner Beerdigung anziehe."

Lauer hatte sich die ganze Zeit krampfhaft eine Erwiderung überlegt. Als Susanne Dobler das Wort ‚Beerdigung' aussprach, stellte er diese Überlegungen ein.

„Gegenseitige Vorwürfe", sagte Clement, „bringen uns nicht weiter. Mit etwas Abstand werden wir den Ablauf des Einsatzes in Feudenheim noch einmal rekapitulieren. Vor allem, wenn Kollegin Meyers wieder bei uns weilt. Nächster Tagesordnungspunkt."

Montag, 15. April 2013

49

Es war Sommer geworden. So kam es Lauer vor. Von einem Tag auf den anderen. Lauer rieb sich die Augen, als er auf das Thermometer schaute. Es war kurz vor zwölf. Und das Thermometer zeigte 25 Grad an. Im Schatten! Als er vor das Haus trat und Richtung Auto ging, stand die Luft. Es war schwül. Was ist das für ein Frühling dieses Jahr?, dachte er. Erst ist es ewig kalt, obwohl der Frühling laut Kalender längst Einzug gehalten hatte. Vom Winter übergangslos in den Sommer. Das muss unsereiner erst mal verkraften.

Lauer hatte versprochen, um halb zwei bei Meyers im Krankenhaus zu sein.

„Sei so gut und bring mir einen Schlafanzug mit. Meine Tochter weiß, welche ich mag“, hatte sie gestern Abend am Telefon gesagt. „Diese Krankenhauskleidung ertrage ich keinen Tag länger.“

Auf der Fahrt in die Innenstadt, fiel Lauer der alte Kommissär aus Basel ein.

„Du musst den ganzen Ballast abwerfen.“

Welchen Ballast? Sein ganzes verkorkstes Leben? Seine Ängste, sich zu binden? Sein Sich-Absondern von den Menschen? Und Lauer musste an Dieter Schwarze denken, den Koch in der *Krone* in Altleiningen. Der hatte vom Tunnelblick geredet. Den Blick auf das Wesentliche richten. Mit der Einstellung war endlich Bewegung in ihre Ermittlungen gekommen.

Am Ende des Parkplatzes unten am Neckar zu Füßen des Klinikums fand Lauer noch eine freie Parklücke. Er war spät dran, obwohl er mehr als zeitig losgefahren war. Er hastete die Stufen hoch. Erst hatte in der Wohnung von Meyers niemand aufgemacht. Dann hatte er in den Quadraten keinen Parkplatz gefunden und sich bei Galeria Kaufhof nicht für einen Schlafanzug entscheiden können. Entweder war er bei der Farbe, dem Muster oder der Größe unsicher gewesen. Schließlich hatte er sich für einen hellblauen Schlafanzug in Größe 40 entschieden. Ihn riss er nicht vom Hocker und Lauer hoffte nur, dass er passte.

„Die Farbe", sagte Meyers, als sie sich das Oberteil anhielt, „na ja, die Größe stimmt. Ich verstehe nur nicht, warum dir meine Tochter nicht aufgemacht hat."

Lauer setzte sich auf den Besucherstuhl und streckte die Beine von sich.

„Wie geht es dir?", fragte Meyers. „Was machen die Rippen?"

„Ich kann wieder lachen", sagte Lauer.

Als die Schmerzen schlimmer geworden waren, war er am Freitagnachmittag zu seinem Hausarzt gegangen, der hatte ihm eine Überweisung ins Krankenhaus geschrieben. Dort hatte es Lauer eine Nacht ausgehalten und sich am frühen Samstagnachmittag auf eigene Verantwortung selbst entlassen.

„Schonen Sie sich", hatte die Ärztin gesagt, „mehr können wir hier auch nicht für Sie tun."

„Und bei dir? Was hat die Visite heute Morgen gebracht?"

„Alles in Ordnung. Es wird jeden Tag besser. Ich muss noch vorsichtig sein, klar."

„Wie lange musst du hier bleiben?"

„Wenn ich Glück habe, werde ich am Donnerstag entlassen. Ansonsten erst Freitag."

„Und danach Reha?"

„Träum weiter. Wenn du auf deinen zwei Beinen aus der Klinik marschierst, wird dir kein Arzt eine Reha verschreiben. Hab sowieso keinen Bock drauf. Ich werde ohne Reha fit."

Lauer lachte und griff sich an die Seite.

„Ich dachte, die Schmerzen wären weg", sagte Meyers.

„Nur ein leichtes Ziehen. Ich hab noch was mitgebracht."

Lauer bückte sich nach seiner Tasche, zog den Reißverschluss auf, zog eine Flasche heraus, die in einen Kühlmantel gehüllt war, und stellte sie auf den Tisch vor sich. Zwei Sektgläser folgten. Meyers schob die Kühlmanschette hoch.

„Secco Noir aus Dirmstein“, las sie vor. „Wenn das die Schwester mitkriegt.“

Lauer drehte den Drehverschluss auf und schenkte ein.

„So kann ich es aushalten, selbst hier im Krankenhaus.“

Meyers stellte das Glas auf ihren Nachttisch, legte sich vorsichtig nach hinten auf die Matratze und drückte auf die Fernbedienung, um das Kopfteil höher zu stellen.

„Die haben sich verabschiedet. Ein Bekannter hat sie gestern an den Flughafen gefahren“, antwortete Lauer auf Meyers' Frage nach Anton Vogeler und seiner Frau. „Seine Wunde scheint gut zu heilen. Keine Komplikationen. Die beiden brechen hier ihre Zelte ab. Das Haus in der Kalmitstraße soll schnell verkauft werden. Ein Makler ist beauftragt. Ihr Sohn wird auf Mallorca in ihrer Nähe begraben werden. Sie wollen Mannheim ganz hinter sich lassen.“

„Und Hollmann?“

„Ich habe am Freitag mit Frau Brandes gesprochen. Es sieht ganz so aus, als ob der Zahnarzt ungeschoren davonkommt. Er besteht darauf, dass er von den Trennungsabsichten seiner Frau erst an jenem verhängnisvollen Abend Ende März 1993 erfahren hat. Er habe unter Schock gestanden. Eine Handlung im Affekt. Und die Tatwaffe, das Messer als einziges Indiz für einen geplanten, grausamen

Mord, das wird keinen Richter überzeugen. Eine Ungerechtigkeit!"

„Es ist, wie es ist", sagte Meyers. „Und vergiss nicht die Krebserkrankung."

Lauer wollte etwas erwidern, er ließ es sein, nahm stattdessen einen Schluck vom Secco.

„Und der alte Metzger?"

„Die Staatsanwaltschaft ermittelt gegen ihn wegen seiner Falschaussage. Egal, wie es ausgeht, sein Leben wird sich ändern. Sein Enkel Sven war sein letzter Verwandter. Er ist jetzt allein. Letzte Woche ließ er sein Geschäft geschlossen, heute wird es wieder aufgemacht."

„Woher weißt du das alles?"

„Ich habe ihn am Samstag in Feudenheim besucht. Sein Leben wird sich auch beruflich ändern. Er will endlich in Ruhestand gehen. Zum Jahresende wird er das Geschäft schließen. Am 13. Dezember, um es genau zu sagen. Sein Großvater hat das Geschäft am 13. Dezember 1913 eröffnet, damals noch in den T-Quadraten."

„Dann feiert er ja 100-Jähriges."

„Genau an diesem Tag will er schließen, vorher gibt er noch einen kleinen Empfang. Und er hat uns beide eingeladen."

„Uns beide?"

„Ja, ‚Sie und Ihre Frau Gemahlin sind herzlich eingeladen', hat er gesagt."

„Und was hast du geantwortet?"

„Dass ich nicht verheiratet bin. Er daraufhin: ‚Dann kommen Sie alleine oder bringen eine Bekannte mit. Ganz wie Sie wollen.'"

„Und da denkst du an mich?"

Lauer schenkte schnell vom Secco nach und sagte nichts auf Meyers' Frage.

„Nach dem Empfang soll Schluss sein mit der Briefmarkenhandlung in den Quadraten."

„Traurig", sagte Irene Meyers.

„Ich hatte nicht den Eindruck, als ob der alte Herr es bedauert. Er hätte sich ein neues Geschäft suchen müssen. Sein Mietvertrag läuft im März 2014 aus. Die ganze Ecke wird plattgemacht. Neue Läden und Büros entstehen. Eigentumswohnungen, die für einen Normalverdiener unerschwinglich sind."

„So ist der Lauf der Dinge, Leo. Alles verändert sich."

„Fragt sich nur, ob es besser wird", sagte Lauer.

„Ich weiß nicht, ob es besser wird, wenn es anders wird. Es muss anders werden, wenn es besser werden soll."

„So was Ähnliches hat Fabian letzte Woche auch zu mir gesagt."

„Der Spruch ist nicht auf meinem Mist gewachsen, der stammt von Georg Christoph Lichtenberg."

„Ich wusste nicht, dass du philosophisch angehaucht bist."

„Manchmal. Und, was hat Fabian zu dir gesagt?"

„Dass es so nicht weitergehen kann, dass ich mich ändern muss, wenn es besser werden soll."

„Du hast einen klugen Sohn, das muss ich zugeben."

„Das hört sich so einfach an, sich ändern und alles wird besser. So ein alter Kerl wie ich, der kann sich nicht so einfach ändern."

„Ich weiß, ich weiß, die alte Leier, einem alten Hund kann man keine neuen Tricks beibringen."

Die Zeit verging. Die Schwester war gekommen, hatte Tee für Meyers und Tabletten gebracht, hatte die Sektflasche und die Gläser gesehen und keine Miene verzogen. Lauer entspannte sich. Er hätte gern den zweiten Besucherstuhl herangezogen und die Füße hochgelegt.

„Weißt du eigentlich, dass ich mir vor einiger Zeit beinahe ein Grundstück im Pfälzer Wald gekauft hätte?", fragte er nach einer Weile, in der sie beide geschwiegen hatten. „Ganz ruhig, mitten im Wald, ein Bach, der über das Grundstück fließt, ein kleines Häuschen."

„Und?"

„Warum habe ich damals nicht zugeschlagen?"

Es klang mehr wie eine Feststellung als eine Frage.

„Sag, warum hast du nicht?"

Lauer richtete sich gerade auf.

„Weil ich mich nicht getraut habe."

Irene Meyers trank ihr Glas leer. Lauer beugte sich

vor, versuchte, die Sektflasche zu angeln und griff sich an die Seite. Er schenkte Sekt nach.

„Langsam, mein Lieber“, sagte Meyers. „Der Tag ist noch früh.“

Zum Schluss

Jan Cerny schrieb unter der Überschrift „Italiener auf offener Straße erschossen" (in: Mannheimer Morgen vom 16.01.1993) über einen Mafiamord im Jungbusch. Sylvia Schreiber berichtete in dem Artikel „Vetter mit Problemen" (in: Der Spiegel 22/1995) über die Mafia in Mannheim. In dem Beitrag „Fluchtzone für Häuptlinge" (ebenfalls in: Der Spiegel 22/1995) stand die Mafia mit ihren Aktionen im Rhein-Neckar-Raum im Mittelpunkt. Alle drei Artikel haben mir Informationen geliefert.

In dem Video „Ermittlungspanne" auf Spiegel online, in dem von einem Vermisstenfall erzählt wird, der erst nach 16 Jahren aufgeklärt wurde, habe ich Anregungen für meinen Vermisstenfall gefunden.
(http://www.spiegel.de/video/video-1196276.html)

„Und wer bist du? Woher? Wozu? …"

Die Zeilen am Ende des 23. Kapitels stammen von Omar Chajjam, einem persischen Mathematiker, Astronomen, Philosophen und Dichter, der von 1048 bis 1131 lebte.

„Noch'n Kurzer macht dich breit", sagt Meyers im 23. Kapitel zu ihrem Kollegen Lauer. Dabei handelt es sich um ein Zitat aus dem Lied „Breit" der Mannheimer „Popforscher".

Danke an:

Martin Boll, den Ersten Kriminalhauptkommissar und Leiter der Präventionsberatungsstelle des Polizeipräsidiums Mannheim, den ich jederzeit fragen kann, wenn es um knifflige Fragen der Polizeiarbeit geht.

Yasmin, die Kommissar Lauer das Tor zur Facebook-Welt aufgestoßen hat.
(www.facebook.com/Kommissar.Lauer)

Florian, der sich in Details verbeißen kann und dabei nicht den Blick auf das Ganze verliert.

Julia, ohne deren Fachwissen ich beim Obduktionsbericht verzweifelt wäre. Ihre Anmerkungen haben dem Text gut getan. Ihrem Gespür für Sprache kann ich vertrauen.

Irene, die sich trotz Handicap (gebrochenes Sprunggelenk) in das Manuskript verbissen und die Endfassung von „Gefährlicher Treffpunkt" mitgeprägt hat. Über ihre Streichungen und Änderungsvorschläge wurde oft stundenlang (auch bei Rotwein) diskutiert. Nicht nur dafür danke ich ihr.

Pendragon Verlag
gegründet 1981
www.pendragon.de

Gedruckt auf holz- und säurefreiem Naturpapier

Originalausgabe
Veröffentlicht im Pendragon Verlag
Günther Butkus, Bielefeld 2015

Lektorat: Günther Butkus, Sarah Wiedenhöfft
Herstellung und Umschlag: Uta Zeißler, Bielefeld
Foto: mauritius images / trigger images
ISBN 978-3-86532-490-0
Gedruckt in Deutschland